2020中国年度 小小说

任晓燕 秦俑 赵建宇 选编

漓江出版社
·桂林·

目录
contents

第3辑

第4辑

第5辑

第 6 辑

第7辑

第8辑

编选前言

漓江出版社的“年选系列”图书已连续出版20多年，成为国内公认的文学出版品牌。小小说选本是中间增列进来的，从1999年开始，一直由《小小说选刊》编辑部与漓江出版社合作出版，到去年刚好连续出版20年。

《小小说选刊》创刊于1985年，1995年改为半月刊，迄今共出版740期，总发行量逾亿册，影响了至少两代读者的阅读时尚。除了办刊，我们还上百次地组织征文大赛、笔会研讨、函授教学等活动，不仅让成千上万的小小说作者从中受益，而且也让郑州成为名副其实的“小小说创作中心”。30多年来，《小小说选刊》不仅积累了大量的作家作品资源，也培养了一支成熟的编辑策划团队。所以，“漓江版”小小说年选与我们合作，算是一种强强联手的最佳组合。

作为编选时间最早、持续时间最长的小小说选本，“漓江版”小小说年选被业界称为“当代小小说创作的发展编年史”，这一评价让我们倍感欣慰，同时也感觉到了压力。进入下一个十年，我们决定着手在编辑体例上做出调整。

翻开目录，你会发现，今年的年选本共分为八个小辑：第1辑为名家新作，四位入选作者均为文坛名家，冯骥才《俗世奇人新篇》、莫言《一斗阁笔记》是今年小小说创作的重要收获，两位鲁迅文学奖得主李浩与大解的近作“飞翔的故事”系列与“他人史”系列，读来也让人耳目一新。第2辑、第3辑分别为“抗疫”与“扶贫”专题，用小小说讲好中国故事，充分体现了小小说文体的时代性与人民性。第4辑特别遴选5位作家各两篇作品，他们堪称本年度小小说创作数质兼优的优秀代表，第 5 辑是“小小说金麻雀奖”获奖作家，第 6 辑是持续活跃的创作中坚，第 7 辑是实力女作家，第 8 辑是创作势头迅猛的新生力量。这几辑是按照作者类型来进行分类的，而且也打破了之前年选一人一篇的惯例，但在作品的选择上有一个共同点，就是我们一直奉行的“好作品主义”，坚持用作品质量说话。

总而言之，我们在编选之时特别注重作品的经典性、时代性、好读性与包容性，力争体现当年度小小说创作的高度与广度。当然，由于编者视野所限以及个人艺术眼光的不同，难免遗珠之憾，欢迎广大读者提出宝贵意见。

本书编者

2020 年 12 月

第1辑

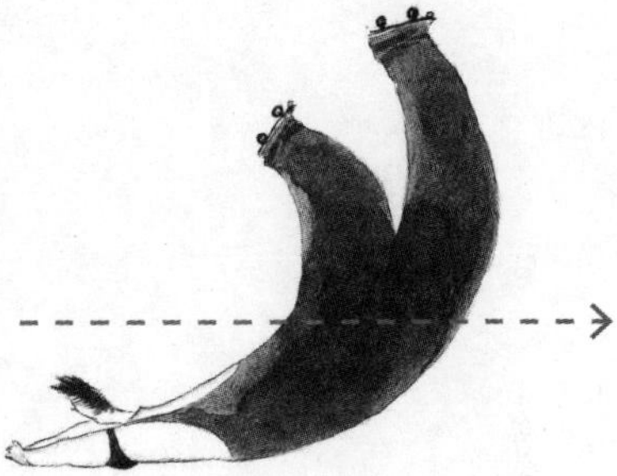

俗世奇人新篇（节选）

冯骥才

焦　七

谁都知道，天津卫这地方最不好惹的是混星子，混星子也叫混混儿。可混星子并不一样，各有各的厉害，有的狠，有的凶，有的横，有的诈，最厉害的是阴。

比阴更厉害的是毒。人毒有多毒？这儿有个人，有件事，说完就明白。

这混星子叫焦七，看模样像半个残废。秃头光脸，臂长腿短，唇黑眼灰，走路多了就气喘，干活儿没力气，手上没能耐，从来也不干活儿，就这德行却有吃有喝，有肉有酒，在梁家嘴住一个有屋有院的房子，周围还有一帮小混星给他跑腿。没见过他打打杀杀，也不到处撒野耍横，天津出名的混星子中却有他一号。混混分文武两种，他属于“文混混”，不靠逞凶斗狠，另有邪魔外道。好人的本事看得见，歹人的本事看不见。要想弄明白他的本事，还得说他那件事。

焦七最爱吃的东西是肉肠子。别的事他全交别人干，只有做肉肠子的事自己干。他只吃自己做的肉肠子；自己买肉、切肉、剁肉、拌肉、灌肠，他有自己的一套；用多少黄酒、胡椒、酱油、葱姜、红糖，肉要几成肥几成瘦，不信别人只信自己。他做的肠子也全归自己独吃，别人休想吃到，连他老婆也难吃一口。毒的人凡事必独。

他刚搬到梁家嘴，发现院里的一棵老榆树又大又高，杈子多，树荫浓；有风又不晒，正好晾肉肠。他就把灌好的肉肠一串串挂在树杈上，晾好的肠子干湿合度，真好吃。可是这样做了几次之后，忽然发现挂在树上的肉肠子少了。奇了！鸟叼去了还是猫儿偷走了？他下一次再做肉肠，用了心计，先数好多少串，挂上树杈后天天盯着。一天，他忽看到邻居家隔墙伸过一根竹竿来；竿头绑个铁钩，过来一钩一挑，生生把一串肉肠子摘过墙去。妈的！原来是叫人偷去的！

“敢动我的肠子！”焦七立时火了。可焦七这人阴，有火不发，憋在心里想招儿。想来想去，想出天底下最厉害的一招儿，叫隔壁偷吃肉肠的馋嘴去见阎王。

转天他出门买了一块肉，一包肠衣，一些大葱生姜，路上拐个弯儿，到药铺买了一小包砒霜。到家就在院里剁肉拌料，掺上砒霜，灌进肠衣，做成了十五串毒肠子，全挂在树上。然后天天坐在当院一把椅子上，抽烟喝茶，两眼一直没离开从树杈一串串垂下来的毒肠子，像是蹲在河边钓大鱼。几天过后，终于看到那绑着铁钩的竿子又伸过墙来，前后两次，挑了两串毒肠子过去。他心里暗暗一笑，一直憋在心里的火立马熄了。

跟着，他把树上余下的毒肠子全摘下来，塞进一个袋子里，天黑后从家提到河边，扔进河里。

当天晚上只听邻院叫喊声忽起，又是“救命”，又是“死人”，人哭狗吠，动静很大，闹了整整一晚。第二天一早，一个小混星来说，隔壁邻家那个倒腾木料的胡老大叫人下了药，毒死了。官府来了几位捕快正在问案。焦七听了赛没听，好像大车砸死一条野狗。

到了晌后，有人“哐哐”拍门，焦七开了门，只见几个黑衣捕快站在门口。不等他开口，用纸托着三根肉肠给他看，问他：

“这是你的肠子？”

捕快猜他准说不是。谁想他苍白的脸上阴冷一笑，竟然反问捕快：“我家的肠子怎么在你手里？”

捕快一怔，跟着问：“好，我问你，你家的肉肠为嘛放砒霜？”这话问到关节上。

焦七答得更快：“我这肠子不是吃的，是药黄鼠狼的。不放砒霜放嘛？放白糖？”

焦七这话叫捕快没想到，全怔住，下边的话就没劲了：“你可知道你的肠子毒死了邻家的胡老大？”

焦七装傻，说道：“这不会吧！我药黄鼠狼的肠子挂在我家院子，他怎么吃的？偷去吃的？”他忽然笑出来说：“那就不干我事了。他要是翻墙到我家来，用我家菜刀抹了脖子，也是我的事吗？”

捕快们再没话可说，闷住了口。

焦七的话句句占理。他并不否认这肠子是他家的，砒霜是他放的，可他为了药黄鼠狼，并没错。胡老大偷吃毒肠，自然怪不得别人。这事无论从哪头讲，都和焦七沾不上边。后来连胡家的人都说，这事只能怪胡老大自己，要不去偷吃哪会致死？最后，官府结案，胡老大贪嘴致死，与焦七不相干。

可是，这事再往深处一寻思，就费解了。谁会用肉肠子药黄鼠狼？焦家又没养鸡，也没闹过黄鼠狼，他毒黄鼠狼干啥？黄鼠狼是大仙，没事谁会去招惹大仙？是不是胡老大以前就偷吃过焦七的肉肠子，惹了他，才使了这毒计，下了这毒手？

慢慢地谁都明白这是怎么回事，但谁也没办法。不单官府没法儿，老天爷都没辙。焦七这人还有人敢招惹吗？

最倒霉的还是胡老大，活了这么大岁数，最后竟然死在了贪嘴上，连家里人也抬不起头来，后来悄悄搬出了梁家嘴。

孟大鼻子

孟大鼻子是孟家二少爷的外号。这外号一听就知道是怎么来的——他长了一个特大号的鼻子。

孟大鼻子个子并不大，站在人群里毫不出众，细脖溜肩，有点儿驼背，只有一个地方十分出奇——鼻子太大，膨脝肥实，油光光像个剥了皮的肉粽子。鼻子长在脸的正中央最显眼的地方，只要见到他，一准是先看见了他的大鼻子。

他讨厌自己天天走到哪儿都顶着一个大鼻子，叫人看了生笑。

不过，老天爷心好。他给你一个苦果，里边准还藏着一个糖心儿。孟二少爷这大鼻子，绝不单单是一块赘肉，更不是脸上一个败笔。它有着灵异出奇的禀赋，是个神器。

别看这肉鼻子表面平淡无奇，肥大平庸，鼻孔黑乎乎，直对着人时，还龇出一些鼻毛，像枯井伸出的草，可是这鼻孔里边有嘛神道，凡人就不知道了。

世上所有的东西不仅全有模样，还都有气味儿。有的你能闻到，有的你闻不到，人家孟大鼻子就全能闻到。

世上各种的气味还全混在一起，你分不出来，人家孟大鼻子却能分出来。这是木头的气味，这是铁的气味，这是菜叶子的气味，这是旧棉袄的气味，那是脚丫子的气味……这大鼻子好比一对明察秋毫的大眼睛，大千世界，一目了然；万千气味，无所不知。

人说，蚊子要是咬了他，他准能找到这蚊子，然后脱下鞋来，用鞋底子拍死它——难道他能闻到蚊子的味儿？

这说法是不是太离奇？别以为这是以讹传讹，再说一件事——

一次他在估衣街的天香楼喝多了，伙计们把他扶到一把太师椅上睡一睡。一个小子趁他酒醉不知，从他怀里摸走了三块银圆。事过半个月，他在山西会馆门前撞见这小子，上去便说："你把那天从我身上拿走的三个银圆还给我，咱就没事了。你要是不认账，我就送你进衙门。"这小子想要赖，问他："你凭嘛说是我？你看到我拿了？"孟大鼻子说："我不用看你。你身上的味儿带在你身上，跑到哪里我也能闻出来。"这小子听了这非同寻常的话，再一瞧他脸上那个奇大的鼻子，忽然想起关于"孟大鼻子"的种种传闻，不敢再抵赖，把银圆掏出来还给了他。

再一件事。他请一群朋友在北大关的慧罗春饭庄吃饭。跑堂的伙计送上一盘罾蹦鲤鱼，嘴里说："这是本店师傅拿手的名菜，鱼是刚打上来的，活宰活烹，各位就吃这一口鲜吧。"

孟二少爷说："人在天津，吃鱼就吃活的，不是活的不吃。"说着大鼻子对着这盘鱼吸一吸气，笑容立时没了。他正色对这跑堂的伙计说："把你们掌柜的请来。"

小伙计不明白怎么回事，请来这饭庄掌柜的，姓乔。可是不等乔掌柜说话，孟大鼻子就说："你这条鲤鱼昨天就死了。"

乔掌柜一听，怔住。可天津是个码头，在码头上做买卖的人全都脑子活，随机应变，不和人较真，且嘴巴会说。他马上满脸堆笑地说："您别着急，我跟您赔不是。这盘鱼我端下去，我亲自去挑一条活鲤鱼，瞅着师傅给您做，只请您稍候一候。"

事摆平了，可是乔掌柜心里却不明白这位吃主凭嘛能耐知道这条鱼下锅之前是死是活，靠的真是他那个奇大的鼻子?

这两件事都有人在场看见。从此，孟大鼻子没人敢惹。不敢惹的不是他，是他的大鼻子。不知他脸上这怪玩意到底还有多厉害。

再厉害的东西总有一天会碰上克星。这是大道理。

孟大鼻子是个好交朋友、喜欢热闹的人，家里有钱，花钱随便，自然有一群狐朋狗友前呼后拥，叫他活得舒舒服服。他整天在外边东跑西颠，吃吃喝喝，惹惹各种闲事。他家住粮店街一座宽敞的宅院，没有孩子，只把一个鲜亮娇嫩的老婆闲在家。

闲久了就闲出事来。有人说他老婆叫人睡了。这流言开始只是秘闻，日子一久便流散开来，变成绯闻。绯闻全有翅膀，因为绯闻最有说头，人人都爱听爱说。这些糟蹋孟大鼻子的话，便在他家房前屋后传来传去，随后就在彼此相识的人群中间不胫而走。可是，奇怪的是，似乎只有孟大鼻子本人没有耳闻，没一点儿风吹草动，一切如常。还有一件更奇怪的事，就是谁睡了孟大鼻子的老婆，没人知道。市井向来有各种高人，你私密再深，他们也能掘地三尺，从中抻出一条狐狸的尾巴；但是这个叫孟大鼻子丧尽门风的人，却一直连个影子也没见到。

人们开始疑惑孟大鼻子的鼻子了。虽说他整天在外，晚上回家和老婆睡在一起，能闻不出生人味儿来？一个连从身边一闪而过的小偷和咬他一口的蚊子的气味都能闻出来的人，竟然闻不出和他老婆厮缠一起的野汉子身上的气味来？这是嘛鼻子？可是如果他闻出来了，绝不会天天还这么说说笑笑，全跟没事儿一样。

转年，事情才叫人慢慢明白。那个叫孟大鼻子当王八的，有名有姓地浮出了水面，原来是在直隶总署当差的武官，姓廖，名正操，人很厉害，手段狠毒，连侯家后的混混儿都不敢惹他。这个人一说出来，人们便明白了，孟大鼻子肯定早就把他闻出来了，只是佯装不知罢了。佯装不知的滋味可不好受，一年来孟大鼻子的憋屈可想而知。有人说那个武官身上的狐臭味儿很大，孟大鼻子天天回到家，准在鼻子眼里塞上棉花。

事情一明，孟大鼻子隐了，老婆根本不再出头露面。他活法也变了，不再请客花钱，自然没人再肯跟着他，那帮狐朋狗友也就一哄而散，一个也没剩下。他偶尔也出来办事情买东西，人的变化挺大，身子像叫谁捏了一把，小了一圈；最稀奇的是他脸中间那个威风十足的大鼻子，好像忽然变小了，肉粽子干了，抽抽了，原先身上带着的那股子神异劲儿和厉害劲儿，好似一下子全没了。

鼻子不行了，天津也就没他这一号了。

蹬　车

老天津卫人骑自行车不叫骑车，叫蹬车。骑车讲究个模样儿，蹬车不管什么样子，得劲就行，于是举膝撅臀，张嘴喝风，为了快，玩命蹬。那时候人不大懂得交通规则，也不喜欢循规蹈矩；想往哪儿去，就往哪儿蹬，于是这些蹬车的人就把街上的一种人当成了自己的对手——交通警。

天津人好戏谑，从来和对手不真玩命，只当作玩，斗斗嘴，较较劲，完事一乐。

最能治交通警的是蹬车的大爷。大爷就是大老爷们儿，人既老到精熟，又嘎又损，嘴皮子好使，话茬接得快，句句占上风；而且个个好身手，能把车像马戏团那样玩出彩来，连老警察也怵他们一头。只有那些刚上岗的小警察不知深浅，想捉弄一下这些大爷，可是一准叫自己弄得没面子。

那年，天津卫的交通设施更新换代，交警们由街心站岗挪到路边一个玻璃亭子里，还在街口立了灯杆，装上红绿灯。交警坐在圆圆的岗亭里，隔着玻璃眼观六路，顺手扳扳红绿灯的开关，还躲风避雨，更不怕晒，舒服多了。这天，四面钟岗亭里来了位新交警小陈，白净小脸，晶亮小眼，新衣新帽新岗位，挺神气。只见远远一位大爷蹬着车打东边来了。那天天气凉，可这大爷车技好，时不时撒开车把，两手揉擦揉擦冻得发紧的脸皮。小陈知道这大爷是在故意“玩帅”，想演一演车技，逞一逞能耐。小陈只装作没看见，待车子蹬到十字路口，小陈忽地一扳开关，绿灯变成禁行的红灯。那时候红绿灯的开关都是用手扳。叫你走扳绿灯，不叫你走扳红灯。大爷一见灯变，马上捏闸，车停了。一般人这么猛一捏闸，车子都得歪在一边，人就得下车。可这位大爷厉害，车停住，人不下车，屁股坐在鞍子上，两只脚还踩在蹬子上，那车居然立在那里，不歪不斜，纹丝不动，这手绝活儿叫定车。小陈见他定车，心想你就定在那儿吧，反正定车的时候不会长，我不变灯，看你怎么办？你能总定在那儿吗？等时候一长，车一歪，人下来，丢人现眼吧。

大爷是老江湖，当然明白这小警察的心思。他定着车非但不动，伸手打衣兜里掏出烟来，划火柴点着，然后把两条胳膊交盘在胸前，慢悠悠地抽着烟，等着变灯，就赛坐在家里凳子上那么悠闲。灯愈是不变，他反倒坐得愈稳。车子赛钉子一样钉在街心。

这一来，两人算是较上劲儿了，一些路人就停下来看热闹。看这两位——一位守着华容道的小关公和一位市井里的老江湖究竟谁最终得胜。

红灯不变，谁也不能走，时候一长，事情就变了。停在街上的不止大爷一个，还有愈来愈多的车都停下来走不了，有的急了按铃铛按喇叭，有的嚷起来："警察睡着了？"只有大爷稳稳当当定在那里，好赛没他的事。

面对这种局面，撑不住的还是小陈，只好扳过开关，给绿灯。大爷抬头一瞧灯变绿色，烟卷一扔，双手撂在把上，蹬起车子。车过岗亭时，扭头瞥了这还嫌太嫩的小警察一眼。小陈两眼盯在前边，不敢看他，却能觉出这老家伙得意又嘲弄的目光一扫而过，脸皮火辣辣地烧了半天。

再一位栽在大爷手里的，是黄家花园道口岗亭的交警，也是初来乍到的一位小警察，姓尤。这小尤比前边那小陈强多了。小尤是河西谦德庄人，自小在市井里长大，嘴能耐，人不吃亏，到任的俩月里碰上过几桩刁难的事，都摆布得漂漂亮亮，人也越发神气起来。

隆冬一天下晌，小尤岗亭侧面的道边，一位大爷正在上自行车。车子的后衣架上绑着一捆木头，挺宽，大爷腿短，又穿着厚棉裤，腿跨不过去；连跨几次，没跨上车。眼下这时候正是下班高峰，街上人多车乱，小尤怕大爷碰着，想叫大爷去到人少的地方上车。小尤心意虽好，可是天津人喜欢正话反说，连逗带损，把话说得俏皮好玩，有哏有乐。他拉开岗亭的玻璃窗，笑嘻嘻对这大爷说："大爷，您要想练车，就找个背静的地方去练。"

小尤这话给周边的人听到，真哏，全乐了。

天津卫的大爷一向不会栽在嘴上。嘴上栽了，面子就栽了。这大爷扭头朝小尤说："甭瞎操心，没你的事，你自管在你的罐里待着吧。"罐是指圆圆的岗亭像个罐子。天津人有句俗话：罐里养王八，愈养愈抽抽。这话谁都知道。

这话更哏，众人又笑，当然也笑这小子不懂深浅，敢去招惹市井的老江湖。这下小尤傻了，张着嘴没话说。

大爷乘兴一跨腿，这下上了车，再一努劲儿，蹬车走了，头也没回。

一斗阁笔记（四题）

莫　言

老邓之妻

老邓，是我在保定当兵时的战友。那时部队生活质量差，到了冬天，蔬菜都是那老三样：萝卜、白菜、土豆。萝卜多是糠的，白菜多是菜心卷得不紧的，土豆多是发了芽的。众人的嘴里，真的淡出个鸟来了。那时，军官到了营级职务，家属便可随军。老邓职至副营，家属便随了军。老邓是山东临沂人，农村的。老婆是他同村的，跟老邓还沾点儿亲，一口家乡话，多数人听不懂。老邓结婚早，在国家号召计划生育、推行独生子女政策时，他老婆已经生了三个儿子。那时干部工资多年没有调整，老邓虽是副营职，但工资跟我们这些连排职干部一样，每月也就是五十三元。老邓家人口多，老婆随军后因文化程度低又找不到工作，因此老邓的生活便格外困难。老邓的老婆有时带着三个孩子到部队食堂周围去捡东西，被好事者反映到大队部。大队政委找老邓谈话，让他回家教育他的老婆孩子，不要再到食堂周围转悠。老邓回家把老婆揍了一顿，他自己脸上也添了几道血痕，可见这个娘儿们不是个善茬儿。转过年来，老邓的老婆在河滩上开辟了一片荒地，又从山上搬来石头，垒了一个猪圈，盖了一排鸡舍鸭棚。这个女人真是过日子的好手，她家里的生活很快就改观了。老邓一直干巴巴的小脸，慢慢地胖了圆润了。又有好事者到大队部告状，说老邓的老婆开荒种地养猪养禽，涉嫌搞资本主义。政委又找老邓谈话，让他回家教育老婆。这次老邓肯定没打老婆，因为老邓的老婆站在我们大队部的院子里，左手抃着腰，右手挥舞着，像高级领导人做报告一样，痛骂了我们大队政委两个小时。其中最精彩的骂人话我至今还记着：雷政委，你这个不吃人粮食的狗杂种，我们一家五口饿得眼冒金星你不管不问，俺自力更生艰苦奋斗发扬南泥湾精神丰衣足食了你又来找我们的麻烦，老娘今天要让你知道一下俺的厉害！俺沂蒙山人，共产党的大干部见多了，陈师长不比你官大？罗政委不比你官大？可他们都对老百姓好。你一个小团级干部，竟敢欺负老百姓，老娘今天要给你留点儿记忆！老邓的老婆冲进政委的宿舍，据说在政委的床上撒了一泡尿。男干部都不敢进去。我那时在大队部当干事，急忙打电话给卫生队，让黄军医带着一名女卫生员赶过来，连拖带拉地把老邓的老婆弄走。政委气得脸黄唇青，双手直哆嗦。大家都说，政委正巴望着调到局里去当副局长呢，只怕要被老邓老婆的这泡尿给冲黄了。但事实证明，老邓老婆给政委带来了红运。政委很快就调到北京，一路晋升到副军职。腊月里，雪封山路，食堂的采买车无法进城，每日吃盐水煮黄豆，大家皆面黄肌瘦，只有老邓家的厨房里每天都散发出煎炒烹炸的香气。我们心中愤懑，便决定夜里去偷老邓家的家禽。白天我们侦察了，老邓家的禽棚里有两只长颈鹅，每只足有十斤重，偷一只就可以供我们大队部的五位单身干部饱餐一顿。但困难是老邓老婆警惕性很高，据说她每天夜里都睡在猪圈里，我们必须实施调虎离山计。正好那几天大队的领导都不在位，我们先派人去找老邓，说上级机关指名要他到保定市人民武装部修理一挺机枪，让他当天下午就出发。老邓是军械员出身，枪械专家，当时部队使用的所有枪械，他闭着眼都能拆卸。那时交通不便，从我们营区到保定市区当天不能往返。我们计划等老邓一走，就去夜袭他家的鹅棚。老邓笑着说好，然后就走了。到了晚上九点多钟，我们开了一个小会，设计好几套方案，换上胶鞋，准备好手电，刚要出发，老邓和他老婆来了。他老婆端着一个锅，揭开锅盖，锅里是香气扑鼻热气腾腾的鹅肉。老邓的老婆说：你们这些小兔崽子，跟老娘斗心眼儿，还嫩了点儿。这件事很像一篇公式化的小说，但确实是真事，如果我不写出来，就对不起老邓和他老婆。

鸟 虱

吾乡张七，见多识广，口才极好，是个肚子里有故事也会讲故事的人。他在村苗圃曾与我共事数月，讲过的故事有一百多个。这些故事大多已被我写进小说，少数未写进小说的，大都不太雅。今天从这些不太雅的故事里选一个还能入目的写出来，供没洁癖者一乐。张七道：民国元年，俺姥爷十九岁，新婚宴尔，去岳父家帮忙刈麦。干到半晌午时，忽觉腹中甚饿，冷汗涔涔，却无物可填饥肠。正好看到麦垄间有一鸟巢，巢中有卵四枚。俺姥爷便将那四枚鸟卵连壳吞食，连壳都没吐。这四枚鸟卵落肚，他感到力量倍增，抖擞精神，一马当先，割到地头，人人夸他是把刈麦好手。回家后，俺姥爷感到脖子后发痒，以手探之，有四个鸟卵大的隆起，其痒日甚，坐卧不宁，遍寻名医，皆不知何症。一日，一游方郎中摇铃从街上走过，我姥爷追之求诊。那郎中眇目跛足，其貌甚怪。他摩挲着俺姥爷脖后那四个包说：有些东西，即便饿死也不能吃，你明白吗？俺姥爷说，我没吃什么呀！郎中道：事到如今，还不坦白，那你就等死吧！郎中起身欲走，俺姥爷急忙道：大夫，俺想起来了！前些天帮老丈人家割麦，突然饥饿难忍，见麦垄间有四枚鸟卵，便带壳吞之。郎中道：这就是了！你这脖子上的疮名曰鸟毒，凶险异常，如不救治，十日必死。俺姥爷慌忙下跪磕头，请求救命。郎中道：速速准备四只公鸡。俺姥爷说：俺家只有一只公鸡，母鸡行吗？郎中道：母鸡不行。俺姥爷就动员起全村的人帮他去买公鸡，直到日挂树梢，天色昏黄时才弄到三只公鸡。郎中叹息道：再晚就来不及了，姑且用一只母鸡代替吧。不过，这就给人世间留下无穷后患了。郎中让我姥爷趴在地上，用利刃劈开其颈上一个隆起，随即将一只公鸡堵上去，只见那刀口里钻出许多灰白色的小虫，紧接着爬到公鸡的身上。公鸡羽毛奓起，鸣叫不止，似有不可忍耐之痛苦。片刻，刀口内再无小虫爬出。郎中便将公鸡扔在地上。只见那公鸡跳跃鸣叫，几近疯狂，猛然一跳，离地数米，落地已死。郎中急令村人点燃柴堆，又令以洋油泼满鸡身，投入火中。但闻噼啪爆响，如燃竹节，又有腥臭扑鼻。郎中道，此即鸟虱之臭也。接下来郎中又按此法剖切了俺姥爷颈上两个鸟虱包。又牺牲两只公鸡，皆投火而焚之。其时村中人皆倾出围观，其中有一孩童，名叫八十，时年七岁，善驯养鹰隼，售予蒙古猎人以获利。此儿亦天才也，驯鸟之技，无师自通。郎中以利刃剖切俺姥爷颈上最后一个虱包时，八十手托一小隼，挤在最前边观看。郎中一刀剖开虱包，随即以母鸡堵上，那母鸡咯咯鸣叫，如产新卵，顷刻即不出声，显然已血竭命毙矣。郎中大呼：闪开，直接将死母鸡投诸火堆！噼啪燃爆之声依旧。接下来发生的事是最令人遗憾的，只见从俺姥爷脖子上最后切开的刀口里，蹦出了数十只灰白色的鸟虱，落到了那只小隼身上。那隼一声尖叫，声同裂帛，然后疾如闪电，直冲云霄，再也没见踪影。从此，高密东北乡的鸟类再也无法安眠，地球上也多了一种寄生虫。村人问郎中那四枚鸟卵是何鸟所下？郎中道：鸟名青鹖，又名虱母，夜鸣旦止。夏天，羽毛繁茂，至冬，体无一羽，故又名“冻鸡”。一斗阁主疑问：这郎中还是个人吗？

盗车铃

20世纪80年代，自行车是北京人的主要交通工具。那时的自行车以上海产永久、凤凰，天津产飞鸽最为流行。我当时的坐骑是一辆凤凰二八车，骑在车上，如遇顺风，的确有怡然自得之感。这三种品牌车子的零件是可以通用的，这虽然给修理带来了很大方便，但也给某些坏人偷盗车铃盖带来了便利。有一次我与几名战友聚会，谈到当年丢铃盖的事，众人皆笑。我们都是被盗者，也都是盗窃者。我记得有一次去西单音乐厅听某歌唱家唱歌，同行者乃战友老蔡。听到半截，二人均觉无趣，便中途退场。到停车处取车时，发现我的车铃盖没了，正嘈嘈地骂着，老蔡已把旁边一辆自行车上的铃盖拧下来递给我。我还有点儿犹豫呢，老蔡说，别虚伪了，拧上吧。我很想躲到旁边看一下后续的反应，但老蔡把我拉走了。过了几天，我的自行车铃盖又丢了，这次我毫不犹豫地把旁边自行车上的铃盖拧了下来。我想来想去，在那个冬天里，只因为有人偷了我一个铃盖，就使北京的很多自行车车主，都成了偷铃盖的人。很长一段时间里，人们进剧场看戏或者进影院看电影，都要把铃盖拧下来装进口袋里，出来时再拧上。后来，厂家发明了一种拧不下来的新式车铃，这连环偷窃行为才告结束。这件事让我想到意大利著名作家卡尔维诺的一篇小说，说一个村子里的人都是小偷，张三偷李四家的鸡，李四偷王五家的鸭，王五偷孙六家的鹅，孙六偷张三家的兔子。大家都有事干，生活也充满了刺激和乐趣。忽然有一个家伙改邪归正，不偷了，这根循环往复的链条断了，村子里的人也就感到生活失去了意义，陆续地搬走了。这个故事很有趣，似乎蕴含着一些哲理。

卖 驴

用假话骗人，寻常事也；用真话骗人，反常事也。寻常事无可记，反常事可记之。吾乡周氏父子，聪明人也。聪明人不愿种田出大力，喜欢干一些出力少、赚钱快的事。吾乡把从事商业者称为买卖人，此称谓虽含贬义，但也不算太狠。周氏父子，父名文元，字金榜。子名武魁，字占镳。他们家似乎世世代代都与农民不一样。如果说地道的农民与土地是鱼与水的关系，那么周氏父子与土地就是青蛙与水的关系。他们可以在水里待着，也可以跳到岸上甚至钻到泥土中或是爬到树上。这些都是闲话，咱们书归正传。周氏父子所从事的工作，说好听点儿叫经纪人，说难听点儿就是牲口贩子，因为周氏父子只倒腾驴，因此大家称他们为驴贩子。他们的特长就是用一些手段把一头老驴装扮成一头比较年轻的驴，从中赚一笔钱。怎样把一头老驴装扮成一头看上去比较年轻的驴呢？具体做法是：将一把谷秸点燃，去烧燎老驴身上的死毛。这个分寸比较难以把握，太近了会烫伤驴皮，太远了又烧不出效果，所以这个活儿一般都是老周干。小周拿着一柄竹扫帚，待老周燎后刷毛。刷时，驴似乎很享受；刷后，驴焕然一新，犹如穿上了一件光鲜的外套。处理完驴毛后就开始处理驴牙，这种活儿较复杂。先用丝瓜瓤子蘸着盐末儿擦洗，驴越老牙越黄，擦洗盐水后驴牙变白，会给买驴者留下好印象，驴也显得年轻。接下来的工序最为复杂，那就是用锥子在驴牙上钻剔出沟槽，因为老驴的牙齿经过多年磨损，已经磨平，这是判断驴年龄最重要也最可靠的标志。在磨平的牙齿上剔出沟槽，这活儿也只有老周干，小周只能做助手。大多数人有过看牙的经验，知道钻磨牙齿的滋味不好受。驴也一样。所以小周要让驴嘴张开，一直等到老爹把活儿干完。有时驴急了也是会咬人的，这活儿也有一些危险呢。最后，在牵驴上集前，用拌有酒糟的饲料喂它一饱，让它微醺兴奋。你看这头驴，毛眼儿新鲜，双眼焕发光彩，哪像头老驴，活脱脱就是一头青年驴啊。买驴人在扒开驴嘴看罢驴牙后，提出疑问：这驴牙似乎刚刚钻过。这时，小周就说：大叔，您真说对了，今天早晨，我扒着驴嘴，是俺爹用锥子钻的！于是大家都哈哈一笑，不再怀疑。这就是用真话骗人的故事。类似的故事还有，譬如一男一女有暧昧关系，众皆疑之。女的坦然道，岂止是暧昧关系，我们的私生子都上大学了呢！这样一说，那些专门打探传播此类消息的人反而感到无趣了。

八个飞翔的故事（选三）

李　浩

俏姑娘

我们小镇最美的俏姑娘飞走啦——有本书上是这样说的，这个女孩在晾晒床单的时候忽然被一阵大风吹起，她紧紧地抓着床单随着大风飞向高处。“她离开了大丽花和金龟子的那个空间，最终消失在下午四点钟的那个时刻，飞向了就连飞得最高的鸟也不能到达的那样的高处。”说实话我并不觉得这是真的，我无法相信，虽然我一次次试图说服自己相信。

许多人都不肯相信，他们猜度俏姑娘也许遭遇了怎样的意外，他们猜度镇上最美的姑娘也许，也许……好啦，不再纠缠那些无聊的猜测，它们只会把事实引向歧途，最终把事实完整地、一点儿痕迹也不留地掩埋起来。趁着事实还有一个小小的尾巴露在外面，我想我还是先把它抓住：事实是，俏姑娘已经“离开”了这个小镇，无论是飞走的也好，逃走的也好，被掠走的也好，遭遇了什么不便或邻居们说的意外也好，但她确实是不见了，很可能再也不会回到我们的小镇子了。

我们之所以不肯相信俏姑娘已经离开了我们，是因为谁也无法接受这样的事实，小镇上的所有人都觉得小镇可不能没有她，那些和我同龄的年轻人当然更是如此：“俏姑娘飞走啦？不会吧？”“是不是她被藏在了一个什么地方……只要能找到她……”“飞走啦？那，她还会回来吧？”

我们当然期盼她能回来。一时间，我们整个小镇都患上了“疾病”，就是无论做着什么、和什么人在说着话，脸一定是抬着的，每隔不到十秒就会转过头去看看后面的天——我们很希望能看到俏姑娘的归来，她乘着那个旧床单从天上缓缓地落下，她，只是出门走了一趟亲戚，路途遥遥她不得不采取飞翔的方式。

期盼一次次落空，我们不得不慢慢地接受她已经离开并且可能永远不再回来的事实，这一事实本身就弥漫着阴郁的气息。一时间，酒吧里坐满了失意的、痛苦的酒徒，我之所以这样说是因为他们把失意和痛苦都明显地写在了脸上，根本不可能看不出来。至于酒吧里的话题，这么说吧，无论认识的和不认识的，新来的还是老顾客，他们的话题无论是从山峰还是河流开始，是从头发还是从关于海伦的战争开始，绕来绕去最终都会绕到这个俏姑娘和她的消失上来：我们谈着她，谈着那个认识的和不认识的她，关于她的那些闪烁着光的碎片。我看见邻桌的一个小伙子因为不同意另外一张桌子上几个小伙子的判断，在他眼里的俏姑娘不是那个样子的——于是他冲上去争吵，进而和正在喝着啤酒的两个小伙子殴打在一起。我们先是看着，然后将他们拉开。没想到的是这三个刚才还怒火冲天的小伙子竟然像多年的兄弟一样，哭泣着，拥抱在了一起。

俏姑娘的离开，让我们感觉……自己的生活就好像突然地少了一块儿，那一块儿别的什么东西还填充不起来……说这话的并不是我，而是我的一个朋友，他说这也是他的转述，他是听他的母亲说的。没错儿，俏姑娘离开了我们，让我们这个本来正常的小镇一下子空空荡荡。所有人都感觉到了这一点，包括那些已经做了母亲的人。我们想过她会被哪个到天上去的幸运男人娶走，但没想过她会消失，飞离我们的生活、我们的小镇。我们怎么能缺少她的存在呢。

可她，就是缺少了。

刚才我在叙述中谈到酒吧里的争吵和打架，谈到三个怒火冲天的小伙儿在打过一架之后哭泣着拥抱在一起——接下来的事情就变了样，他们还会哭泣但绝不肯再次拥抱。事情是这样的：

镇上的悲观主义者散布起一种流言，他们说，这个太过纯洁，纯洁得不知道什么是爱情的俏姑娘本是个天使，然而她怀着失望离开了我们，重新回到了属于她的世界。她把我们留在这个已被谎言、罪恶、仇恨以及苦杏仁般淫荡的气息所笼罩的世界上，再也不会回来了。她放弃了对我们的救赎，没有人能改变什么，只有接受它的堕落，并且与它一起堕落——“我不接受这样的说法！”在赌场里刚刚赢得一笔小钱、兴致勃勃的我的叔叔于勒不肯接受，他随口说了一句：“说不定她是魔鬼呢！要不然她怎么会那么漂亮，就连女人们都会心动，都不会妒忌她呢？”于勒叔叔说得无意，但令他没有想到的是和镇上的悲观主义者对应，他的这一说法经过变化之后成为“魔鬼派”的说辞。在“魔鬼派”那里，俏姑娘依然具有天使的性质，不过在她成年之后魔鬼便找上她，让自己附在她的体内，吸引小镇上的男人，让他们神魂颠倒，丧失勇气、能力和希望。最后，仁慈的上帝不得不把她收回到天上去……

“她怎么会被魔鬼控制？不，这种判断里面充满了恶毒，说这话的人才是魔鬼！”“我们没有一个人，在她身上看到过魔鬼的影子！”“说这话的人不仅是对俏姑娘的侮辱，而且也是对我们的情感的侮辱！他们在污染我们的天使！”

很快，小镇分成了两派各执一词。为了表明自己的态度，他们甚至把自己的房子涂成了鲜明的蓝色或黄色，悲观主义者们组成联盟，他们坚决反对“魔鬼派”的说法，而所谓的“魔鬼派”也是如此。他们不仅在酒吧里争吵，而且把战火引到了大街上、斗鸡场和餐桌上。一家人也可能分别是悲观主义者派和魔鬼派的拥趸，所以有的房子会按比例涂有蓝色或黄色，它能清楚地标明这家人拥护悲观主义的多些还是拥护“魔鬼派”的多些。再后来，争执慢慢地升级，甚至波及邻近的几个小镇，为了显示自己的正确和力量，两派人张贴了标语，并且各自组织了声势浩大的游行……最后，两股力量就像是来自不同区域的寒流和暖流，不可避免地冲撞在一起。那次骚乱实在刻骨铭心，我的叔叔于勒和我的一个哥哥就是在那场骚乱中去世的。需要说明的是我的叔叔于勒在说过那样的话后就后悔了，所以在涂刷房子的时候他把属于自己的那一块儿涂成了黄色。但在骚乱开始的那一天，我叔叔又觉得既然是自己最先说了那样的话就应当对它负责，于是他又跑到了“魔鬼派”的阵营中，并充当了走在前面的人。愿他安息，愿他在进入天堂的时候不会再那么混乱。

多年之后，小镇的分裂还是顽固地存在，被称为悲观主义者的人们和被称为“魔鬼派”的人们依然互不来往，他们的儿子和女儿也传染了这一疾病。大家似乎已经忘记了那个飞走的俏姑娘而只记得仇恨，大家似乎也忘记了那场旷日持久的冲突，是因为爱过一位飞走的俏姑娘而引起的。是的，小镇上所有的男人，都曾程度不同地爱上俏姑娘，包括我在内。

好　人

第二个飞翔的故事是关于亲情、遥远、疾病和即将到来的死亡——在我们的小镇上，一位瘫痪在床的老人气息奄奄，将不久于人世。镇上的每个人谈及他都会先叹口气：“这是个好人啊。”“这个可怜的好人啊。”

是的，这位老人在青年的时候就是憨厚的、乐于助人的人，而他的助人之心似乎还在随着年龄增长。为给在曲曲弯弯的山路上迷路的人们指路，他往往会放下手里的活儿，一路陪同走上四五里，直到人家重新找到路径；偶尔路过的人上他的房里讨口水喝，他不仅会让你喝到水，而且还会把新摘的瓜或野果送给你品尝。周围的人，无论是谁，家里有盖房的事、耕田的事、播种的事，需要劳力帮忙，他总会早早地到场，根本不用上门去请……这个善良的老人即将走向生命的尽头，我们都知道，他还有一个未了的愿望，至少一个。瘫痪在床的老人之所以还在呼吸，多半是因为这个愿望留住了他。

他有三个女儿。两个就嫁在我们小镇上，常来常往，但他最最喜欢、最最宝贝的小女儿，却嫁到了一个据说很远很远的地方——那段距离超过了老人所能想象的长度，也超过了我们想象的长度。要知道我们小镇很少有人离开过小镇，我们对距离的计算时常是“十里八村”，它是一个很大的界限，在山区，十里八村以外的世界只能是我们的想象。老人当然从没有离开过小镇，他决定把小女儿嫁到那么遥远的地方的时候自己先哭了一场。

据说，据镇上认识老人小女儿的人说，老人非常牵挂这个小女儿，而她走了之后就再没有回来过，不知道是不是路途遥远的缘故。据镇上认识的人说，他的两个女儿出嫁时都是被马车接走的，而他这个最最喜欢、最最宝贝的小女儿，却是坐在一辆驴车上被接走的。不止一次，老人和回来探望自己的女儿们说："驴真瘦。我就没见过那么瘦的驴。"每次提到拉车的瘦驴，老人的声音都会变化，但他从来都是只谈瘦驴，他的女儿们也知道他想说的可不是瘦驴。

"怎么能帮到这可怜的好人呢？"

"我们不能让他寒心吧？我们能不能想想办法？"

帮助老人、给他小女儿传递信息成为小镇上所有人的心事，没有一个人不想帮助这个即将离开人世的老人满足心愿，就连十几岁的孩子们也这样想。可我们没有任何一个人去过那么遥远的地方，何况，到那里去我们需要跨越一条凶险而宽阔的河，跨越三座凶险而高大的山——"时间已经不多了。我们怎样才能帮到这位老人呢？"

就在我们一筹莫展之际，一位仙人一样的道士来到了山上。他说，他在山下的时候就听说了老人的故事，也正是因为老人的故事他才赶到山上来的。"我先去看看老人吧。"

也不知道他们究竟谈了什么——只见那位瘦瘦的道士冲着老人点点头，打开自己带来的包裹，从里面拿出一个绸面的卷幅。他把卷幅打开，我们看见画心处只是一张白纸，上面没有画也没有字。道士念着我们听不清楚的咒语，将这个卷幅从高处覆盖到老人的身上，然后用手一指——瘫痪在床上、蜷缩在被子里的老人不见了，而那个卷幅的画心处多出了一位老人，他坐着，似乎正在闭目养神。

"看！是他！"

我们都能看得清楚，画心处那位盘腿而坐的老人就是刚刚从床上消失的老人，他的脸我们认得。道士并不理会我们的惊讶，而是慢慢地卷起卷幅，从床上走下，推开房门。

我们听见门外一声长啸。

等我们和老人的两个女儿也跟到门外的时候，老人和道士都已不见，没有了踪影。我们能看到的是一只白鹤飞在天上，正在穿越一片在阳光的照射下极为灿烂的云。

“看！是他！”

被囚禁的国王

第五个飞翔的故事将涉及一个被囚禁的国王，他被自己的儿子囚禁于一座四面环水、戒备森严的小岛上，每隔三两日的时间，陆地上的侍卫和太监会划船送来些食物和纸张，再由岛上的士兵们送进去。

这一日，士兵们为被囚禁的国王送来了食物、纸张和一双旧鞋子，同时送来的还有一只鸽子。而当士兵们退下，这只鸽子跳到地上，翻滚了一下后，地上的鸽子骤然消失不见，变出一名道士。他正在解开绑住自己腿的绳索。

“你是谁？”

道士告诉国王：“你不要怕，我不是来害你的，绝对不是。我是被派来救你的人，至于被谁派来……你仔细看看这双旧鞋子就知道了。他在南方等着你，只要你一到，他和他的部队就会护卫着你杀回京城。”

“你看看现在的情况……我根本不可能出去。”

道士笑了笑，从怀里掏出一粒药丸。他告诉国王，直接从大门离开这座小岛当然不可能，这一点派他来这里的人当然早就想到了。但不是没有办法。办法是，国王含住这粒药丸，不出片刻，就会变成一只鸽子——道士就是变成鸽子进来的。“你变成一只鸽子，就可以轻而易举地飞离这座小岛，没有谁会注意到你的存在，何况，侍卫和太监里有我们的人，他们都希望你能重新掌管这个被苦心经营的王国。只有你当国王，这个王国才会避免深重的灾难。”

“可我……在这半年里，我仔细地回想我的所作所为。”被囚禁的国王摇摇头，“不说这个啦。我觉得我自己很是失败。也许我的儿子会比我好一些。”

“不会的，你不知道外面发生了什么，不知道你的儿子都做了什么。你出去之后再做定夺吧，我只负责我的这一部分，就是把你救出去。你总不会甘愿被囚禁在这座荒凉的岛上，这样耗尽你的一生吧？”

“当然不。”国王伸出手，抓住道士放在桌上的药丸。它有种苍翠感，里面仿佛有一道深不见底的深渊。被囚禁的国王张开嘴，但他在将药丸放进口中的那一刻犹豫了，他，缩回手，继续盯着药丸仔细地看。

这时，埋伏于院墙之外的弓箭手们都屏住呼吸，朝着上方紧张地张望着。他们接到的命令是，绝不让任何一只鸟飞离岛上的天空。

他人史（三题）

大 解

黄 昏

关于黄昏到底是从哪里冒出来的，人们一直有着不同的说法。长老认为黄昏是从地下升起来的，他看见过翻耕的土地里泛起的暗色，比炊烟还要浓郁；而木匠认为黄昏来自山洞，他去过一个山洞，里面一片漆黑，比黑夜还要黑，黄昏和黑夜都藏在那个山洞里。这些说法都有根据，即使不信，也很难反驳，唯一不靠谱的说法是，黄昏是太阳燃烧后留下的灰烬。而说这话的，竟然是铁匠。

铁匠说，我的炉子里烧过很多煤，再好的煤，燃烧后都有煤灰，太阳在天上燃烧了一整天，不可能没有一点儿灰烬。

木匠说，你看见太阳燃烧了？

铁匠说，看见了，最亮的火苗不是红色和白色，而是黄色，有时候还有一点儿蓝色。你们肯定看不见，但是我能看见。我经常盯着炉子看火苗，因此我能够看见太阳的火苗，有时能达到一尺多高，太阳最热的时候是黄色的，跟我炉子里的炭火差不多。

木匠说，你能看见太阳上的火苗，还不算厉害。我是木匠，经过我手的木头太多了，我用肉眼就能看出，一根木头里到底有多少火焰。所有的木头里都隐藏着火焰，但是你看不见。只有木头燃烧了，你才能看见它们释放出来的火焰。硬木里面火焰多，软木里面火焰少，还有一种木头，只是冒烟，没有火苗。

长老听见木匠和铁匠比起了能耐，就呵呵笑了。说，木匠啊，你能知道木头里有多少火焰，还不算厉害的，你知道树是从哪里来的吗？树是长在地上的，木头活着的时候都是树，树是从土里长出来的，因此，土地里暗藏的火焰，比树还要多。

长老这么一说，还真把木匠给镇住了。看来还是长老最厉害，说到了点子上。

这时三婶挎着一篮子桑叶从村口经过，看见几个人正在议论，当她听见长老说到土地，就顺嘴接过了话茬儿，说，长老说的在理，土地不光能够长出大树，还能埋人呢。

三婶心直口快，说话从来不过脑子，竟然说到了死，就把话题给说没了。在河湾村，人们忌讳谈论死，也不谈论与死有关的话题。当三婶说到埋人，人们就不接话茬儿了。三婶说完，也知道自己说走了嘴，就自己给自己下台阶，说，我回家给蚕喂桑叶去。

三婶走后，长老和木匠和铁匠，像是木头一样呆在那里，不知道说什么了。

这时，刮起了一股风，这股风似乎是从地下刮出来的，幸亏有大石头压着，否则这股风会直接从地下钻进人们的裤腿里。随着这股风的出现，远近的土地里隐隐约约冒出一些灰暗的雾状阴影。

长老和木匠和铁匠，几乎是异口同声地说，黄昏来了。

随着黄昏的到来，河湾村升起了炊烟，最初是一棵两棵，仿佛村庄里突然长出了质地松软的大树，不一会儿，炊烟就多起来，形成了一片炊烟的树林。当这些树林的树冠在空中逐渐膨胀和相互连接时，没过多久，整个村庄上空的烟雾就连成了一片。这时正好赶上夕光染色，高处的浮光中出现了烟霞。这些飘忽的烟霞，更加深了黄昏的浓度。

长老说，你们仔细看看，黄昏到底是从哪里来的？

木匠说，我还是认为黄昏是从山洞里来的，山洞里那个黑呀，从没见过那么黑。

铁匠说，太阳一走，黄昏就来了，可见黄昏与太阳有关。我还是觉得黄昏是太阳燃烧后的灰烬。

长老说，你没去过地下，你怎么知道地里不是黑的。地里更黑。我爹给我托过梦，说地里漆黑一片，点灯都没用。所以说，黄昏是从土地里冒出来的，到时候你们就知道了。

木匠和铁匠都愣住了，一齐问，到什么时候？

长老又重复了一句，到时候，你们就知道了。但是到底是什么时候，我也说不清。

铁匠说，不仅说不清，而且我还看不清了。刚才从我身边过去一个人，转眼就消失了，不知道是我看不清了，还是他真的没了。

木匠说，我也看不清了，我看长老就像是一个模糊的影子。

长老说，天快黑了，咱们都回家吧。

话音刚落，远处的山顶上突然出现一颗星星，好像是谁家点亮了油灯。

铁匠说，凡是最亮的光，都出现在天上。

木匠说，木头里也有光，点着了你才能看见。

长老说，还是土地深厚，长出了那么多能够发光的树木，却把黑暗保留在土地里。我死了，就埋在土地里。

木匠和铁匠说，离死还远着呢，你是老寿星，死不了。

长老说，哪有永远不死的人。

说完，三个人哈哈大笑，顷刻间就被夜色掩埋了，仿佛不存在，仿佛从来都不曾存在。

旋　风

把一个人摔倒，算不上什么大本事，把一棵树摔倒，也并非不可以做到，但是，把一股旋风按倒在地，却很难。有的旋风可以达到十几丈高，摇摇晃晃的，你只能抱住它的脚，而抱不住它的腰，它的腰太高，够不到。因此，摔倒一股旋风，不仅需要足够的力气，而且还需要智慧。

初春时节，河湾村总要来几股高大的旋风，也许没有什么事情，旋风只是来转一下，一是显能，看看谁能把我抱住；二是到老地方看看，应付差事，证明自己来过了。旋风没想到会有人挑战它，但是挑战者已经做好了准备，随时等候旋风的到来，与它一决高下。

河湾村有一个愣小子叫铁蛋，以勇敢和有劲著称，虽然他摔不过张福满，但是他的智慧绝对在张福满之上。铁蛋的腰带上拴着一个小铁人，是他的护身符，有这个护身符保护，他就是摔死了也能活过来。他不怕死，也死不了，所以他敢于和旋风比试一下。

一天下午，旋风出现了，刚开始，旋风非常小，甚至不足三尺高，旋转的速度也很慢，仿佛转也可不转也可，有随时解散的可能性。旋风带有一定的迷惑性，你以为它真的要解散了，但是，它突然加快了旋转的速度，从山脚下向开阔的地带缓慢移动，并在移动的过程中逐渐长高，卷起地上的浮土，形成一个柱状的核心。远远看去，旋风是傲慢的，它用高度彰显自己的存在，毫不在意人们的议论，仿佛它才是这片土地的主人，而居住在此的人们不过是匆匆的过客。

旋风来了。它已经从一个缓慢旋转的小漏斗迅速成长为一个高大的通天巨柱，走过旷野的时候还晃动几下肩膀，仿佛在告诉人们，我来了，我想来就来，想走就走，无人可以阻挡！

张福满首先发现了这股旋风。虽然张福满是村里力气最大的人，但他毕竟老了，奔跑的速度跟不上，追赶旋风已经力不从心。他把旋风到来的消息及时告诉了铁蛋。铁蛋听说旋风来了，毫不迟疑，撂下手中活计，立刻向旋风逼近。人们听说铁蛋要挑战旋风，都想看热闹，看看究竟谁胜谁负。铁蛋在追赶旋风，生怕它跑掉，人们在追赶铁蛋，生怕看不见铁蛋与旋风搏斗的场面，错过精彩的细节。

铁蛋在奔跑的过程中，摸了摸腰带上的小铁人，有小铁人在，心里就有了底。

旋风依然在旋转，根本不在意是否有人到来，就是河湾村的人都来了，它也不会退缩。旋风所到之处烟尘四起，仿佛是一棵巨大的炊烟。

铁蛋逼近了旋风，毫不犹豫地冲上去，死死地抱住旋风的根部。旋风也不是好惹的，感觉有人抱住了它，就拼命挣扎。它根本没想到一个人会有这么大的力量，还真的把它拖住了。

铁蛋抱住旋风不放，旋风在挣扎，有挣脱的迹象。这时，铁蛋手疾眼快，迅速解下自己的腰带，缠在了旋风身上。铁蛋勒紧这个腰带，越来越用力，居然把旋风给勒断了。人们站在稍远的地方，看见了这场精彩的搏斗。人们看见这股旋风变成了两节，上面的旋风与根部脱节后，失去了支撑，摇晃了几下，轰然倒下。

旋风倒地之后，铁蛋才意识到，自己的裤子因解下了腰带而脱落下来，知道自己出丑了，立即把裤子提溜起来，扎好腰带。他查看了一下，小铁人还在腰带上牢牢地拴着。

这时，人们不顾旋风倒下后在地上溅起的烟尘，纷纷向铁蛋走去，仿佛拥戴一个英雄。

张福满说，铁蛋好样的，是个爷们儿。

三婶也来了，走近铁蛋身边，笑眯眯地说，刚才我看见你和旋风打架的时候，裤子都掉下来了，你身上的东西没丢吧？

人们知道三婶是在戏弄铁蛋，忍不住爆发出笑声。

铁蛋说，刚才我是和旋风摔跤，不是打架，我们是好朋友，怎么会打架呢？

人们点头称是，说，对，铁蛋是在摔跤呢，不是打架。

就在人们围着铁蛋议论纷纷时，又是张福满，在第一时间看见了惊人的一幕。这个倒地的旋风，并没有摔死，它聚集着散开的尘土，又一次形成了旋风。

这股旋风从地上慢慢地拱起身，又站了起来。人们仰望着这股巨大的旋风，顿时傻眼了，莫非它要报复？

正在人们惊慌失措的时候，这股重新站起来的巨大的旋风，旋转着向远处飞去，停在一片开阔地上，向人们弯下身来。如此反复三次。没人理解这是什么意思，只有铁蛋从人群中走出来，对着旋风抱拳说，对不起了，如果凭力气，我赢不了你，刚才我使用了腰带，而腰带上有一个小铁人，是他帮助了我，不然，我赢不了你。实际上，还是你赢了。

听到铁蛋这样说，旋风一下子折叠在一起，跪在了地上。铁蛋看见旋风跪下了，他也连忙跪下来，双手抱拳说，从今天起，我们结为兄弟吧。

真是不打不成交。没想到一场较量过后，一股高大的旋风，与铁蛋结成了兄弟。

人们站在旷野上，用默许见证了这个结拜的场面，内心对旋风充满了敬意，同时也为铁蛋的勇猛和智慧感到骄傲。

从此，铁蛋多了一个兄弟。

河湾村的人们，因为铁蛋多了一个旋风兄弟，仿佛村里多了一个人。只是这个人不常来，只在春天多风的季节来几次，转一下就走。旋风来的时候虽然并不声张，但人们看见后仍然要奔走相告，说，与铁蛋结为兄弟的那股旋风，又来了。

后来，每次旋风到来的时候，小铁人都会事先发出轻微的喊声，声音虽小，但铁蛋也能听见，并因此知道，旋风又要来了。旋风来的时候，铁蛋每次都要前去迎接，全村的人也都跟在铁蛋身后，前去接应，他们仿佛迎接一个归乡的浪子。

祈　福

一条小路，在哪儿拐弯，在哪儿不能拐弯，是有原因和定数的。如果一条小路围着一座房子绕了三圈，还不能走开，那说明这座房子有强大的吸引力，或者不是一般人的住处。

铁蛋的家就是如此。一条小路围着他的家绕了好几圈，好像小路本身迷路了，走不开了。长老听说后，扒着铁蛋家的窗户往里一看，屋里亮着一盏灯。长老纳闷儿了，心想，大白天的，点灯干什么？

不一定是灯火吸引了小路。在山村，火，确实能够让小路弯曲，但是别的东西也能改变小路的走向和宽窄，比如炊烟，凡是冒烟的地方必有房屋，房屋的外面必有小路，凡是小路都有弹性，夏天的时候因松弛而舒展延伸，冬天的时候因寒冷而蜷缩，甚至绷断。

那么炊烟是怎么来的？说到底，还是与火有关系。是火，产生了炊烟。

火是草木的灵魂。

长老知道这些道理。长老今天来不是讲道理来了，他是要了解一下小路缠绕房屋到底是怎么回事，结果看见了铁蛋的家里白天还点着油灯。

看到长老扒着窗户观望，铁蛋从屋里捧着油灯出来了，说，长老请到屋里坐吧。

长老感到纳闷儿，说，你白天点灯是怎么回事？

铁蛋说，我要点三天灯，不能灭。

长老说，为什么？

铁蛋说，你不也是在山洞里藏过灯火吗？

长老说，是啊，我把灯火藏在山洞里，是为一个病人祈福。

铁蛋说，我也是，昨夜我梦见我爷爷病了，我要给我爷爷祈福。

长老说，你爷爷不是死去多年了吗？怎么又病了？

铁蛋说，他是死去多年了，但是他死后又病了，昨夜给我托梦，说怕黑。

长老说，我还以为是你怕黑呢。

铁蛋说，倘若我爷爷的魂灵回家，我要让他看见光亮。

长老说，但愿你爷爷的病情早点儿好。你爷爷过世有些早，我已经一百多年没有见过他了，说起来还挺想念的。

铁蛋说，我爷爷若是再回家，我让他去看望你。

长老说，好，我都老成这样了，见了面，他也不一定认识我了。

说到这里，长老突然想起来了，他是来了解小路的，不是专程来看灯火的。他看见灯火后就打岔了。他怕忘了，赶紧说，那小路围着你家绕了好几圈，是怎么回事？

铁蛋说，昨天夜里，我梦见我爷爷回来了，他是沿着小路走来的。他已经好多年没有回过家了。他到家后，犹豫不决，不想进家门，怕突然到来会吓着我。于是他围着房子转了好几圈，走到哪里，小路就跟到哪里。

长老说，原来小路绕圈是这么回事，这我就放心了。

铁蛋说，放心吧长老，我已经给我爷爷祈福了，我点三天油灯，我爷爷的病情就会好转的，他死不了的，因为他已经死了，不会再死了。

长老说，那可不一定，有的人死后得病，没治好，结果又死了一次，还有死好几次的，什么情况都有。所以，你爷爷的病还必须要当回事，不能含糊。这样吧，我回去后，去一趟山洞，把藏在那里的油灯点亮，让你爷爷的病情尽快好转。

铁蛋说，谢谢长老。

长老从铁蛋家出来后，就去了山洞。长老说话算话，从不含糊。他走的时候，有好几条小路跟在他身后，有时几条小路拥挤到一起，差点儿拧成绳子。长老只顾走路，也不管身后的事情，他也管不了。曾经有一条小路在夜深人静的时候试图去往天空，结果被一个梦游的人给拽回来了，否则后果不堪设想。

长老去山洞里点灯，回来的时候天已经黑了。他走在小路上，好像听到一个陌生而又似乎有点儿熟悉的声音，轻声地对他说，谢谢！谢谢！

长老回头一看，并没有人。四下看看都没有人。他想起来了，刚才说谢谢的这个人，这个有点儿熟悉的声音，正是他一百多年不见的铁蛋爷爷的声音。

第2辑

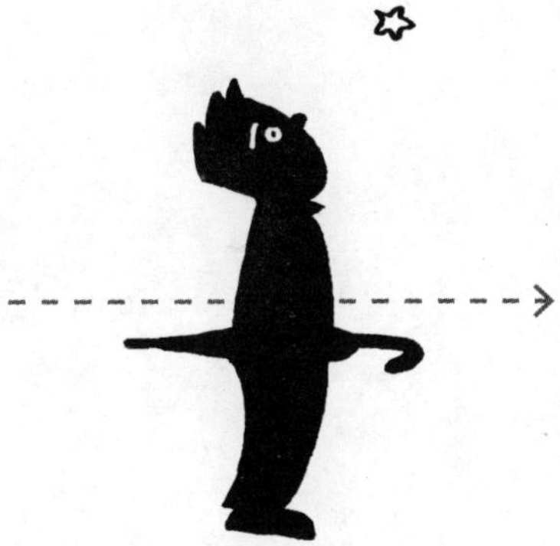

一个人的火树银花

胡天翔

从后墙走到门口是九步。

拎起墙根的帆布提包，刘小海刚走三步，裤兜里的手机突然响了。将提包放到地上，刘小海摸出手机，食指滑屏，贴近耳朵，听到一个女子的声音。女子说的是普通话，吐字清晰，语音轻柔，可在刘小海听来却似五雷轰顶。挂了电话，刘小海愣愣地站一会儿，慢慢地走到床边，一屁股蹲了下去，床被压得吱呀一声。

城要封了，火车停了，订的火车票退了。

腊月二十九，武汉封城了。刘小海没想到疫情如此严重。刘小海打工的厂在郊区，租住的房子在厂边的小区里。离市区四五十里，进厂低头干活儿，回出租屋吃饭睡觉，每天两点一线的生活轨迹，刘小海脑瓜里装的事少，对网上的信息也缺乏敏感。

老家是回不去了，就在武汉过年吧。中午，刘小海煮了一桶方便面。午觉醒来，他在手机上刷了一会儿新型冠状病毒疫情的报道，急忙去药店买口罩。药店里结账的人排着长队，有人买三袋板蓝根颗粒，有人买四盒双黄连口服液，有人买五瓶医用酒精，不管有用没用，一溜儿的人手里都提着药品。口罩已涨价了，十枚装的两包口罩花了三十元。出门戴上口罩，刘小海赶到超市。超市的人更多，刘小海割了六斤肉，提着一袋小米、半兜土豆、两捆葱和蒜苗，排队八分钟才结了账。

回到出租屋，刘小海先给Z城的儿子打电话。刘小海严厉地教导儿子，要戴口罩，要少出门，儿子嗯嗯着，听起来并不上心。每次和儿子联系，刘小海鼻子都会发酸。儿子没读完高中就出来打工了，父子俩憋着劲儿干三四年想盖两层小楼呢，可是一场车祸让爷儿俩梦想成空了。前年夏天的一天，骑自行车的刘小海和一辆电动车撞上了。刘小海尾椎骨粉碎性骨折，那个人伤得也不轻，双方各负其责。刘小海出院了，攒的钱也花完了。打了十三年的工，单亲爸爸刘小海也没给儿子盖起两层小楼。

嘱咐过儿子，刘小海又联系老家的大哥。父亲去世五年了，八十岁的母亲偎着大哥生活。刘小海说了疫情的严重，劝大哥、母亲不要在村里四处走动。电话那头，老母亲叮嘱他别外出，大哥提醒他要备些好吃的。大哥说村里已经广播了，劝人们不要走亲戚了。大哥还告诉刘小海，他家的三间堂屋就快上楼板啦。

大哥说的三间平房是乡里盖的。

刘小海因病致贫，乡里把他纳入贫困户，还帮他盖了三间新房。

除夕夜里，刘小海不停地浏览着新型冠状病毒的新闻，武汉封城的消息，国家战胜疫情的决心，医生和护士的逆行，让刘小海心潮澎湃。看到武汉在建火神山医院的新闻，刘小海心里一动，知道建筑工地上需要很多的电焊工。能帮就帮，咱也去出一份力吧。奇怪了，下了决心，刘小海很快就入睡了。

大年初一，刘小海早早就起床了。吃过饭，刘小海将剩下的肉和蔬菜给了房东大哥，他要去火神山医院建筑工地当志愿者。

到了工程部，刘小海说我是来支援火神山医院建设的。

放下大提包，刘小海说俺是一名电焊工。

大年初二，数百台挖掘机在平整土地，成千名工人在工地上忙着卸建材。坑坑洼洼的地被填平了，建材整齐地堆在一起，有工人开始硬化地面。忙了一上午，刘小海边吃着盒饭边看护施工定位旗，看见一个女子拿着手机朝他走过来。大概是录小视频，宣传火神山医院建设的吧。刘小海心里想。

师傅，你们很辛苦吧。

不辛苦，还可以。

几班倒啊？

俺是白班，看护定位旗呢。

师傅，您是河南人吧？

是的，俺在武汉打工，封城了，回不去，就来这儿当志愿者了。

谢谢，谢谢您！

录就录了，刘小海吃过饭就去卸建材了。刘小海没想到自己在网上火了。很多人转载他的视频，上百万人为他这个河南人点赞。晚上下班，刘小海正看自己的视频呢，儿子给他打来了电话。

爹，俺看到您的视频了，很多人都在夸您呢。

儿子是在为自己骄傲呢。刘小海却在电话里叮嘱儿子不要给老家的人说，更不要给奶奶说。刘小海不想让母亲为自己担忧。

中，您要照顾好自己啊。儿子爽快地答应了。

第二天，河南老家的很多媒体也希望通过视频连线采访刘小海。刘小海就在工作间隙接通视频，给他们介绍工地的情况。有一名女记者还问刘小海想对自己的老母亲说点儿什么。刘小海说希望母亲好好的，疫情结束就回家，去陪陪母亲。

刘小海哽咽了。

刘小海能说什么呢。

刘小海希望母亲看不到这个视频。

夜晚，工地上的灯亮起来。上千个工人还在不知疲倦地忙碌着。刘小海也要上夜班了。他扛着焊机来到工作点，刚把焊机电线连接好，大哥打来了视频通话。

刘小海接了。

小海，俺们都看到你的视频了，都说你给咱村人长脸哩。大哥笑着说。

哥，你别给咱娘说啊，她该担心哩。刘小海说。

小海，娘也知道了，娘让俺给你打电话，娘要跟你说话哩。大哥把手机递给躺在椅子上的娘。

海儿啊，娘好好的，你别担心娘，你要好好干活儿。刘小海看到了娘的满头白发。

海儿啊，你做得对，大家都该出一份力呢。娘继续说。

海儿啊，照顾好自己，娘——娘等着你回家。娘流泪了。

娘——刘小海一句话也说不出来了。他哭了。

挂了电话，刘小海戴着口罩，左手拿着面罩，右手的焊钳稳稳地夹起焊条，一下一下地触碰着眼前的钢管，瞬间，四溢的焊花四处飞散，就像盛开的火树银花。

注：本文根据支援火神山医院建设的志愿者刘海龙的事迹创作。

妈，我都看到你了

张 港

军医大学医生李小稚，跳起来，转起来："去武汉！去武汉！报名了！批准了！"

退掉机票，海关大钟，缓缓地，一下一下地响着。小稚头忽地大了。坏了！坏了！眼前是妈妈，花白头发的、脸上带皱纹的、走路有点儿跛的妈妈。

三天前，小稚欢天喜地，打电话给妈妈："妈，这回给你个惊喜，今年我要嫁出去——哪个人？照片发给你过，就是，就是穿军装那个——你乐啥！质量合格，包你满意……"

可是，可是，马上就要登机了，跟妈怎么说？

十七年了，可怕的SARS，爸爸殉职了，没有追悼会，没有告别仪式，留下的只是照片：笑着的爸爸，小小的小稚骑在他身上。妈一下子老了，偶尔地笑，也是为了别人。过完这个春节，妈就要退休了，她可以跳广场舞，可以去旅游，可以安静地种花。自己去武汉的事，不能让她知道，不能再给她刺激了，她会病倒的。李小稚想了一个又一个方案，又一个一个否定了。编造谎言很容易，不被戳穿太难太难。手在手机上，哆哆嗦嗦，她竟然点上了妈妈的电话。

"啊，小稚，航班正常吧？"

"啊啊啊，妈，妈，我……我……我回不去了。这个春节，我要值班，这次轮到我了。"这话，没经过大脑，直接放出去的。小稚等待，等待妈妈失望的劈头盖脸的责问。

"啊，太好了。小稚呀，你大舅要我到他那儿过年，你回来我也不在家。以后吧，以后吧。不差这一回。"

咦，怎么会这样？李小稚瘫软了，站了几站，晃了几晃：这世界，真的什么事情都可能发生。

机舱里微微的私语，窗外白云翻腾。李小稚忽然拍了下大腿：妈妈的语气，太反常了，她应该生气呀！可也不算反常，大舅与妈也应该在一起过个年了。

大武汉，街面静静的；医院，忙忙碌碌。什么都不可以想了。只是吃盒饭时，李小稚才看了窗外：并不算宽的汉江，一座大桥，对面沿江高高的楼房，飞来飞去的自由的白鸟。原来武汉是这个样子，很像家乡。啊，今天是除夕呀！妈妈与大舅，他们在干什么？

李小稚嚼着盒饭，一手捏着筷子，一手摁了电话："妈——"

对方关机。这个时候，她关机了。又拨还是关机。小稚拨了大舅的电话。大舅说："什么？什么？她没到这儿呀！"

筷子落地，李小稚头轰的一下子。有患者推来，她忙调整状态，飞快跑起来。

处置好患者，李小稚脑子又乱了。电视在播放，是关于新冠肺炎的。李小稚深深呼吸，让自己平静一些，她得看看。

一个一个穿防护服的医生，分不出谁是谁。一位记者，追一个人要问。那人的手在运送平车上，跑着，对记者一个回头，一个拒绝的手势。

啊——我的天哪！护目镜后，那眼睛，是妈妈！什么都被遮掩着，可是眼睛，是妈妈的。妈妈的眼睛，即使再不清晰，即使只是一闪，小稚也能认得出。

平车被奔跑的人推着，远了。李小稚看到那条有些跛的左腿，她喊出："妈——"

机灵的同事，用手机拍下了：半个门外的平车，一条外撇的左腿。

李小稚不停地打电话，终于通了。小稚哭了："妈，你说，你到底在哪儿？"

"我呀，我在你大舅家呀，正准备年夜饭呀！"

“妈，我都看到你了，你就在武汉，你就在我对面的医院，只隔着一条汉江。妈，你怎么能这样？”

“小稚呀，小稚，妈不对吗？当年抗击SARS，我是最有经验的医生，我不来谁来。就是怕你担心——怎么你也在武汉？”

春晚开始了，患者们兴致勃勃，指指点点。李小稚听不清唱什么，也不明白他们在跳什么。她不想看，也不想听。她只想疯狂地大吃一顿东北大馅饺子，肉多，油多，爸爸拌馅儿那种。她还想扯一块包装箱，呼呼地睡上一觉，像爸爸那样，撩开一只胖胖的小手，翻个身，接着打呼噜。

新年的钟声，缓缓地，一下一下地响着，掌声加欢呼，新的一年开始了。李小稚想打拜年电话，一想：妈妈一定累得不行，困得不行，她应该已经睡了。但愿她能安安静静地睡着。

李小稚亲了亲手机屏，那儿是一条模糊的外撇的跛腿。李小稚对着窗子，深深地呼吸，向汉江对面那所医院和盏盏明灯，行了一个军礼：“妈，我看到你了！小稚给你拜年了！”

明　天

金　光

傍晚的窗外，是一片芬芳的世界，可她一点也不感兴趣。她坐在窗前已经很久了，低垂着头，轻轻地叹着气。

一只鸟儿从一棵开满鲜花的树上飞过来，在她的窗前逗留了几秒钟，似乎在向她打招呼，她这才抬起头，似看非看地瞅了一眼小鸟，又收回了目光。小鸟知趣地飞走了，身后拖着一声长音。

她拿起拨了三次都未拨出的手机，看着仍然显示在屏幕上的号码，终于下决心拨了出去。

“姐，是我，月秀。”

“月秀呀，我知道是你，有事儿？”

“啊，没事……”

“没事挂了啊，你姐夫刚下班回来，我正在给他做饭。”

“别，姐呀，我想再借点儿钱。”

“又要钱，做啥？”

“交房租，这几个月店门没开，明天……”

“我也没钱了，哎，灶上的水开了，我挂了啊！”

她并不怪姐，姐也不宽裕，况且丫丫上大学已经借了姐两万多块钱了。她放下电话，继续在窗前发呆。

她嘴里喃喃地重复着：“明天，明天……”

明天是交房租的日子，但她现在手头确实没钱，明天怎么办？

自从六年前离异后，她带着丫丫度日月。为了生计，在黄河路租了两间门面房卖馄饨，生意虽不算太好，但除了每个月4000元的房租外，娘儿俩还能吃饱饭。打算过了春节就开门的，谁知道突发了疫情，不但店门开不了，而且她和丫丫在屋子里整整封闭了三个月。当初租房合同写的是三个月交一次房租，明天就是交房租的日子，可这三个月一分钱没有赚，上哪儿弄钱交房租？

她不仅是个讲理的女人，而且是个要面子的女人，往常看房东小伙子冷着脸去收别人钱的时候，她总是提前将钱准备好，不等房东小伙子催账，就主动上门交钱。这次，她实在是没招儿了。

不行，还得再想想办法。她又一次拿起手机，拨通了前夫的电话，毕竟他是丫丫的爸爸。

接电话的是那个女人，还没等她开口，电话那头就狂叫起来："你又来骚扰我们，拜托！"然后"啪"的一声挂掉了电话。

她委屈的泪水夺眶而出，索性将手机往床头一扔，愣愣地望着远方。

丫丫回来了。丫丫去车站取了车票，准备明天回校上课。丫丫不知道妈妈的心思，兴高采烈地说，终于解放了，可以回到大学校园了。

她强装笑脸对丫丫说："妈明天……"

她想说，明天不去送丫丫了，让她自个儿到车站去坐车。

突然，手机来了微信通知，是房东发来的。她心里不禁一紧，点了两次才点开："大姐您好，我是小魏，今年的新冠肺炎疫情给我们大家都造成了不小的损失，但只要我们都平安无事，一切都会好起来的。我知道，因为疫情您的店铺一直未开，也没有收入，因此，我决定将第一季度的房租免除，明天不用来交房租了。等疫情过去，我们共同加油，努力把损失挣回来！"

她揉了揉眼睛，重新看了一遍微信，确认没有看错，这才长长地吁了一口气，继续刚才对丫丫说的话："妈明天送你去车站。"

丫丫高兴地指着窗外:“你看，外面的花儿开得多好，晚饭后咱们出去转转吧。”

“好。”她直起腰，抬起头，望着窗外。这时候她才发现，窗外的风景是那样的美丽。

一片云

蔡　楠

有段时间，李或喜欢蹲在树下，望着云彩发呆。那云彩一朵朵的，叫着，唱着，挓挲起翅膀从他面前飞过，闪得他眼花缭乱。他揉揉眼睛，再抻长脖子去追逐那一朵朵云时，这才发现先前的一朵朵变成了一片片。一片片云就涌动着，舞蹈着，追逐着，风一样扑向了林间那爿人工池塘，扑通扑通，一片片云就扎进水里，等再从水里冒出头来时，就又变成一朵朵，花儿一样散开了。李或这时候就笑了，站起来，蹦了个高儿，喊了一声，云云云，白云浮绿水，白云拨清波——

李或看的不是云，是鸭群，白色的鸭群。

其实李或开始不是养鸭，是养猪。哦，其实再开始，李或也不是养猪，是开办汽车配件厂。李或办厂子赚了一些钱，在县城里买了房，给儿子也娶了媳妇。李或就觉得可以玩玩儿了。玩儿别的咱就不说了，他偏偏玩上了钱。玩着玩着，心就野了，李或就被同伴儿撺掇着，去了趟澳门。李或老婆还以为他出去联系业务签订合同了呢，就指挥着工人加班加点地生产。等到老婆将产品都打好包静等着发货的时候，李或回来了，后面还跟着几个鸟语花香的南方人。南方人说，李或赌博输大钱了，这厂子连同这些货物都已经被抵押了，他们是来接管厂子的。老婆听了，一下子就瘫软在了包装箱前。等李或将她掐醒了后，她吐了李或一脸血，李或你还挺重感情的，你咋没……没把我押上呢？

老婆去城里和儿子一起过了。李或就留在了村里的老宅。李或还想干点儿什么，却没钱了，什么都干不成。负债累累的李或就成了贫困户。

李或养猪是在田耘的帮助下开始的。田耘是县上来的扶贫队长，她给李或争取到了100头扶贫仔猪，在李或已经撂荒的责任田上帮他建起了养猪场。田耘说，李或大哥，仔猪的钱不用你出，盖猪舍的钱先记你账上，等猪出栏赚了钱，再扣你的！李或嘿嘿一笑，那我要是赔了呢？田耘把脚一跺，赔了钱我替你出！说完，扭头就走，走了几步却又折回来，田耘粉嫩的脸就在春天的风里通红着，她用手指着李或的额头大声嚷着，李或，你如果还是个男人，就给我把钱赚回来，否则你就是个窝囊废——

李或不是窝囊废。李或总觉得田耘的手在他的额头上点着，就认认真真地养起猪来。没想到，这一年，非洲闹猪瘟，波及了国内的二十多个省。李或的猪死了几十头，没死的，也被县防疫站来的一群人捕杀深埋了。

李或一年的辛苦白费了。他提着喝剩下的半瓶牛栏山醉醺醺地找到田耘，我的猪，我的猪没了，你说的，要是赔了，盖猪舍的钱你可是出哦！田耘夺过李或的酒瓶子，轻轻地说，你放心，我说话算数，我出——

田耘不但给李或出了盖猪舍的钱，第二年还想再给他争取100头扶贫仔猪。这次李或把头摇成了拨浪鼓，说姑奶奶，你饶了我吧，就是说出个天仙来，我也不养猪了，我还是当我的贫困户吧！田耘不想让李或当贫困户，就又给李或争取来了扶贫鸭，1万只呢！

李或把猪舍清空，改成了鸭舍。田耘带人给鸭舍消了毒，又帮李或挖了一个人工池塘，种上了一地杨柳。田耘对李或说，这是林下生态养鸭模式，我从南方引进的。李或说，饲料呢？1万只鸭子可是得不少的饲料呢！田耘说，也是南方供应，咱们扶贫对口厂家，在县里设有供应站。

从那时起，李或的天空上就有了一片云，一片白云。李或就沉浸在对白云的向往之中。在他的向往里，一片片的白云就变成了一张一张的老人头像。

但云是可以变化的，到了春节，肉鸭要出圈上市的时候，新冠病毒席卷全国。李或天空上的白云就变成了滚滚乌云。乌云之下，喂养鸭子的饲料没有了，给饲料厂打电话，饲料厂说运输车不让上公路；给供应站打电话，供应站说，我们这里有涉汉（武汉）人员，自行隔离半个月。看着圈里的、林下的、池塘冰上的嘎嘎叫的鸭子，李或急啊，他比鸭子还饿。他开着小三马子，从养鸭场突突突突地开着，想去村里借点儿玉米稻谷啥的，给鸭子临时垫补垫补。可是村子不让进。

李或蔫蔫地回了养鸭场。一群鸭子像一群狗一样围上了他，追逐着他，有只鸭子的扁嘴这时候变成了尖嘴，一口把他的鞋子啄了个窟窿。李或不干了，拿起一把挖池塘的铁锨，向鸭子拍去，那只啄他鞋子的鸭子立时成了扁鸭。你叫啊，你啄啊，鸭子不叫，李或更来气了，抡起铁锨，冲进鸭群，手起锨落，直拍得鸭毛漫天飞，这才喘着粗气趴在了鸭子身上。

李或和他的鸭子成了网红。李或也不知道他拍鸭子的小视频是谁录制并传播到网上的。但这小视频救了他。田耘发现了小视频。那时候作为县卫健委工作人员的她，已经请求上了抗疫第一线。但她还是打电话请示了县里乡里，给李或开了绿色救助通道，去饲料供应站拉饲料。田耘把这个消息告诉李或的时候，李或抱着鸭子正哭得地动山摇，说，田队长，我这些死去的鸭子怎么办啊？鸭子疼，我也疼啊！田耘略一沉吟说，李大哥，别急，你把鸭子送到我们小区门口超市，我动员一下小区邻居，让他们线上按市场价订购，由专人派送！

李或马上消好毒，戴好口罩，顺着绿色救助通道进城送鸭子了。当天，封闭多日的小区居民吃上了李或亲自宰杀的鸭子。绿色，环保，新鲜！李或给田耘发去了一条信息：田队长，鸭子我不能收费，捐给了小区，期待你安全归来，请你看那一片云！

李或说这话的时候，他知道他的鸭子又都活过来了，它们叫着，唱着，挓挲起翅膀从已绽新芽的杨柳间飞过，变成了一片片祥云。

邻 居

海 华

一场猝不及防的疫情突然袭来，人们正常的生活秩序全乱套了。好端端的一个春节，不得不老老实实宅在家里，非出门不可时，第一道防线就是戴口罩。于是，口罩一时成为人们日常生活稀缺的必需品。

大年初八中午，老常从县医院一回到家，拿着几只口罩准备出门。妻子一愣，干啥去？

给对门送去。老常随口答道。

啥？给那个姓石的股长家送去？你忘了那年装修房子的事啦？妻子两眼瞪得溜圆。

妻子的话，猛然打开了老常记忆的闸门。

那是三年前的秋天，老常和老石都买了新房，碰巧同在一个小区同一栋楼的同一层，也许是开发商设计不够科学，两户的大门正好相对，装修时老石先装的大门。几天后，老常的大门刚装好，老石的妻子敲开老常家的大门，开口就质问老常，我家装的是子母门，你家为啥要装单扇门？你看看，这过道本来就不宽，咱两家大门都是向外开，母门和单扇门差几十厘米宽。她边说边把自家的那扇母门打开，再把老常家的单扇门打开，只听"哐当"一声，两扇门就碰上了。她接着说，你想想，日后两家人一旦同时开门伤着人咋办？老常连声道歉，说这是装修师傅的主意，自己考虑不周。但不管老常怎么解释，老石的妻子就是不听，还说什么你做医生好了不起呀，只图自己方便，太自私了。转瞬间，老常的妻子和老石也加入骂战，双方吵得不可开交。后来被小区的物业管理人员调解了近一个钟头。最后，老石的妻子非要老常答应，她家能开全扇门，而老常家只能先开半扇门，如见对门关着才能全打开。

打那以后，两家人像结了仇似的，三年过去了，互不往来。半年前，老石的妻子去县医院看病，巧遇老常，老常主动问她是来看病还是探视病人，她斜了老常一眼，转头找别的医生去了……

还愣着干啥？瞎操心，别去！妻子道。

老常拉回思绪，定了定神，嘿嘿地笑着对妻子说，嗨，不就是几只口罩嘛，如今疫情这么严重，咱朝见脸，晚见面的，他家真要有个啥事，咱家也躲不过去，应该互相照应才好。再说了，那些事都是老皇历了，还记着干吗呀？

见妻子没再言语，老常打开房门出去了。

一直宅在家里的老石听到敲门声，不禁纳闷了，这种时候还有谁来串门？一开门，见是老常，顿觉意外，双眉微微一皱，正有些不知所措时，老常满脸笑容地说，老石呀，眼下疫情严重，防控工作不可大意。说完，把手中之物递给老石，叮嘱道，这是几只口罩，出门时一定记得戴上。临别，又说道，我已托省城的朋友预订了一些口罩，过几天货到了，我再给你拿一些。

哦哦哦……老石想起这些天寻思着出门买点儿菜和一些日用品，却苦于没有口罩，急得像热锅上的蚂蚁，正在犯愁呢，这真是雪中送炭啊。想到这，老石心头一热，一边接过老常手中的口罩，一边连声说，好好好……谢谢！谢谢……

甭客气，远亲不如近邻嘛。老常笑着说。

是是是，远亲不如近邻……远亲不如近邻。老石有点儿语无伦次了。

没多久的一天傍晚，老常回到家，匆匆对妻子说，哎，下午医院组织医疗队去武汉，因时间仓促，来不及与你商量，我报名了。妻子一听，啥？你快五十了，身体又不好，医院那么多医生就缺你一个？老常悄声道，大疫当前，我是感染科的，又是党员，岂能当旁观者？妻子猛地抬高嗓门，你走了，家里有老有小，你爸还卧病在床，我又要上班，顾得了哪头？夫妻俩吵了起来。

这时，老石外出回家，听见对门的吵闹声，眉头一皱，非常时期，老常家这是咋啦？便敲开了老常家的门。问清原委后，老石沉吟片刻，语气平静地说，是呀，全国各地已有好几万医生护士去支援武汉了。嫂子说的也在理。这样，老常，啥时候走？

明天一早。老常虽轻声说，但语气笃定。

哦……请稍等。老石说完，转身回家。几分钟后，他拉着妻子过来，声音爽朗地说，老常，啥都不用说了，救人要紧。你就放心去吧，有啥事，嫂子跟我们吱一声便是。

老石的妻子笑着说，嫂子，老石说的是，救人要紧，让老常放心去吧！家里有我们呢。从明天起，你们家买菜的事，我包了。咱们等老常平安归来。

老常的妻子听了，紧绷的脸上终于有了笑容。

我在春天等你

李伶伶

早上，姜妍刚进医院，就看到杨凯打来的电话，她没接。随后，又收到杨凯发来的微信留言：心情不好，想跟你聊聊。她也没回。姜妍跟杨凯分手了，杨凯比她小两岁，做事喜欢依靠她，她不喜欢这种感觉，所以跟他提出分手，现在已经十多天没理他了。

交接班时，周姐跟她说，五床今天的状况不好，你要多注意。姜妍很意外，说，最近几天不是挺好吗，怎么突然不好了？周姐说，昨晚听说他母亲也确诊了，他哭了一宿。姜妍没说话，重重地叹了一口气。

姜妍是从辽宁葫芦岛来驰援武汉的护士，她和同事一共负责十九个病人，其中有三个病人最特别，一个是上了年纪的老爷爷，一个是中年男人，一个是年轻女孩。女孩最乐观，每天都积极地配合治疗，虽然有时因为呼吸困难，难受得马上要晕过去似的，但是她总能很快克服，挺过来后又像往常一样活泼起来。女孩乐观的态度，使得她的病情明显比别人好转得快。

老爷爷比较平静，可能是年纪大了，经历的事多了，看淡了生死，所以处变不惊。他躺在最里面的病床上，即使再难受也不会吭一声。不像杨凯，受不了一点儿苦，动不动就“哎呀哎呀”地喊叫。如果他能有老爷爷这种定力，她也不会跟他分手了。

三个人里面，最悲观的是那个中年男人，就是周姐说的五床。他总是担心自己的病治不好，他说他不能死，一家老小都指靠他呢。说完就哭，谁都劝不住。每当这时，姜妍都会想起杨凯，因为他最会安慰人，再难过的人他都能给安慰笑了。

进了病房，姜妍看到五床脸色憔悴，眼睛红红的。她走过去帮他测血氧，又降下来了。她把数值给他看，他面无表情。姜妍说，我听说了你母亲的事，你要相信医生，你看每天都有那么多的患者治愈，你们也会康复的。提起母亲，男人眼里又涌满泪水。姜妍说，你要挺住，你母亲还需要你，如果你康复了，肯定会给她带去更大的信心。男人仍沉默不语，默默地擦干了眼泪。

姜妍一直关注着五床，担心他出什么事，好在他情绪开始稳定下来。快中午的时候，不知什么原因，男人突然呼吸困难，最后竟晕过去了。姜妍立刻叫来医生，氧气、呼吸机轮流上，可男人还是昏迷。医生说，得马上转院，他现在病情加重了，咱们医院治不了了。医院立即联系接收医院和救护车，姜妍跟随救护车，把中年男人送到金银潭医院。

到金银潭医院后，男人被直接推进了重症监护室。姜妍拿着病历卡，向主治医师介绍男人近几天的情况，同时隐隐地觉得旁边似乎有人一直在盯着她看。介绍完情况后，她扭过头，正好撞上了他的目光，她不禁呆住了。虽然对方包裹得很严实，但是光凭眼睛她也能认出，那人是杨凯。杨凯是医生，跟她不在同一家医院，所以姜妍不知道杨凯也来了武汉。她有点儿不相信自己的眼睛，感觉站在她面前的杨凯，不是她以前认识的那个人了。

杨凯也没想到会在这里遇到姜妍，说，你什么时候来的，怎么没告诉我？姜妍说，你不也没告诉我吗？杨凯说，为什么不接我电话？姜妍说，咱们都分手了，干吗还要联系？杨凯听后转身就走了。姜妍很后悔。其实这些天她总会想起杨凯对她的好，虽然他怕吃苦，有时还比较贪玩，但是对她倒是很体贴，会半夜起来跑很远的路去给她买草莓，也会出其不意地送她些小礼物，有时间就带她去吃烧烤。他们几乎吃遍了小城大街小巷所有的烧烤摊，计划着将来退休了，也开一家烧烤店。回想起来，跟他在一起的时候还是挺快乐的。

重症区更危险，感染的概率更大，姜妍很担心杨凯，想给他打个电话，又有点儿不好意思。杨凯那边一直没有消息，姜妍不知道五床怎么样了，所以犹豫再三，还是硬着头皮给杨凯发了条微信。杨凯回答说，患者已脱离危险。姜妍说，你怎么样？早上你说心情不好，到底怎么了？杨凯回，都分手了，还问这么多干啥？姜妍这个气啊，随手把手机扔在了一边。

五床在金银潭医院住了十四天，重症转为轻症，又回到了姜妍所在的医院，继续治疗半个月后，终于病愈出院。病房的医护人员和患者一起为他鼓掌庆贺，说他死里逃生，必有后福。五床的脸上现出难得的笑容，他含着泪，给大家深深地鞠了一躬。

姜妍在微信上把五床出院的消息告诉了杨凯，杨凯没有回复。姜妍问，还生气呢？小气鬼！杨凯还是没回复。杨凯不会有危险吧？姜妍越想越担心，心里那个急啊，这时她感觉，彼此平平安安的，比什么都好。平时那些想不开的事，与生命比起来，真是不值得一提。她又给杨凯发了条微信：你要好好的，我在春天等你，好吗？

杨凯仍是没有回复。姜妍难过得一宿没睡好。第二天吃早饭时，姜妍的手机响了一声，她立刻点开微信，看到杨凯的留言：你也好好的，我们不见不散。昨天太忙太累，没空看手机，对不起啊，小气鬼。

姜妍一遍又一遍地看着杨凯的微信，觉得今天的早餐格外香呢。

解封令

薛培政

因新冠肺炎疫情禁足的人们，终于等到解封令，可以正常出入小区，去户外游春赏花了。

蜗居在家 40 多天的刘子琪，走出单元楼的那一刻，迎着拂面的春风，禁不住做了一番深呼吸，顿觉身上轻松了许多。

之前，有朋友看着手机上的段子念给他听："给你一个舒适的房间，有食物，有手机，有 Wi-Fi，但不能出门，你能够待多久？"他听了之后，苦笑着摇头自嘲道："净瞎扯，像咱这种整天忙得脚不沾地的人，会有这样的好机会？要是有，我待半年也不嫌烦。"

作为一家热门景区管委会的办公室主任，多年来他就像旋转的陀螺，从没有停下来过。没想到，庚子年一场突如其来的新冠肺炎疫情，让这个机会一下子就到了跟前。

"少出门，不聚集，不给国家添乱……"仿佛一夜之间，快节奏的生活就像踩了一个急刹车，突然慢下来了，每天叫着"忙忙忙"的刘子琪，这时乖乖地宅在家里。每天除在卧室、客厅、厨房和卫生间之间穿行外，就是关注疫情进展情况。起初感觉这种慢节奏还不错，可是一周过后，宅在家的日子已变得了然无趣，直感觉腰酸背疼，浑身不自在。

看到朋友圈里有人晒厨艺，炸油条、包包子、手擀馄饨，几天下来，人人似乎都成了大厨。他也想试一试，怎奈缺少那份耐性，和面和到一半时，就扔在了案板上。

正月初九轮到他值班。开车出门，宽阔洁净的街道空无一人，呼呼的山风刮过，摇撼着树枝嗖嗖作响，更添了几分寂寥之感。

这是一条通往景区的大道，以往堵车是常有的事，每天上下班高峰常堵得水泄不通，遇上“五一”“十一”等重大节日，能堵几公里长。这会儿，他对眼前这条熟识的大道，竟心生些许陌生感，咋也找不到往日的感觉。

车子爬上一个长坡后，进入景区大门，除了值班的保安外，见不到一个人影。他将车停放后，忍不住对着空旷的大山“哟——嗬——嗬嗬嗬——”来了一阵炸雷似的吆喝，听着山谷里荡起连绵不绝的回声，他心头略感轻松了一些。不远处被惊飞的几只乌鸦“哇、哇”盘旋一圈后，又落回了原处。

他是个不甘寂寞的人，坐在入口处那块卧牛石上，连抽了两支烟后，往群里撂出一个话题：等疫情解除后，你最想做的一件事是啥？瞬间，就有人跟帖了。

“想去小区附近的湖边散步，摘掉口罩呼吸一下新鲜空气！”

“想外出旅行，哪怕来个近郊游也行，快憋死了！”

“来一扎啤酒，30 个串，慢慢地品尝个够！”

“来份胡辣汤，外加一个牛肉包子！”

“想到单位上班，再不埋怨加班多了！”

…………

看着这一条条回复，他顿时眼热起来：唉，这再寻常不过的事儿，在这个特殊的时期，却成了一种奢望。

终于盼到解封了。一大早，他就在朋友圈里发信息：本市从今天起，全面恢复日常生活秩序，正常出入小区！顷刻之间，阅读量哗哗地就过万了。也有不少朋友问：是真的吗？你看到文件了？望着这些疑问，他的心里禁不住涌起阵阵酸楚。

暖暖的春阳下，街头巷尾，车流、人流渐渐地多了起来，附近的餐饮店也能堂食了。人气最旺的是小区对面的火锅店，刚过九点店外已排队取号。他取到号后，乐滋滋地给妻子打了个电话，不一会儿，妻子就带着父母、孩子赶了过来。

火锅店门口，有专人把守，顾客间隔排队进店，人人都佩戴口罩，扫码、查验、测体温、填表登记，一样都不少，样样都严格。虽说环节烦琐，但为能享受美食，顾客们都耐心地等候着。此间，几个年轻人开玩笑道："咱们不怕等，每天在外吃一顿，要挨个饭店吃个够，把这一段耽搁的都补回来。"话语刚落，人群中响起了久违的笑声。

暂停营业的景区也开门迎客了，刘子琪带员工们扎起彩门，奏响音乐，列队迎接恢复开放后的首批游客。按照入园必检的要求，所有游客都戴口罩，出示健康码，线上实名制购票，检查体温正常后，自助进入景区。虽没有往日喧哗熙攘的场面，但游客们激动喜悦的心情丝毫不减。

景区里各色各样的花都开了，红的像火，粉的像霞，蜜蜂、蝴蝶在花中飞舞。望着站在山桃树下的游客，或赏花，或留影，一张张脸庞被映衬得红扑扑的，不时发出阵阵笑声，刘子琪不由得在心里默默地念叨着："以后再也不抱怨堵车了，再也不为假日景区人多分流心烦了，那才是正常的光景啊。"

如果猫会数数

秦　俑

寒假回家，刚放下碗筷，冬生就到大伯家去看望祖母。

几月不见，老人家自然欢喜得不得了。冬生嘘寒问暖一番，讲起他在奥运会做志愿者的事，眼见祖母身形消瘦，说话都没了力气，便退了出来。

出到外头，大伯叹了口气，说："不中用了，时好时坏的，净讲些胡话。"

冬生鼻子一酸，正想说点儿什么，只听到豆子在一边喊："爷爷，小叔，猫咪快生宝宝了。"豆子是堂兄春生家的孩子，刚满六岁。

冬日的阳光懒懒地爬到了北墙根。冬生走过去，看到一只黑猫卧在草堆里，身体有些臃肿，一副似睡非睡的模样。

豆子伸手过去，"喵"的一声，猫警觉地缩起身子。

"外头冷，进屋去。"大伯过来拉起豆子，转头对冬生说，"回吧，得空多来瞧你奶。"

过了几日，冬生娘炖了鸡汤，叫冬生盛一碗端过去。

祖母精神头儿还是不好，喝了几口汤，顾自讲起胡话来：

"地震了，要地震了……"

冬生说："地震都过去大半年了，咱这地方，不会有地震。"

"地都裂开了，该有多少人遭罪啊……"

"是老鼠精，老鼠精又出来害人了……"

"告诉你爹……多囤点儿粮食……"

这样子，多半是难得大好了。冬生轻轻地摩挲着祖母的手背，嘴里念叨着“没事没事”。脑海里回想起小时候夜半惊梦，祖母也是这般安抚他的。

祖母慢慢平静下来，屋子外头传来几声清晰的猫叫。

“怕是要下雪了，”祖母说，“你去将猫窝挪到屋里头。”

“猫穿着大毛袄子，不怕冷。”

“想来是怀上崽了，猫崽子怕冷呢。”

“那我去了。”冬生给祖母掖了掖被角，起身出去找豆子挪猫窝。猫似乎并不领情，叫唤着走开了。

又过了几日，祖母被送到医院，隔两日又接了回来。一家人都揪着心，掰着指头数日子，生怕她熬不过这个年。

小年那天，大伯传话过来，说老人家怕是不中了。

二伯、冬生爹和冬生先赶过去，在堂屋摊了厚厚的稻草，上面置一床竹席，铺上新毯子和毛巾被。媳妇们给老人家擦净身子，换上之前偷偷备好的素服，再将人抬到竹席上。

一时半刻，春生和春生媳妇赶了回来，大姑一家也相继到了。堂屋里挤满了人，儿孙们依次过来告别，老人家知道自己大限将至，竟比平时清醒许多。

“娘，这是你老憨子（小儿子）。”大伯指着冬生爹说。

老人家点了点头。

“这是你幺孙冬生，你没少疼他，如今也出息了。”

老人家又点了点头……

“娘，可想吃点儿啥？还有啥放心不下的？”大姑向前问道。

老人家动动嘴，似乎有话要说。

大姑将耳朵凑过去，听到老人家吐出来三个字——“你爹呢”，顿时红了眼圈，跪到地上，带着哭腔说：“娘呃，你是不是糊涂了？俺爹早没了，都走了四十多年哩！”

老人家脸色暗淡下来，一口气始终提着，一时好一时坏的，一时又说想喝水。

冬生忙去倒了一杯半温的水来。

喝了水，老人家像是精神好转，四下看了看，问："怎么没见老四老五？"

"老幺我就在跟前哩，咱就四姊妹，哪来的老五？"冬生爹哽咽着说。

见娘亲这么问，大伯、二伯和大姑也都抹起泪来。

大伯是家里掌事的，将兄妹几个叫到里屋，一商量，老娘苦了大半辈子，临走还惦记着早逝的男人孩子，可不能叫她走得不舒坦，便叫春生、冬生装两个叔伯。

春生和冬生依言过去，大伯说："娘，老四、老五回来看你了。"

春生和冬生叫一声"娘"，老人家激动起来："一家子总算齐了。"顿了顿，又打起精神问："俺娘家没派人来？"

大姑忙戳自己儿子后背："娘，这是俺舅家孩子，快叫姑姑。"

大姑家的表兄本就机灵，赶紧上前叫了一声"姑姑"。

老人家沉默好一阵，说："你们哄俺，俺娘家人讲的是阜阳话……"

大姑再也忍不住了，眼泪吧嗒吧嗒往下掉，嘴里像是念着词儿："俺苦命的娘呃……那年闹饥荒，你阜阳的家人都没熬过来，还带走了爹爹和俩弟弟……他们可都在下边等着咱呢……"

老人家没再说话，眼睛睁着，一行泪顺着眼角直往下淌。大伯后来说："咱娘快三十年没哭过了，这一行眼泪流完，她这辈子的苦才算是受完了。"

一家人正伤感，豆子忽然在外头放声大哭。媳妇们忙过去看，原来是家里的猫在北墙根生了崽，生六只死了俩。豆子看到，又是害怕，又是伤心。

大伯母抱起豆子，唬道："快别哭了，再哭，狼把子来背人了。"

"我不要小猫咪死……猫妈妈会难过的……"豆子还是哭着，说不出个囫囵话来。

"傻孩子，猫又不会数数，怎么知道难过？"春生媳妇也过去帮忙哄。

过了好大一会，外头安静下来，屋里传出大姑一声长长的哀号："俺的个苦命的娘呃——”

哭声很快便淹没了这个黄昏。

窗外，那场憋了一冬天的雪，也不知道什么时候纷纷扬扬地下了起来。

后记：

很多年后的一个早春，冬生家豢养的狸花猫生了三只猫崽，有两只刚出生便夭亡了，女儿特别伤心，妈妈在一边安慰孩子：“别难过了，猫又不会数数，它不知道自己有几个孩子呢。”

那时冬生正窝在沙发里刷微博，刚好看到一则新闻：武汉封城导致大量猫狗滞留家中，志愿者伸出援手……他听到母女俩的对话，觉得似乎在哪里听到过的，又恍惚了好大一会，才想起多年前的那个冬天，那只黑色的猫，还有它刚出生的四个儿女，不知道它们后来怎么样了。

第3辑

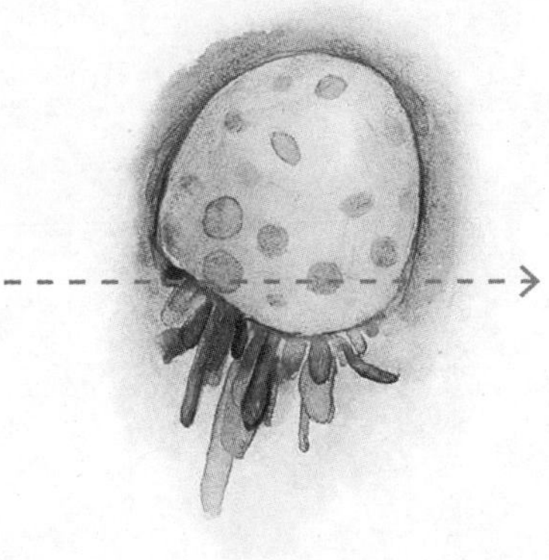

鸡司令

聂鑫森

伯悦总觉得有一双眼睛无时无刻不在盯着他和他的鸡场：惊疑、不服、怨艾，但没有恶意。

这双眼睛属于五十岁出头的有满余。

伯悦问父亲："我请有叔到鸡场来做事，他一口回绝。我想租赁他家的那块山林，他冷冷一笑。爹，你和他有过节？"

伯悦爹一笑，说："在我们这个贫困村，他是最早开始成规模养土鸡的人物，谁不佩服？你办的鸡场比他还大，鸡的价格卖得比他还高，他能服气？他在琢磨你哩。"

"哦，我明白了。"

伯悦是农学院养殖系毕业的大学生，应聘到外地一个土鸡养殖基地工作了三年，在此期间，老板派遣他去加拿大的家禽养殖农场考察过数月，他发现其中面向中高层消费者的有机饲养模式大有可为。他想起湘赣边界大湘镇松风垭村的老家，父亲租赁了一块两百亩山林湿地种花栽树，正可用来养殖纯生态土鸡。当他把这个想法告诉老板时，老板非常支持这个扶贫项目，并承诺由伯悦成立一家具有独立法人资格的养殖公司，总公司担保贷款，产品由总公司统一收购和销售。

松风垭生态鸡养殖公司成立了。

贷款五百万到账了。

本村村民愿意来打工的，也来鸡场了。

村民都称伯悦为“鸡司令”。

有满余说：“这是演戏图热闹，有他伯悦哭天喊地的那一天！”

有家的山林地与伯家的租赁地相邻。有满余天天都像个戏迷似的在津津有味地看戏，只是不鼓掌也不叫“好”。

鸡场四周立起了高高的木栅栏，挂上了绳网；山畔林边建起了育雏鸡的温室和养雏鸡的大棚；散养土鸡的地方，栽上了一些小松树，还种上了专门买来的牧草，又用竹篱和绳网隔出一个一个的区间。

市场上的速生鸡，一两个月就可以出栏。这里的生态鸡，要经过温室育雏、大棚养雏、林间散养几个阶段，生长期为五到六个月。

有满余觉得很好笑，说这是穷讲究。他也想去打探此中奥妙，但不屑于去问毛头小子伯悦。有时和伯悦爹碰面了，装着漫不经心的样子问：“伯大哥，为了养鸡而去专门栽松树，费神！”

“散养的土鸡吃松针、牧草和虫头蚂蚁，肉紧肉香。投放的蔬菜、玉米、谷子，必须是没用过农药、化肥的，吃的水也是深井水。鸡粪又是松树和牧草的肥料，相得益彰。”

“散放的鸡怎么还要分区间？”

“在地上走的叫穿林鸡，能飞上树的叫上树鸡，不仅能上树而且还能悬空飞上八九米高的叫云中鸡，品种不同，价格也不同，要分区养殖。”

有满余鼻子“哼”了一声，说：“这是金鸡银鸡呀，你们伯家才有本事养，我等着看你家进大钱哩，哈哈！”

六个月过去了，八万只鸡出栏了。每只鸡的脚上都套着商标认证环，上印小字：松风垭生态鸡。市场价格：穿林鸡每斤 128 元，上树鸡每斤 168 元，云中鸡每斤 198 元。一般的土鸡每斤价格不过三四十元。

有满余先是不相信，后来亲自去市场查看、打听，竟是真的。他喟叹、无端地发脾气，伯悦成了名副其实的鸡司令，他是什么？有一天，他在家喝闷酒喝多了，上厕所时不慎跌倒，右腿骨折，被家人送进了县医院。俗话说“伤筋动骨一百天”，这种说法虽不一定准确，但养好伤确实要一段不短的时间，这是实情。有满余真的犯愁了，刚刚采买了五百只小鸡，平日他是主事的，妻子只会打下手，这下子可怎么弄？

伯悦和村支书刘时雨来到了病房，带着一篼水果，一篼点心，还递上一个红包。

有满余板着脸，心想：“龙游浅滩遭虾戏，你伯悦是看我的笑话来了。”

伯悦关切地问：“有叔，好好养伤。有什么要我做的事，你只管吩咐。”

有满余说：“哪敢劳你大驾呀。没事，没事。”

刘时雨说：“你这个性子，我都猜透了。你怎么能没事呢？家里新买的小鸡，怎么办？你老婆急得直跺脚。伯悦是想帮你渡过难关，又怕你不同意，硬是把我拉来。伯悦，你说说。”

“有叔，我爹跟你是老朋友，他让我来征求你的意见。你家的五百只小鸡，由我们鸡场来代养，专门划拨出一个区段，有专人负责。”

“怎么付费呢？你……说个数？”

“你放心，分文不取。出栏了还是五百只，一只都不会少。怕你不相信，我请书记来做证。出栏时，都套上鸡场统一制作的质量认证环，保证你只赚不赔。”

刘时雨问：“你同不同意？”

有满余说：“惭愧、惭愧。只是辛苦小悦了。”

“等你伤好了，我想请你来场里当生产技术指导，好不好？”

有满余低下了头，用手拍了几下脑壳，长叹一声后，说：“小悦……我想的是自己，是我的家。你想的是大家，有肚量，也有气魄……你是真正的鸡司令，我……愿意到你旗下……当个小兵。”

刘时雨笑了，说：“鸡场要扩大，村民的山地可以入股分红，上班再拿一份工资，你干不干？”

有满余说：“干！干！干！”

七只羊

刘艳华

轰隆一声雷响，把我从睡梦中惊醒，一个激灵坐起来，妻也睁开了眼睛。

我对妻说，你睡吧，我去看看。

下这么大雨，咋去？

得去！

下楼后，我开上车向雨幕里冲去。雨刷左一下右一下地摆动，像是傻五在我面前晃荡……

傻五是曹庄一个十七岁的小伙儿，是我的六个扶贫对象之一。他是个苦命娃，爹娘去世得早，小时候得了一场病，钱没跟上，虽保住了命但却坏了脑子。村干部曾把他送到福利院，他却像只不着窝的兔子，乱窜。福利院怕他出幺蛾子，又送了回来。政府发些补贴，他一人在老屋住，吃饭去他嫂子家。

傻五整天见谁都嘿嘿地笑，好像每个人都是他久别重逢的亲人，也许他就是世界上最幸福的人吧。他有两个怪习惯：一是不按时吃饭，一到饭点他就下地，嫂子家人都吃罢了，他跑回来像小偷一样拿俩馍就跑。嫂子每次做好饭都出来喊他，高一声低一声的，明知他在地里，但她仍在街里转着喊。二是不穿嫂子给他买的新衣裳，一次嫂子赶集给他买了件时尚大褂，张扬着给街坊邻居这个看那个看的，大家都夸好，可他死活不穿。一年四季就穿那几件破衣裳，烂了脏了就央求三奶奶给他洗洗补补。三奶奶戴的老花镜，一只镜片开了花，那是傻五的杰作。他侄子侄女小东小西他可知道疼，在地里寻个香姑娘、甜马炮啥的，总装在兜里给他们留着。

秋夜，已有些薄凉。雨水哗哗地拍打着车顶，也拍打着我的心。

第一次见傻五是在他家，他正在墙角的板床上睡觉。听见喊声，他揉着眼坐起来，嘿嘿地笑着。我看到门后有个圆木凳，刚坐上，只听咔嚓一声摔了个仰八叉，凳子立马七零八散，我眼里冒着金星，裤子也挂烂了。他先是吓得“啊”了一声，接着嘿嘿笑起来，接着就哭。我连忙说，哭啥嘞，没事的。我爬起来坐到床头，一股被窝里的酸汗味儿扑面而来，差点儿熏我一个跟头。

我问他，你叫啥？

傻……傻五。

谁起的名字？

不知，都叫我傻……傻五。

哦。

新媳妇，挨……挨打也怨俺，说打麦场上，下……下雨跑回家是跟俺学的。

不怨你，是她自己傻！

嘿嘿！我不去老人院，我，我能养活自己。

不去，咱哪儿也不去！你能干啥？

啥都会，嘿嘿！嫂……嫂子叫我放羊我就放羊。

你中啊，还会放羊，很棒的哈！以后咱们就是好朋友了！

他鼓着掌，流出的哈喇子在手上扯来扯去。

从他家出来，我心里已有计划。

驻村第一书记是名刚毕业的女大学生，姓李，我的想法得到她的赞许，补助款下来就给傻五买了三只羊，加上嫂子原来喂的两只，还有村里一家人外出打工，扶贫给他家的两只小羊也给了傻五，七只羊就白花花一群了。那只最小的他总是抱在怀里，像得宠的孩子。别人家的羊是圈养，他是放养。村头不少闲置的自留地，密密麻麻长满了草，拔不净薅不完的，傻五去放羊，大家也欢迎。傻五虽傻，可草和苗辨得清。羊也规矩不吃庄稼，那是因为傻五手里的鞭子。羊啃草他就在地里逮蚂蚱追蝴蝶，逗羊儿撒欢。午困时他就把羊赶到树荫下，羊睡他也睡，三只小羊有的贴着他的腿和胳膊，有的钻到他的怀里。几只羊干净洁白，谁见谁夸。傻五觉得是在夸他，嘿嘿地笑。

眼见羊一天天肥硕，小羊长成大羊，过了秋天都能卖好价钱。家里的羊圈挤了，傻五就把羊赶到嫂子家的大羊圈里。嫂子家有条大狗，来了生人能叫醒一村人，羊也安全。

真是天有不测风云，前半夜还星光璀璨的，后半夜突然就下起了雷暴雨。下不下雨还是老天爷说了算啊！

快到曹庄时天也亮了雨也停了，两边的景致渐渐从夜幕中挣脱出来。现在的乡村真美啊！空气清新湿润……哦！这条路还过不去呢，前天往水塘里放水挖了路，水漫开来分不清哪是路哪是田，如果陷进去可够喝一壶的！

我把车倒了回来，想从庄西头进村，可又不知道咋转过去，那个急啊！最后我下了车，用木棍探着深浅，蹚着水过去了。

我直接来到傻五的嫂子家，看到好些人围在那里，心里一紧，担心的事情还是发生了——羊圈倒塌，七只羊全死了。李书记挽着裤腿长辫子盘在头上，正和几个村民从断垣间拽死羊。

傻五在一旁哭成泪人，看到我一下子扑了过来。

叔，这次我，我是淋着雨往外跑的……呜呜，我，我怕水，不敢跳……

你做得对，记住我的话，不管遇到什么事，都要学会保护自己，水深咱就不跳，哈！

李书记安排人把羊送到屠宰场，又安排人天晴了把羊圈垒起来，再把前面的凹坑填平。

人群一阵骚动，大家纷纷捐钱，准备给傻五再买几只羊。一村民数着款，说足够买六只小羊。

傻五听罢，又扑到我怀里哭起来。

叔，我是七只羊，呜呜……大的小的，都死了……呜呜……想着给三奶买个新花镜……给小东小西买糖……再给叔你买个圆木凳……我是七只羊，叔……呜呜……

我心里一热，鼻子抽了几下，抱着他说，是七只，一定是七只！

我掏出刚塞进兜里的钱包，递给那位村民说，一只也不能少！

我来到村委会，从柜子里找出贫困户收入明白卡，在昨天刚填好的张有福（傻五）养殖补贴表上划掉七只羊。

寻思片刻，在划痕旁又重新填上七只羊。

沙 棘

侯发山

日头爬到半空中了，老党还没走到目的地。这条路天天走，虽是沙漠，但已经被他硬实实地踩出了一条路。其实，这儿已经不能算是沙漠了，放眼望去，到处是蓬勃的沙棘，这些可都是老党几代人的杰作。汗水从老党的头上往下流，漫过黑红的脸庞，汇集到脖子那儿继续往下淌，被溻湿的衣服更像是一幅地图，花花搭搭的。老党喜欢这样的天气，因为沙棘喜欢阳光，有了阳光它才能生长。

走了十几里，老党还没有走到目的地——他今天是去种植沙棘的，一年三百六十五天，都是围绕沙棘转圈，不是种植就是维护。经过父辈的实践，老党知道沙棘最适合在沙漠里生长，耐干旱、贫瘠、寒冷和炎热，再没有植物能比得过沙棘了。路途越远，老党心里越高兴，说明他们种的沙棘越来越多。老党走得气喘吁吁，休息了一下。老党不知怎么就想到了儿子，每每想到儿子心里就一沉。

昨天，在城里打工的儿子回来了。父子俩就儿子的去留谈了大半夜。

"爹……"

"别叫爹，我是乡长！"儿子刚开口说话，老党就黑着脸打断了儿子的话。

儿子忍不住笑了："乡长，咱这个乡有多少人口，不就你一个人吗？！"

"放屁！你的户口在这里，就是这里的百姓，你还是副乡长呢，一点儿觉悟都没有。"老党说得没错，他的乡长还有儿子的副乡长，都是县上任命的。老伴儿去世前，也是乡干部呢。

“爹，不，乡长，您这样做有意义吗？”

“龟儿，意义比天大。这里是边境，有人居住，就说明这里还是中国的土地。沙棘种到哪儿，就说明哪儿是中国的地盘，任何国家任何人别想侵占！”

儿子晃了晃手里的书本：“乡长，沙棘……”

老党打断儿子的话，说：“咱国家的边境线长，有的地方以牧代巡，咱这里兔子都不过夜，养啥都不行，只能种沙棘！”

儿子索性不再说话，似乎藏着满腹的心思。

临睡前，老党气呼呼地说：“你要明天敢走，就不是我的儿子。”

儿子瘩着脸说：“是不是您说了不算。”

天还没亮，老党发觉儿子的被窝已经空荡荡的。儿大不由爷，翅膀硬了要飞出去，老党能有什么办法？

老党叹了口气，把左肩上的镢头换到了右肩。不想这糟心事，还是欣赏眼前的沙棘吧。看着沙棘，老党的气就消了，眼里满是怜爱，满是欢喜。金黄色的叶片在阳光下闪闪发光；果子有的橘红，有的橘黄，虽然还不到成熟的季节，但已经散发出淡淡的香味儿。这些沙棘仿佛知道老党的心思，随着风势，挤挤扛扛地摇摆着，仿佛在说：老党，别生气，儿子走了不是还有我们吗？我们都是你的子女，都是你这个乡的子民。

老党呢，似乎听到了沙棘的心声，浑身充满了力量。他长出一口气，迈开大步往前走。

忽然，老党的眼睛变直了——昨天他种植沙棘的地方有个晃动的身影！他心里一紧，揉了揉眼睛，原来是儿子！儿子在挖树坑。儿子光着膀子，连衣服都没穿。

老党心里爽快极了，像个孩子似的跑了过去。

“你，不走了？”

儿子狡黠地眨巴了两下眼睛，说：“谁说我要走了？”

“……”老党欲言又止，心里隐隐有一丝愧疚，觉得自己误会了儿子。

儿子说："我查了资料，知道沙棘为药食同源植物，沙棘果实中维生素 C 含量高，素有维生素 C 之王的美称，入药具有止咳化痰、健胃消食、活血散瘀的功效。沙棘的根、茎、叶、花、果，特别是沙棘果实里含有丰富的营养物质和生物活性物质，除了食品、医药外，还广泛应用于轻工、航天、农牧渔业等领域……"

"真的？"老党两眼一亮，继续说道，"儿子，你是说，沙棘不但能防风固沙，而且还有大用处？还能帮助咱们乡脱贫？"

儿子甩了一把脸上的汗水，说："乡长同志，是有大用处哩。"

大用处？老党给说糊涂了。

儿子说："乡长，沙棘赶走了沙漠，这里人会越来越多，家会越来越好……"

"傻孩子，这样会晒脱皮的。"老党忙拿起挂在沙棘上的衣服披在儿子身上，心疼地说。

"乡长……"

"龟儿子，别乡长乡长的，我是你爹！"老党上前拍了拍儿子，眼里的泪水欢快地流了出来。

远远望去，老党父子已经与沙棘林融为一体。

吃派饭

刘立勤

老方没想到，曹书记硬是要到他家来吃派饭。

老方的女人都忘记啥叫吃派饭了。老方给女人解释了半天，说吃派饭就是驻村工作组的干部，挨家挨户轮流到群众家吃饭。老方的女人说："我们的饭凭啥子给他们吃呢？"老方说："那是面子呢，是荣耀呢！记得早先的'四类分子'家想请干部吃派饭，可是他们没资格。能招待干部吃派饭的都是根正苗红的贫苦人家。"老方的女人说："你说的事我想起来了。哎，你说我们有多少年没管过派饭了？"

多少年了？老方记不起来了，抽口烟仔细琢磨了一番，记得还是包产到户以前管过派饭。那时候穷呀，管顿派饭让人作难死了。米没米，面没面，瓜瓜菜菜凑合让干部吃了，还要收人家半斤粮票三毛钱——那可是金贵东西，拿着那钱和粮票，可以在公社食堂或者是县城的大食堂里开一顿洋荤呢。更重要的是吃饭时好说话，可以和干部拉拉家常诉诉苦，悲苦的日子就敞亮了。

到了包产到户以后，日子逐渐好了，干部反而来得少了。偶尔管一顿派饭，自己不好意思收钱，干部也习惯了抹抹嘴巴走人。不过那时候的干部记得你的好，见了面有个笑脸，你若有个难处给他们说说，他们就热心快肠地帮你解决了。

后来变了，干部进村就是收粮要款、刮宫引产。像老方这样的本分人家，催粮要款只需要队长站在山前吆喝一声，自己就屁颠屁颠送去了。他开始害怕干部了，也不想搭理整天催粮要款的干部。干部想吃派饭，那是很难的。偶尔遇上干部，干部把头昂到天上。要想找干部办个事，更是难上加难。

不交税不交粮了，干部更是难得一见。干部下乡去的是村干部家，或者是有钱的人家，不是打牌，就是到饭馆吃香的喝辣的，到我们穷人家吃甚？偶尔遇上难缠事不畅快，想找乡干部唠叨唠叨，愣是连干部的面都不得见，干部生怕沾上穷气，发不了财升不了官。

谁想到曹书记硬要到他家来吃派饭。

老方知道曹书记是县里来扶贫的第一书记，来了一个月就把村里走了一遍。那次曹书记是要到他家来的，他和女人躲到外地打工去了。他不在乎干部吃派饭，可他不喜欢吃饭不干事的干部。他后来偶尔回来，听到村里人都喜欢讲曹书记的事。说“咱们曹书记”人和气，没架子，听你诉苦，听你说心里话，还不言不语地帮你干实事。更稀奇的是，“咱们曹书记”吃饭还给钱。老方听了，咋都不信，都啥年代了，干部吃饭还掏钱？当然，他更不相信曹书记会办实事。

老方记得那年盖房，要去乡政府办手续。老方跑了多少次，连土管所的门都摸不着。后来呢，他给老村长逮了两只公鸡，拎了两瓶酒，老村长领着他把土管所所长请出来，到食堂吃了喝了，走时还送了。所长嘴上答应得好好的，可抹干嘴巴就啥都不认了。事没办不说，待到房子盖起来，所长还带了一干人要拆他的房子罚他的款。

要办事，就得请人吃饭，这是天经地义的事。干部光吃饭、不办事也是天经地义。老方虽是一个农民，可这样的事他见得多了。听说曹书记办事不收钱不说，吃饭还给钱，老方更不信了。女人说：“不信我们回去试试看。”都躲了半年了，老方也想回去看看。老方就说：“回就回，还怕他不成！”其实呢，老方真想请干部办点儿事。

老方一回来，村主任就说曹书记要来吃派饭。老方想拒绝，村主任不答应，说：“曹书记一定要到你家来吃顿派饭。”老方想，来就来，不就是一顿饭吗？有啥大不了的！可吃啥呢？村主任说：“曹书记不吃肉、不喝酒，随便做点儿啥都行。”

村主任说随便，可干部不能随便打发，老方更不能随便对付。老方把家里彻底打扫了一番，把门前也收拾了一番。人穷是穷，总不能把家弄得像狗窝吧！村主任说曹书记不吃肉、不喝酒，老方还是买了肉买了酒，还让女人买了只鸡。家里多少年没有来过干部了，村主任都没有来过，曹书记是县里来的干部，到家也是一件喜事呢。再说了，老方还有点儿心里话，很想和曹书记唠叨唠叨。

曹书记来了。曹书记真的和气，不笑不说话。曹书记对老方家也熟悉得很，不待老方提说困难，曹书记就落实了好多的事情。曹书记还和老方规划了几个挣钱的行当，落实了资金来源。那些事都是老方多年想做做不了的事，老方听得心里热乎乎的。可热乎归热乎，老方还是不相信曹书记。他记得，好多干部比曹书记说得还好听呢。

可是，后来的一件事，让老方一下子相信曹书记了。

曹书记吃饭给钱了。捏着那张钱，老方高兴地笑了。

老方说：“吃饭给钱的干部，是值得相信的干部。”

独霸角

李　方

我第一次去帮扶户赖青久家，是队长龚海鹏陪着我去的。车从刘湾、滴坳、下寨几个小队驶过，七扭八拐，从谷底爬上梁顶。虽然道弯路窄，但都已硬化，还不算太难走。远远地看到，山嘴上有几株落完了树叶显得灰黑的树木和一户人家高耸的蓝色屋顶。龚队长让停车，说："前面的路车不能走了。秋天时已经挖好了路基，打通最后一公里，现在天上冻了，没法硬化，停工了。"

我只好拿上扶贫手册、各种表格，步行前往。我一边躲避着挖虚的土，一边听着龚队长讲赖青久。

"这人是个独霸角，跟谁都尿不到一个壶里去，大集体的时候，几乎和队里的每个人都闹过别扭。别说其他人，连跟自己一母同胞的两个弟弟都不对付，打架吵嘴住不成邻居，就搬到这个山嘴上来了。"

我心里一沉。"独霸角"是西海固的土语，谓人性格孤僻，待人生冷硬倔。摊上这么一个扶贫对象，工作怕是难以顺利。

还未到门口，当路一根绳索，拴在路两边的枯树上。龚队长说："看！如何？好端端的人、车走的路，让你用绳子拦了。"

赖青久五十七岁，眼不花，耳不聋，腿脚灵便。赖青久问："干啥的？扶贫的？拿的啥？"

我说："今天只是来认个路，见个面，填表掌握一些基本情况。你抽烟吗？不抽？那我也不抽了，免得让你受二手烟的害。"我拿出烟敬他，以便拉近彼此之间的距离，见他不抽烟，只好作罢。我又问：“老赖，干吗在路上拉绳子啊？”

赖青久听后很生气：“硬路挖成了虚土，又不硬化，人来车往，尘土飞扬，挡住，不让他走。”

“这是路啊，怎么能随便挡呢？”我劝他。

赖青久大手一挥：“条条大路通北京，我这里不让走，他可以绕着走。山下边还有一条路，全硬化，又不远，不过多走 15 公里罢了。”

初次见面，不能搞得太僵，了解完大致情况，填好表格，我就道别离开了。

清明前后，栽瓜点豆。抽了空，我第二次去老赖家。这次因为正在硬化道路，施工车辆较多，所以车停得更远，我和陪同的妇女主任一同在人欢马叫的施工路段的边上走着。

妇女主任说：“独霸角就是独霸角，说话办事就是跟别人不一样。前些年湾里种西瓜，也算是个收入。他拉瓜到街上去卖，别人问瓜价：‘多少钱一斤？’他说：‘一毛。’别人说：‘能少吗？’也就是那样随口一说，实际上瓜价人人都知道，就蹲下来挑瓜。结果他说：‘两个五分。’你想谁还买他的瓜？去年搞养殖，他老婆养了头母猪，下了猪娃子，让他用摩托车捎到集上去卖。别人问：‘猪娃子好着吗？’他给人家来一句：‘不好，害着病呢！’”

我说：“这不纯粹跟人抬杠吗？”

妇女主任躲着驶过的车辆笑着说：“就是呀，害得他老婆背篼里装上猪娃子集集不落地去卖，她又不会骑摩托车，可被害惨了。”

好不容易到了赖青久的门前，拦路的绳子没有了，换成了两根长竹竿，打着叉挡在路中间。进了门，妇女主任说：“老赖啊，市上……”

老赖背着背篼，手里提着铲子正要出门。老赖问：“干啥的？扶贫的？”

我说：“老赖兄，去年冬天我来过，今天来是核实一下，给你的化肥和薄膜送到了吗？送到了？送到了就好，请在手册上签个字，也不敢耽误你下地。可是，赖兄啊，干吗还挡着路啊？拿掉吧。”

赖青久气得把手里的铲子扔了，说：“拿掉？拿掉还不把我家门口当骡马市场了？化肥是拿来了，往家里抬的时候把袋子扯破了，化肥撒了一路，害得我扫了好半天。”

妇女主任脸上挂不住，说：“他叔，你把路挡着车上不来，这么远的路给你抬上来，可不得扯破了？”

赖青久仰头怒目：“你又没来，你又没抬，你见了？”

赖青久弯腰拾起铲子回手扔到背上的空背篼里，就要走。

我沉下脸，拦住他：“赖兄，撒了的化肥再补给你一袋都行，但你得把路障撤了。这是众人走的路，你不能这样。”

“咦，一袋化肥两卷薄膜就能指挥我了？路是众人的，但家门前这一截儿是我的！”

我们只能跟在他的屁股后头出来，他在身后恨声恨气地锁着大门。

到了秋天，基础母牛入栏，非得签字不可。但我心里发冷，不想再上山爬洼到山顶上去。我跟村支书说：“你啥时候去老赖家顺便把扶贫手册带去，让他把字签了。”年轻的支书连忙摆手说：“那绝对不敢。别人的可以，老赖的不行。你去了他多少还给点儿面子，我去了那是拿着鸡蛋往石头上碰呢！”

这也是实情。现在村上的工作不好做，村民和村干部之间，有着一层看不见摸不着的隔膜。我只好憋着气再去。车一直开到赖青久家门前不远。一根粗壮的长椽横空而过，两头用长钉死死地钉在路两边的那两棵枯树上。车只能停在这里了。

村支书说：“我们钻过去吧。”

我说：“不。”

我掏出手机拨打赖青久的手机。

“谁？打电话啥事？”

老赖将头从大门里伸出来，望了望，关了手机，向我喊：“基础母牛已经拉回来养在圈里了，没啥事我关门了。”

我厉声喊道：“老赖，过来！”

老赖趿拉着棉拖鞋，吸着鼻子，边走边说："这天气冻得人淌清鼻涕呢，让出来干啥呀？"

我说："天寒地冻是实情，一万块钱的母牛也养到圈里了，签个字你都怕麻烦？你这人是不是太不知好歹？"

老赖签了字，手扶着拦路的横木，平视着我的眼睛说："别说一头牛，就是给上十头牛，也是政府给的，又不是你给的，我有啥不知好歹的？要不是看你大冷天跑一趟，我连字都不签。"

我和村支书站在寒风里，显得很无奈，甚至看上去还有点儿滑稽。老赖看着我们，突然就笑了，是那种憋了很久终于绷不住的笑，他越笑越畅快。天上飘起了雪花，我和村支书仰头看看天，看看越笑越畅快的老赖，终于忍不住也笑了。

摘 帽

胡 炎

小风一吹，韩老六酒劲儿上了头，晕乎乎的很是受用。在家里憋了几天，儿子韩志坚跟看管犯人似的，让韩老六手心痒得能长出草来。趁今天儿子去考驾照，韩老六赶忙溜出来，到镇上搓两把过过瘾。

刚到村头，背后冷不丁一声叫："爹！"韩老六一哆嗦，回过头，可不正是儿子吗。

"你……你不是去考驾照了吗？"韩老六一头雾水。

"不考了！"韩志坚气急败坏。

"为啥？"

"还不是因为你！"韩志坚翻给他一个白眼，"你这个懒汉十里八村出了名，人家背地里把咱的脊梁骨都捣断了！我问你，这是去哪儿？"

"我……我去镇上赶个集。"韩老六说得没底气。

"赶集？你别蒙我了！要不是去找你那些狐朋狗友赌博，我头朝下走路！"

韩老六语气软下来："儿呀，再不出去摸两把，我非害病不可，你就通融通融？"

韩志坚一听更来气："你……你都把我辛辛苦苦打工挣的几个钱糟蹋完了！"

"你这熊孩子，还有点儿良心吗？"韩老六瞪起眼，"自打你妈去世后，我辛辛苦苦把你拉扯大，容易吗？花你俩小钱，心疼了？"

韩志坚语塞。那年娘得了绝症，命没保住，还欠了一屁股债，爹就觉得这日子是三十晚上盼月亮——再也没啥指望了。他天天喝闷酒，一来二去，手艺撂了，心气没了，还迷上了赌博，成了个混吃等死的废人。

见韩志坚没话说，韩老六就打算开溜。韩志坚说："你站住！"韩老六板起脸："还想哪样？"韩志坚走近他："你就不问问我不考驾照到底为个啥？"韩老六说："反正不干老子的事。"韩志坚的眼圈突然红了，眼眶子里晃出了泪花。韩老六这下急了："儿呀，有话你说，别闷着。"

韩志坚拿袖子狠狠地抹了把眼："玉兰她……今天和刘铁头的儿子订婚了！"

韩老六如雷轰顶，玉兰是他打心眼儿里相中的儿媳妇，和儿子处了两年多，眼看就要谈婚论嫁了，没承想这节骨眼儿上却扑棱着翅膀飞了。韩老六恼得耳朵眼儿里往外冒烟，捶胸跳脚地把玉兰爹好一通臭骂。韩志坚说："你就是骂破天也白搭。"韩老六涨红着老脸："好歹咱也出出这口恶气。"韩志坚一屁股蹲下来，蔫头耷脑地说："只要这贫困帽戴一天，你儿子我就没戏。"

韩老六一个激灵冷静下来："儿呀，你可别犯傻，有这顶帽子戴着，啥好事儿都少不了咱！"

韩志坚腾一下跳起来："就你精！自从人家郑书记来咱村搞精准扶贫，乡亲们脱贫的脱贫，致富的致富。刘铁头原来比咱还穷，可人家在郑书记的帮助下，搞药材种植，发了！人家都是缺心眼儿？"

韩老六一副死猪不怕开水烫的架势："他吃他的肉，我喝我的汤，不眼气。"

韩志坚咬着牙："那好，这辈子你就别指望我能娶上媳妇，你也别想抱孙子了！"说完，转身就走。韩老六彻底慌了，忙一溜小跑追上去："好好好，这贫困帽我不戴了行不行？可这贫困帽又不是狗皮帽子，那是说摘就能摘的？"

恰在这时，郑书记拍马杀到，接过话说："老六叔，那贫困帽又不是孙悟空头上的紧箍咒，咋不能摘呀？"

韩老六像是看到了救星："郑书记，你来得正好，那你给我想想法儿？"

郑书记说："办法早想好了，这一嘛，有金融扶贫，咱给志坚贷款买车跑运输；二嘛，老六叔你一手好编织手艺，咱重打鼓另开张，还愁摘不掉一顶贫困帽？”

韩老六顿时有了丹田气：“等俺志坚开上车赚了大钱，让玉兰她爹后悔去吧！”

话音刚落，玉兰不知从哪儿冒了出来：“让谁后悔呀韩伯伯？”

韩老六吃了一惊：“玉兰，你不是……”

郑书记哈哈大笑：“老六叔，人家玉兰可是个有情有义的好闺女，玉兰她爹呀，也是个开明人！实话给你说吧，玉兰压根儿没和别人订婚，这都是我给志坚出的主意。还有，志坚的驾照呀，几天前就拿到手了！”

韩老六目瞪口呆：“郑书记，闹了半天这都是你设的局呀……你……你咋挖坑让我往里跳呢？”

“我不挖坑，你咋下决心摘帽呢？”

韩老六羞得无地自容：“啥也不说了，我这就采购编织材料去。这回，我非猪八戒穿西装——活出个人样儿不可！”

韩老六正要走，韩志坚拦住了他：“爹，人家郑书记已经把编织材料送到咱家了。”

韩老六回头看着郑书记，眼圈突然红了：“郑书记，我……我可咋谢你呀？”

郑书记摆摆手：“老六叔，一家人不说两家话。说一千，道一万，两横一竖就靠干！走，咱回家！”

韩老六使劲儿点点头，撒开大步往前走，玉兰在后边追：“韩伯伯，我给你当徒弟。”

韩老六喜出望外：“真的？咦，这可真是凤凰头上戴牡丹——好上加好呀！”

郑书记和韩志坚都笑了。

读书声声

三　石

领导在清水县调研脱贫攻坚工作时，提到了黄源村。县领导喜笑颜开地介绍说，黄源村从前虽然是贫困村，但早就脱贫摘帽了，如今可是远近闻名的富裕村。

领导一听，如县领导一样笑成了一朵花。

县里领导不知道，领导曾经在黄源村扶过贫。时间如白驹过隙，一晃十多年过去了，当年领导还是省直机关一个小科级干部，如今已成了不小的领导。

领导突然萌生了故地重游的念头来。

进村的道路好得出奇，青黑色的柏油路平坦而细腻，汉腾车驶过时发出的沙沙声，让领导听得很受用。进入村子，依旧清一色两层半高的赣北风格民居，白墙黛瓦、鳞次栉比；路边屋角散布着五彩斑斓的格桑花，恰似轻风中的热巴少女，而随处可见的箬竹依旧那般翠绿。领导看着这些既熟悉又有些陌生。

更让领导陌生的是村里的干部清一色的年轻人，原先跟领导共过事的都退了。黄源村主要有曹李两姓，支书姓曹，三十岁左右的年纪，戴了副眼镜，温文尔雅，精干练达。听县里领导介绍，这小曹支书竟然是大学毕业，而他的父亲，则是村里原先的村支书老曹。

支书老曹不陌生，当年领导在黄源扶贫时，两人在一个锅里吃了一年多的饭。领导自然将老曹支书请了过来，两人一见，激动的心情难以言表。

几个人陪着领导在村里转悠，兴高采烈地找寻着领导记忆中的点点滴滴。

当年，领导在黄源村可是做了不少实事的，基础设施自不必说，关键是产业，领导向上级争取了不少资金，搭建了占地十数亩的菌菇棚，种了十几万棒的猴头菇，仅此一项，贫困户人均年增收一千多块。除此之外，领导还帮着村里招来了一个小型铜制品加工厂，解决了村里很多人的就业问题。但现在一切都物是人非了，虽然如今的黄源村已经拥有了近千亩的生态农产品基地，但当年领导曾引以为傲的菌菇产业和铜制品加工厂，早已不见了踪迹。

领导有些失望，敢情黄源村的脱贫致富，跟自己当年的工作没几毛钱关系。

不对，怎么没有关系了，关系大着呢！要没有你当年做的那件事，我们黄源村不会有今天的发展。老曹支书激动地说。

领导来了兴致：哦，说来听听。

原来，领导年轻时热爱文学，平常喜欢看书写作，是个正宗的文化人。驻村扶贫时，领导发现村里人都不爱读书，全村没有一个大学生。于是领导充分运用了他在文化圈的人脉及资源，与村完小联合，建起了黄源村青少年读书基地。这还不算，为了培养村里青少年儿童的阅读习惯，领导还经常请一些作家朋友深入到村里采风，举办了形式多样的读书写作征文活动，还办了一份黄源文学小报。这些活动，领导当时可是办得红红火火。领导分明记得，那段时间，坐落在村完小边上的读书基地，每晚都能听到读书声，村里的青少年包括儿童，甚至有些读过几年书的中老年村民都参与了进来。经过一年多的努力，黄源村的读书活动俨然成了村里一道靓丽的风景。

老曹支书意味深长地说，领导可能不记得了，当年你告别时，在村口跟送行的人说，只有提高文化素质，才能有效阻断贫困的代际遗传。虽然当时你还不是大领导，但你这句话，我们黄源村人全都记得。这些年来，虽然菌菇产业倒了，加工厂也下了马，但孩子们的读书习惯坚持了下来。如今村里每年都有好几个人考上大学，不少学成归来的年轻人，都成了黄源村发展的领头人，其中就包括我的儿子，现如今的小曹支书。

老曹支书有些激动。

而此时，领导也同样激动，握着老曹支书的手问道，当年的读书基地还在吗？

当然在，而且是全村最漂亮最有意境的房子。小曹支书抢着说。

走，带我看看去。不等人家带路，领导就快步往村完小方向走去，一行人赶忙追了上去。

在村完小边上，一个绿树成荫、鲜花簇拥的精致小院，门楣上一块古色古香的牌匾，上书几个大字——黄源村青少年读书基地。

那字体，是领导当年亲笔所书……

最后一个贫困户

赵明山

我驻村帮扶的于家屯的十几户贫困户都脱了贫，唯独于卓这一户摘不了帽儿。

说是一户，其实也就他一个人。于卓是个光棍儿，贫困户的帽子戴了十几年，戴着戴着就长在了头上，像头发一样，揪都揪不下来。别人想帮他摘下来，可他自己捂着摁着，好像这顶帽子是他的宝贝。他背地里说，贫困户咋了？有低保有救济，过年政府还送油送米，旱涝保收，比干啥都强。

我刚进村的时候，于卓正在跟几个老太太打麻将。村主任叫他，他头都没抬，一边摸牌一边说，我现在啥都不用操心，反正你们得让我过上好日子。上边说了，有一户脱不了贫，你们都交不了差。半支烟在他嘴里一翘一翘的，烟灰飞得满桌子都是。村主任上前拉他拉不动，他的屁股像粘在了凳子上。一个老太太不耐烦地朝于卓摆手，赶紧走，赶紧走，你欠的两块钱我也不要了。村主任把于卓拽到一边说，这是来咱村扶贫的赵主任，你有什么难处，赵主任帮你解决。于卓瞟了我一眼说，那就来点儿实际的，先给我几百块钱把账还了。

村主任偷偷跟我说，你先不要考虑让于卓搞养殖脱贫，到头来肯定是竹篮子打水。前两年有个帮扶单位给于卓买了两只羊，没过几天就让他给偷偷卖了，卖羊的钱还没揣热乎就花光了。你要是给他弄一群鸡，过不了半月准让他给炖了。他给人家打工，三天打鱼两天晒网，没常性。还是想想别的法子吧。

我说，看来还得仔细给他号号脉。村主任望着我的脸：你还懂医术？

我在于家屯工作很顺利，扶贫由“大水漫灌”转变为“精确滴灌”之后，扶贫就像滴灌，节水又高效。我和镇村干部对症下药，因户施策，十几户贫困户变化很大，不仅都有了稳定的收入，而且日子一天比一天好。

但就是这个于卓，总不叫人省心。我接了一个电话，马不停蹄赶到朋友的工厂。只见于卓躺在工厂保卫室门口，手里攥着一个酒瓶子，醉得一摊烂泥似的。厂长站在旁边呼哧呼哧喘着粗气，圆圆的肚子一鼓一鼓。厂长说，赵主任，别怪我不给你面子，这个人我是一分钟都不能留了。你们扶贫要成绩，我总不能拿自己的企业开玩笑吧？于卓晚上值班时把自己灌醉了，工厂大门忘了关，溜进几个人一阵子翻腾，幸亏被工人发现，才算没丢东西。

我和村主任把于卓塞进车，像拉回一件被退货的残次品，灰头土脸回到村里。村主任端起一盆凉水哗地浇到他头上，于卓一个冷战睁开了眼。村主任气得转磨，于卓啊于卓，叫我说你什么好呢！赵主任求爷爷告奶奶给你找了一份工作，你可倒好……丢人哪！于卓却不领情：主任，甭费事了，我自个儿都不嫌自个儿穷，你们忙活个啥！说完缓缓地站起身，晃晃悠悠走了。

村主任呸了一口，他娘的费力不讨好！

我突然问村主任，于卓为什么没娶媳妇呢？

就他？村主任的嘴撇到后脑勺，谁家的闺女会嫁给他！家里穷得叮当响，除了喝酒就是打牌，哪个女人愿意往火坑里跳？

于卓如果结了婚，是不是就改变了？我像是在自言自语，也像是在问村主任。

村主任说这跟结不结婚有啥关系，再说了，现在农村男多女少，年轻小伙子找对象都困难，何况他一个四十多岁的人。他叹了口气，于卓的爹妈死得早，日子恓惶，一晃就错过了结婚的好年纪，越来越难对付了。

回到宿舍，我给另外几个村的扶贫干部打电话，跟他们讲了我的想法。他们听了哈哈大笑，说老赵你是不是闲得没事干了，县里是让你来扶贫又不是让你来当媒婆，你是不是管得出圈儿了？我说你们先别笑，照我说的去做就行了。

没过几天，有电话打过来，这个镇的张庄有一个寡妇，丈夫去世两年，带着一个孩子过日子。因为给丈夫治病，背了不少债，也是一个贫困户。张庄的扶贫干部说，我看这事希望不大，两个贫困户加在一起，那成什么了？我说先不用那么悲观，行不行只有试试才能知道。

托人一提，见了两次面，亲事就成了。

于家屯的人不相信于卓还能娶上媳妇，连我自己都有做梦的感觉。真正感觉在做梦的是于卓两口子，是一个来得太突然的梦。于卓家的院子里不但有了笑声，而且还有了鸡鸭的叫声，母羊产下小羊羔，咩咩叫着满院子蹦蹦跳跳。

麻将桌上再也见不到于卓了，几个老太太挤眉弄眼地说，麻将哪有新媳妇好啊。

其实，于卓真没空打牌，他正与媳妇一起，在奶牛场挤奶呢。

第4辑

老饕

陈毓

老饕是个胖子，胖子容易给人一种敦厚温良的印象。老饕就是这么个叫人觉得敦厚、温良又很灵活的胖子。

老饕站着坐下都有规模，说话却是轻声细语，平日也不多话。有人问何以如此沉默，答，嘴的用途，说话只是其一。

其二呢？享受美食。

啥样的人算是会吃的人？你嘴巴估摸出的美味，别人也许不以为然，众口难调，就是这个意思。却没人否认老饕会吃。老饕说好吃，我们都去吃，果然觉得好吃，赞叹一声“香死了”。即便这感叹真实，还是显得敷衍。老饕不同，老饕吃一碗“一瓠”的油茶麻花，只用“一通咬砸”，就让吃过麻花油茶的人心领神会，油茶的烫与香，麻花芝麻果仁的酥脆，立即来到唇齿间，如亲尝。没吃过的人也会被诱惑，想要立即体会一碗“一瓠”的味道，想要“一通咬砸”。

瓠是葫芦，“一瓠”是店名。“一瓠”的油茶就盛在一个巨大的葫芦状的木瓠中，木瓠肚大腰圆，壮实喜人。卖油茶的人从中年卖到老年，早已熟练到手不用人指挥的地步，进门人一声喊，卖者那只手把扶瓠口，扭腕扳转，木瓠适度倾斜，一碗腾着白汽的油茶即刻间倾入碗中，空着的那只手投麻花入碗，一撮儿芝麻花生碎随之飞撒汤面，这才随一声喊：“来了！”

原汤化原食，老陕吃泡馍、喹面，都离不开那一碗汤。芫荽羊骨髓汤是配泡馍的，煮面汤是配面食的，尤其是油泼面，一碗面汤少了，面再香都美中不足。这日老饕吃了泡馍，发个朋友圈：吃了喝，坐还睡，玉体横陈晒老阳。配图是一碗泡馍和一钵浮着翠绿香菜末的汤，椅子上晒“老阳”的当然是他，胖大的身子摊着放开，整个是懒洋洋的现场版。

冷天里老饕和人相约去吃刀削面，出门才晓得天有多冷，冷天出门吃面，“风头如刀面如割”，这被割的面是人脸，也是厨师手里那一刀刀劈削的面，风割人面，人削面团，个中滋味，看者只能叹妙。

说老饕细腻，老饕就是个细腻人。老饕吃一碗“三合一”面，煮好的白面覆盖着炸酱、牛肉块、西红柿炒鸡蛋。拌面前，面白如雪，拌面后，面贴黄沾朱，前后颜色迥异，老饕称拌面前为“素颜”，拌面后为“妆后”。是不是很贴切？

老饕早已混成本城文化名人，圈里谁不知其名姓，在多少吃喝场合，都缺不得他。如果留心，便会发现被老饕光大赞美的，都是大众美食。

为何？

问老饕，老饕说，根本所在，本色最好。

何为本色？孔子在他那个最靠近本色的时代就已说过，食不厌精，脍不厌细。精细的美食何以避开，只吃不说。老饕说，食美美矣，却不够过瘾，人多话杂，串了味道。

可不，那样的聚会豪宴，从不会为一人设，哪能一门心思专注食物，觥筹交错间，语言的蜜饯也会是密箭。

一天天的积攒，老饕早已成为胖子，人过中年，身边朋友不断提醒，要节制饮食，肥不可不减。

愉快着吃喝，艰难着减肥。老饕某天深夜努力行走一万步又忍不住去撸了串，打完饱嗝儿的那刻，顿悟此消彼长的道理，随后释然，还是像以往那样活吧，该静静，需动动，想吃吃，要胖胖。人生极短，取一点儿得了。

我们以老饕为吃喝领袖，遇上新鲜的好吃的，总不忘和老饕及时分享体会。却常常是我们站在某个街道拐角，电话急询老饕，可去哪里觅好吃的？等待老饕为我们的美食地图添上一个新点。

今夜吃喝完毕，老饕和我们回忆他当年当知青插队所在的一个小山村。

据老饕回忆，那个有陶令公笔下桃花源味道的小山村的人不吃鱼，更别说吃鳖吃鸟吃各种爬行类动物了。偶尔捕捉了那些动物，只为治病，比如逮住蟾蜍，焙干，就只能是当药引子。

小村河里有一种长相怪异的鱼，当地人叫娃娃鱼，鱼会发出类似婴儿的啼哭声，更成为村人的禁忌，不能捕捉，在娃娃鱼交配产卵的季节更要避让。也不能看蛇交配，村里人说，看见蛇交配，不吉利，若不巧看见了，要赶紧逃开，同时还要向身后吐唾沫。

老饕说，当地人的禁忌在知青眼里就是可笑，他们这些外来者刚来时跃跃欲试，下河逮鱼是平常事，用网兜，用鱼钩钓。青蛙、螃蟹和蛇以及飞的斑鸠他们从不放过，但做这些要避开村里人，假如被他们看见，就会被同情被探问：可是病了？哪样感觉？如此，他们就得极力配合询问，装出病得不轻甚至十分严重的样子。

装着装着真病了，但知青确信这是少吃喝、营养不良的缘故。老饕有一次莫名地发烧，在他昏昏沉沉的时候，他的几个伙伴去深水潭弄回了一条神奇的鱼，那条鱼硕大，他们囫囵劈开，在洗脸盆中炖了大半夜，老饕喝下一碗黏糊糊的鱼汤。

老饕说，他事后得知那条鱼就是娃娃鱼，学名大鲵，今天野生的已十分罕见。老饕说，幸好不久他们就离开小山村回城了，相比于小山村人的禁忌和敬畏，他们这些外来者简直像群张狂无忌的掠夺者。

老饕说，小山村的名字叫华阳，华阳村。

老饕讲的这段往事是在我们朝着华阳村去的路上。

我们能吃到娃娃鱼吗？

这个恐怕不行，娃娃鱼早已是国家一级保护动物了。

野猪肉麋鹿肉能吃到吗？

也在禁止捕猎的名单上。

听说河里有一种野生河鱼，叫细鳞鲑，据说美味远超娃娃鱼。

华阳现在是朱鹮保护区，你那时见过朱鹮没?

没。

车轮飞驰，我们议论纷纷。

我居住的地方

陈　毓

周一早例会前，编辑部总要先开小会。众人吵嚷，说周末出去吃了哪家好吃的，喝了哪家好喝的，去了哪个静僻的好地方。连新来的实习生也加入进来，插话说，胡老师去的，正是她的老家。胡老师“噫”一声表达惊讶后，像一个百米接力赛道上的跑手，把接力棒往实习生手中一递。

实习生说，她家的那个村叫翠微村，唐太宗时期叫翠微宫，翠微宫是大唐皇帝李世民的避暑行宫，李世民就是在那里驾崩的。后来翠微宫变成了翠微寺，再后来，寺也荒废在一片萋萋荒草之中。又过了许多年，一些躲避饥荒的人寻到这里，发现此地虽居高山，但难得土地平旷，更难得的是，那样的高处，竟然有甘美泉眼，四季旺盛，正是耕作安家的好地方，于是开荒种庄稼，建房屋。时间跨到当下，翠微村已是一个有 50 户 300 多人的村子了。胡老师再次说“噫”，说他只看见几户人家。实习生说，五年前移民搬迁，多数人家都搬到山下的栾镇，如今村里只有 8 户 19 人。

实习生说，胡老师吃饭的正是她的哥嫂家。哥嫂没搬，说是一双儿女都已远走大城市，他们人到中年，在城里很难找到工作，索性留在山上，吃穿自己能种出来。现在城里人假日爱进山，说不定就有人上门寻吃喝，人来了就招待一下，没人来就开门关门自己过日子。也总会有人冷不丁开车沿着曲折的山路上去，像胡老师一样，偶然走到她哥家，吃了她嫂养的鸡下的蛋，吃了她家的土豆、南瓜面，甚至有人觉得好，还索要联络方式，预约下回再来。她哥倒洒脱，说："除非你要来一大群人，那你就得提前告诉一声，好叫我有个准备。若是人少，只管来就是了，家里总有人在。想吃饭，随时招呼。"

"你咋知道我去的是你家？"胡老师追究。

实习生说："你刚说门口坪上有棵看过四代人的杏树。那肯定是我哥告诉你的。树是我家的树，现在是秋天，你要是夏天去，准能吃到荷包杏，杏掰开一包的蜜汁，好吃得很。"

胡老师说："你哥那黑狗，比黑夜还黑。"

胡老师顺便告诉实习生好消息，说昨天下午他离开时，正有一队人去她哥那里开联欢会，年轻人从古道爬上去，帐篷和供给从公路车载上去。晚上他们烧烤联欢，搭帐篷在坪上过夜。

"举头红日近，回首白云低。"胡老师刚要吟诗，编辑部那扇不太好使的门猛地被推开，一个陌生女人一下子冲了进来。

陌生女人站稳，用目光搜寻一番，立即冲到林老师跟前，抓住林老师的手使劲摇晃，大声赞美林老师："真人可比照片上漂亮。"林老师稳住表情，嘱咐实习生去倒水。

女人自报姓名，说她叫丁未子。

丁未子又把林老师真人比照片上漂亮的话说了一遍。把实习生腾出来的椅子搬到林老师身边，目不转睛地盯着林老师看，说拜托林老师，一定要指点她的作品。

来自作者的袭击虽不是头回，但林老师还是站起又坐下，极不自在。刚才热闹的场面因为丁未子的到来忽然安静。林老师知道大家此刻都用眼角看着她和丁未子。

丁未子的热切并不能打通她和林老师的界限。就没话找话，话不投机。

丁未子说："我写诗。"

林老师说："可我是写小说的。我不懂诗歌。"

"你啥都懂。"丁未子的手在随身的包里进进出出，最后掏出一个叠成方块儿的纸，打开，递到林老师手上。

一页纸，林老师很快看完，再把纸推给丁未子，丁未子却不接，只是盯着林老师的眼睛，语气执着："我不想住在村里，我和村里人合不来。"

丁未子把椅子向林老师再挪近一点儿，挨着。"我丈夫不在了，我也不想种菜了，我种的菜都吃不完，他们总偷我的菜。"

林老师大概被丁未子的草箭射昏了，总算逮住一句话回击："你说你吃不完。"

丁未子慢下来："我愿意送你们，却不能被他们偷。"

"农村人没意思。农村没意思，晚上黑乎乎的。城里多热闹。我女儿上个月在城里找了家单位，实习着呢，我更不想在村里了。"丁未子固执地把她的诗再次推到林老师面前，像是要用她的诗歌给林老师行贿。林老师脸上的不耐烦眼看就绷不住了。

看用诗歌打不通，丁未子又找话。这次顺畅多了："我有五亩地，三亩种塔松白杨，一亩种山药，我们那儿的山药好，有个笑话夸我们那里的山药：'男人吃了女人受不了。女人吃了男人受不了。男人女人都吃了床受不了。种多了地受不了。'"

这一次，丁未子反败为胜，变成了一个优秀的指挥家，让整个编辑部的人齐心协力，合演了一场持久热烈各有姿态的笑声音乐会。

"我还有一亩地，种了花生、萝卜、白菜、蔓菁……"

"你打住。"林老师像是荒野上的夜行人，终于看见荒寒之中有了一处亮灯的人家。第一次把目光聚焦到丁未子的脸上。

林老师说："你有五亩地，你为啥不写你的地？写你的邻居？写你们村里的故事？"

"我已经不想种我的地了。我不想待在我那个院子里，我想进城。"

林老师忽然对我们说："本周末谁想去丁未子那里摘菜？现在就报名！"

"现在正是秋菜成熟的季节，我们付钱给你。"林老师目光闪闪的，仿佛她这样做，就能把丁未子推送回她的村庄。

实习生这时候进来，说："总编召唤，开会。"

林老师让丁未子留下电话号码，加微信，说她周末组织人去丁未子那里，买菜。

"你看只有三十公里，多近。说不定我们要在你的院子里为你的诗把脉呢。"林老师一边安抚，一边把丁未子推送进电梯。

拾鹿角

申　平

那年春天，我和哥哥一起，到草原上的大山里去捡拾鹿角。

这大山方圆上百公里，丛林茂密，野兽出没，其中就有成群结队的野鹿。每当春天来临，公鹿都要换角。它们头上的旧角自行脱落后，才能长出新角来。鹿角不仅可以入药，而且还可以作为装饰品摆放。一对鹿角，可以卖一两千块。

那年哥哥 18 岁，我 16 岁。我们带着干粮和水，还有一顶折叠帐篷和两把砍刀，一直往大山深处走。哥哥说，近的地方去的人多，鹿角轮不到我们捡。

春天的山里，说不出有多么美丽。在密密的松林和白桦林间，草儿开始返青，野花到处开放，鼻孔里满满都是好闻的青草味和野花香。不过我们却无心欣赏美景，我们的眼睛只管盯着地面，在草丛里、树空间寻找鹿角。

第一天，我们一无所获。晚上，我们在一块巨石下面支起了帐篷，吃了点儿干粮，喝了点儿矿泉水，就钻进帐篷里躺下。夜晚的山谷，寒风阵阵。我和哥哥蜷缩着，浑身直打哆嗦。最可怕的是隐约听见了狼嚎声，我们紧握砍刀一动也不敢动，仿佛一动狼就知道了。

好不容易挨到天亮，吃点儿东西又开始寻找。一个上午过去，还是毛也没找到。哥哥就说，走，咱再往远处走走。我们俩挥舞砍刀开路，翻过一座山，又翻过一座山，不觉间，我们已经走到人迹罕至的原始森林里了。天好像一下子就阴暗下来，我看见哥哥的脸色突然变了，他紧张地对我说：赶紧捡干柴，点火。这地方怎么这么瘆人啊！

好在到处都是干柴，我们又找到一块巨石做屏障，然后点火，支起帐篷。这一夜，我们几乎不敢睡觉，不断地往火堆上加干柴。树林间不断传来各种恐怖的怪声，狼嚎声这回听得清清楚楚。我明显感觉到，周围正有一双双凶神恶煞的眼睛盯着我们。要不是有火，它们马上就会扑过来。

天亮以后，哥哥对我说：赶紧收拾东西往回走吧。但是，我们竟然找不到来时的路了。我们在树林里转着，转了好久，竟然又转回到昨晚宿营的地方了。我咧嘴要哭，却被哥哥严厉地制止住。他说：哭有屁用！走，我们换一个方向走。

当时的我们，已经没有心思去找鹿角了。可是当我们走到一片林间空地时，突然惊起一群野鹿，轰隆隆一阵响，野鹿直冲进对面的树林之中。但是奇异的是，却有一对雄鹿，犄角别着犄角，还在原地打转。我们一看，立刻呐喊着冲了过去。两只雄鹿惊慌地侧着身子奔跑，但是很快就被两棵树夹住，动弹不得。

太好了，哥哥喊着，我们发财了！他呼喊着跑过去，举起砍刀就要往野鹿的脖子上砍，但是他的刀却突然停在空中，然后又放下了。他对我说：不行，野鹿是国家保护动物，砍死野鹿是犯法的。我说，那就干脆把它们的犄角敲下来！

我们一起走到鹿角交叉的两只雄鹿旁，我首先看到的是野鹿那两双充满恐惧与绝望的眼睛。它们肯定是为了争夺配偶，打架时把鹿角互相别住的。别住就意味着死亡，野狼等野兽会毫不费力地把它们吃掉。既然都是鹿角惹的祸，给你们敲掉正好。我举刀要砸，可是哥哥又说不行。他说，如果硬砸鹿角，鹿也会流血而死的。

哥哥郑重其事地考虑了半天，最后说：咱们还是帮它们把犄角分开吧，救命总比杀生强。

于是，我们就放下砍刀，上前去帮它们拆解鹿角。可是鹿很害怕，脑袋在不停摆动挣扎，尖尖的鹿角竟然划破了哥哥的手。后来哥哥就停下来，开始跟野鹿说话，告诉它们我们是要帮助它们。他还轻轻地唱歌给它们听，慢慢靠近，轻轻抚摸它们。你还别说，野鹿渐渐安静下来了。哥哥看准了鹿角卡住的地方，左掰右扭，最后哗啦一声，鹿角真的分开了。两只野鹿立刻纵身跃起，闪电般跑进了丛林。

野鹿获救了，可是我们依然迷路。我和哥哥在树林里左突右奔，可是森林好像无边无际，任我们走得气喘吁吁，汗流浃背，仍然走不出山谷。天又要渐渐黑了，我实在走不动了，就躺在地上哭起来。哥哥先还在劝我，可是劝着劝着，他自己也哭了起来。我们一起放声大哭，还一起高喊：救命呀，救命呀！我们的声音在树梢上滚动，在山谷间回荡，但是回答我们的只有沉默。

没办法，只好拿出帐篷，准备宿营。但是这时候哥哥却惊慌地发现，他装在口袋里的打火机不见了。天啊，在这野兽横行的地方，如果我们失去了火的护佑，后果可想而知。我看见哥哥的脸立刻变得蜡黄，手脚都发起抖来。他一慌，我就更害怕了。

正在绝望之际，我们忽然听见一阵轰隆隆的声响，抬头一看，竟然是一群野鹿出现在我们前面不远的地方。它们停在那里并不动，一起举头看着我们，还有两只公鹿朝我们发出呦呦的叫声。咦，难道是刚才我们解救的那两只公鹿吗？它们跑来干什么？

后来哥哥猜测说，它们是不是要给我们带路呢，走，跟它们走试试。于是我们就收拾东西往前走。鹿群果然在前面不快不慢地走着，有时还会停下来等待我们。翻过一座山，前面忽然豁然开朗。暮色之中，我们竟然可以看到远处的人烟了。我和哥哥不由得兴奋地喊叫起来。

这时的鹿群，看样子准备要回去了。我和哥哥不断向它们挥手，鞠躬致谢。忽然，令我终生难忘的一幕出现了：只见鹿群里的公鹿忽然都拼命晃动起头颅来，只听噼里啪啦一阵响，等到它们一阵风似的消失以后，它们停过的地方，竟然留下了十几只鹿角……

老 枪

申 平

靠山乡派出所的何所长，带领所里的全部人马，全副武装，分乘两辆警车直扑后山。他们封锁道路，搜索前进，如临大敌。

事情的确很严重：据紧急报告，山里有人在持枪打猎。在禁枪禁猎的今天，居然有人持枪狩猎，这简直就是对法治社会的公然挑衅。

还好，循着枪声，他们很快就发现了那个“猎人”，迅速围捕，很快将他捉拿归案。

现在，那个“猎人”正被反铐双手蹲在地上。看样子他也就二十岁出头儿，一张脸上充满稚气和无辜。他前面的桌子上，摆着一支长长的老式步枪，还有几发已不多见的黄铜子弹。三十多岁的何所长上网查了一下，这才知道这种步枪是“七点六二式”，是一种射程远、杀伤力强的步枪，曾在抗日战争和解放战争中被广泛使用。

说吧，你这枪是从哪儿来的？

这枪……是我老太爷的。

你老太爷是谁？

那小子说出一个名字，竟把何所长吓了一跳：这个人，是这一带远近驰名的老英雄。他不但在解放战争中立过战功，而且退伍后又带领民兵捉拿过美蒋特务，轰动一时。老英雄活到 103 岁，前不久刚刚去世。他的葬礼异常隆重，县乡领导都出席了，何所长也去了。嗯，对了，当时好像的确见过这个小子。

何所长上前给他打开了手铐，让他坐下，又问：这枪是怎么到你手上的？

是我自己找出来的。我老太爷藏枪的地方可隐蔽了，一般人不知道……

你老太爷手里有枪，我们怎么不掌握？他的枪是从哪儿来的？

这个……我说不清楚，我只是拿出来玩儿玩儿……你去问我太爷他们嘛。

事关重大，何所长立即向上级做了汇报，随后带人来到港口村，调查枪案。他们先是找到了老英雄的儿子，也就是那个小子的太爷。这人也已经快 90 岁了，背也驼了，眼也花了，耳也聋了，说话也表达不清了。他比比画画说了半天，何所长才大概弄清，这杆枪是老英雄当年从北京拿回来的。

看来，这枪的来头还真不小。何所长他们立即又去找老英雄的孙子。这人也已经 60 多岁了，是位退休人员。他说的倒是非常清楚：这杆枪是 1953 年，老英雄到北京参加群英会时，周总理亲手颁授给他的，另外还有 100 发子弹。他小的时候，看见爷爷整天背着这杆枪，威风凛凛地进进出出。后来爷爷老了，枪就挂在家里的墙上，几乎一天一擦。再到后来，他外出读书，参加工作，偶尔回来，枪已经不见了。这可能和那时候收缴枪支有关。但是爷爷这枪不同，是国家领导人颁发的奖品，据说也是办了持枪证的。但是枪去了哪里，他也没有问过。最后他说："你们去问下我哥的儿子吧，我爷爷不能动的这些年，都是他在伺候，他或许知道些情况。"

于是何所长又去找老英雄的重孙子。这人近五十岁，正是那个"猎人"的父亲。他是一个老实厚道的农民，已经知道儿子因为持枪打猎被抓了，又见何所长他们来找他，就显得很慌张。何所长赶紧安慰他说："你不要害怕，我们只是调查了解情况。我就想问你，那杆枪你见过吗？"

"我……见过，是太爷擦枪的时候。可是太爷后来把枪放到哪里，我真的不知道，也不想知道。太爷不能动的时候，曾经让我帮他擦枪。我不喜欢摆弄枪啊炮的，就没干，我就让我儿子帮他擦。后来他老糊涂了，仍然老是念叨：'我的枪，我的枪。'"

事情到此已经很清楚了：那个二十岁的小青年，那个生瓜蛋子，倒成了枪的最后知情者，甚至是传承人了。如果不是他不知深浅，把枪拿出来去打猎，可能这杆枪就永远不会再面世了。

何所长让人把小青年和枪一起带回村里来，让他指认藏枪地点。他轻车熟路，带着他们来到老太爷故居的后屋，轻启一面夹皮墙，里面竟然现出一间庄严的小屋来。只见墙上端端正正贴着毛主席、周总理的画像，画像两边是一副对联：发扬革命传统，争取更大光荣。画像和对联下面，就是一个枪架，把那杆枪放上去，严丝合缝。旁边，还有子弹带、武装带等一些“配套设施”。

何所长用手机把这一切都拍了下来，暂时放了那个小青年，让他随时听候处置，他带了枪和子弹带等物品返回了派出所。他要给上级写一个详细报告，既要讲清楚枪的来龙去脉，还准备提出一个问题：为什么从村到乡再到县，所有人都统统失忆，根本就忘记了这杆老枪的存在。

美人尖

侯德云

从复州河入海口返回瓦城，我请老郑和表妹到一家海鲜馆喝酒。我和老郑都喝白的，按以往惯例，每人半斤。表妹啥酒也不喝，她说饭后还要帮老郑把车开回去。

看官你瞅瞅，老侯一喝酒就忘事。赶紧补充一句，老郑是我在小说《河上的渔民》中提到的老郑，表妹是随我们一起去复州河的表妹。

一下午我都在怀疑表妹是不是老郑的真表妹。几口酒下肚，老郑说了实话。嗨，啥表妹不表妹，俩人正谈着恋爱呢。按老郑的说法："八字已经有了一撇，要是火苗再往上一蹿……"

老郑借着酒劲儿一通咧咧，表妹也不恼，微微低头，面绽桃色，间或哧哧一笑。

我在心里为表妹点赞。年过四十的女人，还有羞涩感，好！老郑这厮运气不错。

我向表妹说了一堆关于老郑的好话。我的一番花言巧语，把老郑整得满脸通红。他不仅频频举杯，而且还时不时感激我两眼。

两人一高兴，又整了几瓶啤的。

高兴归高兴，但都没喝大。收杯前我再三叮嘱老郑："那张起网的照片，得抓紧时间给我拍，听见没？"

老郑一个劲儿点头："指定抓紧，你放心哈，这事包在我和表妹身上。"

我在返程途中说过，我需要一两张渔民在复州河上起网的照片，为我的作品做配图。而所谓“抓紧”，是我给老郑制造一个机会与表妹相处，趁热打铁嘛。

酒后第二天，老郑给我发一微信，说他打算次日一大早与表妹去拍摄起网的照片，还说那渔民要是不肯他就掏钱引逗他，不信他见钱不眼开。

末了老郑问我一句：“你想不想一起去？”

我回复老郑一个笑脸和一个问号：“老郑你真的希望我去？”

老郑说：“嘿嘿。”

老郑单身已经十年。当年那个眉粗眼大的悍妻，常跟老郑吵架，竟自个把自个气死了。儿子在外地，难得回家一次。老郑五十大几的人，一天天凉炕冷灶，容易吗？

早年婚姻的不如意，让老郑心寒，他把更多的时间精力，给了文学和摄影。

老郑天资一般，无论文学还是摄影，大概都很难弄出个名堂。也算个精神寄托吧，什么名堂不名堂。

又过了两天，老郑从微信里给我发了两张照片，我眼睛一亮，说：“好啊！拍得好。”

老郑回复：“都是表妹拍的。”

我说：“我就知道你拍不出来。”

老郑给我发了一个羞涩的表情。

我们约好，当晚还在那家海鲜馆喝酒。我说我请，为我出力嘛。老郑不允，说有好消息相告，非他做东不可。

见面时我觉得很奇怪，老郑竟然没带表妹一起来。

老郑说：“今天不带表妹，咱俩好好说话。”

好吧好吧，好好说话。

老郑满面红光，打开了随身携带的一瓶五粮液。他知道五粮液是我的最爱。

一口酒下肚，老郑说：“我的那个天，你不知道表妹有多好。”

我一脸懵懂：“你好好说话行不行？从头到尾交代。”

老郑很听话，真的就从头到尾交代了一番。

老郑说他那天下午在复州河边的松树林里，斗胆抱了表妹。表妹陡然一声尖叫，把他吓得一激灵。

老郑说："你不知道那叫声有多响……这么对你说吧，响声刚过，扑棱棱从树上掉下十几只松树篓，随后还掉下一只松鼠。"

我哈哈大笑："你也太夸张了吧？"

老郑一脸严肃："真的真的。"

老郑在震惊中松开表妹，并为自己的孟浪表示歉意。老郑是这样道歉的："我是一个品德高尚的人，可我实在忍不住了。"

没想到表妹闻言猛扑到老郑怀里，仰面就是一通热吻，好家伙，直把老郑吻得一脑门儿白毛汗。

然后呢？

"然后，"老郑说，"晚上我们就住一起了。"

噢，速度这么快。为速度干杯！

老郑说："你不知道表妹有多响，我的那个天，响了大半夜，交响乐一般……"

老郑说："古人说什么来着？'声音之道，丝不如竹，竹不如肉'，对不对？"说完不好意思地笑了："享受啊。"

我懂老郑的意思。十年枯寂，一朝鱼水，难免有点儿兴奋过头，可以理解呀。

我笑着跟老郑又干了一杯。

我说："表妹单了好几年是不是？她怎么个意思？没啥问题你俩就把喜事办了吧。"

老郑说："嗯，我们商量好了，下个月就办。登个记，再请老朋友们喝一顿，妥事！"

说完老郑话题一转："老侯你猜表妹最喜欢我什么？"

我想了一会儿，摇摇头。长相、钱包、文采、摄影，四项当中哪一项老郑都不拔萃，我实在猜不出来。

老郑指了一下自己的脑门儿，说："美人尖。"

我瞅瞅老郑的脑门儿，觉得他今天除了很反常地梳了背头之外，没瞅出别的勾当。

老郑急了，拿起手机百度给我看："美人尖，也叫美人髻，或三棱髻，额头正中头发向下探出成尖状，使左右两鬓对称呈弧形……古人常把美人尖作为评选美女美男的标准之一，有美人尖者为上品，无则为中下品……男人有美人尖点缀，更显英姿和豪迈……"

我再次观赏老郑的脑门儿，果然有个小尖尖。噢，表妹原来喜欢这么个东西，太意外了。

当晚临睡前，我特意到镜子前面拢拢自己的头发……唉，没有小尖尖不说，怎么还有点儿秃顶了呢。

再婚后的老郑像换了一个人，整天精神抖擞的，就连文章和摄影，也都有向好的趋势。唯一不变的，是不管去哪儿，他都梳着个背头。

后来我注意到表妹有个习惯动作，凡是跟老郑一起出门，无论行坐，都会时不时抬头瞥一眼老郑的脑门儿，之后迅速把目光收回，微微低头，面绽桃色，间或咻咻一笑。

我在内心感叹，啧啧，老郑的美人尖。

与诗人诀别

侯德云

九年前的重阳节，上午十点，我和诗人老包各打一柄黑伞，沿瓦城五一路北侧的人行道，往一居民小区里去。

秋风瑟瑟秋雨绵绵，在秋风秋雨中行走，无论如何都会有些伤感。何况，我们此去，是看望一位病中的诗人。

20 世纪 80 年代，不知何种缘故，在瓦城的文化田野上，一株接一株，诞生了好多株诗人。他们中有些至今还在顽强地大义凛然地写诗，根本不在乎有没有读者，甚至对读者嗤之以鼻。另外一些则蜕变为别样的面孔，成为别样的好汉或者孬种。

我们要去看望的这位，叫刘洪波，笔名波涌。无论真名还是笔名，都出自曹操的《观沧海》。曹操说："秋风萧瑟，洪波涌起。"

那时候我有一个对本地文士的访谈计划，老包打电话说："波涌你再不做访谈，可能就谈不成了。"

"怎么就谈不成了呢？"

"他已经化疗半年多了。"

噢，是这样，此前我一点儿消息都不知，惭愧惭愧。

于是急忙急促就来了，在这秋风秋雨愁煞人的一天。

波涌住在一栋楼房的顶层。给我们开门的是一位四五十岁的女人，脸色苍白，头发凌乱。后来知道，她是波涌的第二任妻子。她没说话，只往客厅里指了一下。顺着手指的方向，我看见波涌坐在客厅的沙发上，表情严肃地打量我和老包。

老包把伴手的果篮递给那女人。女人道谢，给我们倒了两杯开水，随后走进卧室，直到我们离开也没再露面。

波涌不是半年前的波涌了。半年前我见过他，黑而瘦。现在黑还是依旧的黑，瘦却是瘦得多了。说他是皮包骨头也不过分。

坐到波涌侧面的沙发上，我环顾客厅，觉得房间里的布局颇为怪异。是毛坯房，粗糙的水泥地面上铺了一层地板革，有明显的凸凹。墙面也很粗糙。客厅里很拥挤，不大的空间，一个挨着一个，摆了三张床，一张双人床和两张单人床。墙角还挤着两个电视柜。墙上挂着四幅国画，装裱在木框里，画面上有清晰的水渍。

没想到我对波涌的访谈，竟是从客厅里的陈设说起。

波涌的嗓音有些沙哑："交了房款，就没有装修的钱了，只能这样搬进来，凑合着住吧。"

稍顿又说："床和电视柜都是白捡的。一个年轻人雇我扔垃圾，给我五十块钱，说扔哪儿都行。路上有人递价，说二百行不行？二百哪行啊，我要三百，他不给，我就拉到家里来了。"

波涌说："四幅国画看见没？是一家宾馆扔的，我觉得挺好看，就挂家里了。"说到这里，他不好意思地笑了。

我要郑重补充一句，波涌的最后一个职业，是三轮车车夫，俗称"板爷"。有那么几年，他在一家中文网站圈了很多粉丝，大家都叫他"三轮车诗人"。

从闲聊中了解到，波涌生于1956年7月，比我年长十岁。该同志爱好广泛，钓鱼、下棋、曲艺、音乐，都喜欢。尤其是文学，有童子功。从小学到高中，读过的长篇小说有《红旗谱》《金光大道》《艳阳天》和《三家巷》等许多种书，还能背诵相当数量的古文和古诗词。

波涌说他爱读书是受了父亲的影响。波涌的父亲，原是军队里的文化教官，

20 世纪 50 年代转业到地方工作。可能是心里藏着些委屈吧，这位父亲经常酗酒，且经常醉卧街头，还经常跟老婆吵闹。波涌看不惯他，才十六七岁，就经常跟父亲干架。父亲对这位爱好文学的儿子有些胆怯，且把这胆怯一直延续到晚年。

父亲临终前，波涌回老家去看他，带了两只烧鸡。波涌使劲儿扯下一条鸡腿往父亲嘴里塞。父亲呜呜地哭起来，说我怎么能让你花钱。波涌也呜呜地哭起来，说我的钱最干净，你怎么不能花?

波涌的第一份工作，是瓦城果酒厂的酿酒工人。果酒厂后来转行，改名叫啤酒厂。改名才两三年就倒闭了。波涌下岗后开了一家小饭店，也是才两三年就倒闭了。波涌心里苦啊。苦中的唯一乐趣就是写诗。写了很多年，写了很多诗。其间，还到辽宁文学院进修了两年。

可写诗不能养家啊，在大姐的反复哄劝之下，波涌一咬牙，到街头当了板爷。

“开始的三年，心里有落魄感，自卑得很，走路不敢抬头，看见熟人赶紧把脸扭到一边。”波涌说。

“后来也无所谓了，我不偷不抢，光明正大，有什么不敢见人的？”波涌说。

“就是嘛。”我说。

波涌感激地瞅了我一眼，说：“这活儿就是脏点儿累点儿，收入还行，每月保证在五千块以上，最多时一天挣过五百。”

说到这里，波涌的目光有些黯淡：“生病这半年多，体力不行了，一分钱不挣不说，反倒天天往外掏钱，心里难受啊。”

对波涌做访谈，不能不谈诗。可即使谈诗，波涌的目光依然黯淡，说年轻时他把写诗当成生命的全部，四十岁以后才知道自己错了，比写诗更重要的事情多的是，比如家庭，比如工作，比如健康……

波涌说他这辈子在文学期刊上发表过二百多首诗，也有获奖的，但让他最得意的，是在美国的《一行》诗刊上露过脸。

我的采访提纲里有一个问题，对谁都会这样问："你最喜欢的东西是什么？"

波涌盯着我的脸，说："现在，还是以前？"

"现在。"

波涌垂下眼皮："现在我最喜欢二锅头，红星二锅头。"

我扭头对老包说："咱在附近找个小饭店，中午跟波涌一起喝点儿，就喝红星二锅头，好吧？"

老包抿嘴笑了一下。

波涌接过我的话头，说："老侯，你俩去喝吧，我没力气下楼，即便能下去也上不来。"

我陡然一愣。在发愣的同时，我看见波涌的眼角，有泪水缓缓地流下来，流下来。

黑羊白汤

赵文辉

一个清冷的冬夜，我和老婆骑着电动车，在这个江湖气十足的豫北小县城穿行。我们的饺子馆虽然转让五年了，但是我很想念它，也时不时地下下馆子，找找那种感觉。老婆鬓角已见醒目的斑白，我也成了一个双下巴的蓝围裙大叔——如今我们在家包饺子，去小吃店推销，还上了美团外卖。

一家“黑羊白汤”的吸塑发光招牌吸引了我，进门时老婆像往常一样提醒我：“一人一碗羊肉汤，不准点菜。”她知道我爱面子，像很多下馆子的人一样，总觉得单吃一碗烩面不是那回事儿。

这是一家居民小院改造的饭馆，主营烧烤、烩面、羊肉汤。院子里黑乎乎一片，楼梯、烧烤炉集满了黑烟，给我印象最深的是地面的油腻两次粘住我鞋底。生意却不孬，满满一屋子人。厨房是明档，一口直径近一米的大铁锅里咕嘟咕嘟冒着热气，一套全羊骨架在锅里起伏，时隐时现。“好汤！”我情不自禁地在心里叫了一声。有一桌客人刚走，我们便坐下来。服务员边摆小件餐具，边问我们吃什么。老婆报了一碗羊肉汤，一碗杂碎汤，又对我说咱俩可以换着吃。

瞬间，羊肉汤和杂碎汤端了上来，浓香的白汤上漂了一层翠绿的香菜末，一眼就能看出是纯羊骨头熬的，没有借助三花淡奶增白。我挖了一勺羊油炒制的辣椒面儿撒进去，很干的那种，见了热汤便融化开了，红灿灿一层。口水都快出来了，我迫不及待盛了一勺。热汤正要进口，猛听得啪一声响，接着一声严厉的喊叫：“服务员！”

我手中的勺子猛一哆嗦。

扭头一看，邻桌坐了四个和我年龄差不多的中年人——那种在城内三关混油了的生意人：有俩小钱儿，到哪儿嗓门儿都贼大贼大。给我们点菜的那个服务员笑吟吟走过去，问他们有啥需要。一个“地包天”指着桌上的一盘湘味小炒肉，责怪五花肉过油了，不是生炒的，他一口就吃出来了；另外酸辣土豆丝是用刨菜器刨出来的，没有刀切的味道好。“地包天”一副内行得意的样子，服务员连连道歉，说下回一定注意。另外仨人黑着脸不说话，一人嘴角叼了一颗香烟，像是要跟人打架似的。我心里突然七上八下起来。凭我的经验，一碰见这样的客人，麻烦就到不了头。

后来他们点了主食，一人一个手工馒头，还吩咐服务员送一碟小米椒，要切成细圈，再倒点儿生抽。我咧了一下嘴，今年的小米椒跟去年的香菜差不多，死贵死贵，18元一斤了。果然，服务员迟疑了一下，说需要请示老板。“地包天”马上就变了脸，手中的酒杯狠狠地一蹾。柜台里的老板娘看出他们不好惹，忙起身吩咐服务员：“快去厨房端吧。”

对这一碗靓汤的兴致全没了，我额头瞬间挂满了汗珠，老婆也全身绷紧。我在心里提醒自己，这又不是自家开的饭店。但我还是管不住眼睛，留心着那边的动静。

馒头端了上来，只一会儿一碟小米椒就完了，他们要求再送一碟。老板娘犹豫片刻，还是答应了。第二碟小米椒端上来，其中一个人突然一拍桌子，我心里猛然一咯噔。当年在我们饺子馆，也有不少客人招呼我的方式就是这样。他一脸怒气，举着手里的手工馒头叫老板娘看，说他们饭馆儿竟敢拿发霉的馒头来坑人。老板娘赶紧从吧台里出来，说她愿拿小店十三年的声誉保证，手工馒头都是今天下午新蒸的。“地包天”冷笑一声，问这些黑点如何解释。老板娘答不上来，喃喃道，真是新蒸的呀。那四个人很不好惹，扬言要给食监所打电话。服务员从厨房端出一个不锈钢蒸格让他们看，里面的馒头还冒着热气。可他们依然不依不饶，又是拍照又是录视频，扬言要发朋友圈。“其实这是发酵粉没揉开，我们在家蒸馒头，也遇见过这种情况。”屋角就餐的一对老夫妻替他们解了围，这对白发苍苍的老夫妻轻声慢语，却不容置疑。我进来这么长时间，愣是没注意到这对老夫妻。最后“地包天”他们很不情愿地安静下来。

我和老婆额头上沁满了汗珠，只想赶快喝完汤走人。按我平时的习惯是要加一次汤的。这时那四个人先去结账，问多少钱，老板娘告诉他们276元。“地包天”以命令的口吻说：“把零头免了！”老板娘点点头：“好吧，给两百七吧。”“地包天”差点儿跳起来：“你打发叫花子吧！”看来他心目中的零头和老板娘说的零头完全不是一回事。他们沉默了一会儿，见老板娘没有表态，就很不情愿把账结了。“地包天”扫完微信问老板娘要发票，老板娘给他们撕过，笑着说：“慢走，欢迎下次光临！”她的笑容马上凝固了，只见“地包天”把发票一点点撕碎，像电影里的慢镜头一样，又一片一片扔到了吧台上。我的心猛地颤了一下，我老婆比我还紧张。我再次提醒自己，这又不是我们开的饭店。我想起开饺子馆那些年，我们一直小心翼翼，还是不能让客人满意。客人们走后台布上会留下几个烟头烙的窟窿，还有的临走撂下一句“再不会来第二回了”，吓得我们追到车跟前苦苦哀求却不告诉我们原因。

“地包天”他们走后，我喝完最后一口汤，又抽了一张餐巾纸，打算去结账。我站起身的时候，猛听见有一桌客人喊道：“服务员，开水！”

“嗯，来了。”我怎么都没想到，我老婆居然脆生生地答应了一声，接着，她的腿像装了弹簧一样跳起来，拎起我们桌上那壶开水飞奔而去。“黑羊白汤”那个慢了半拍的服务员和我一样瞪大了眼睛。

崖上人家

赵文辉

根叔打了几次电话说要我回去一趟，他在电话里说，你是市报记者，又是咱村的第一个大学生，叔心里这疙瘩全指望你了——其实我只是 20 世纪 80 年代一名中专生，村里人高看我了。从电话里我听出了根叔的纠结和苦闷。

星期天，爬了十八道弯，又驱车穿越了那条著名的挂壁公路，我回到了生我养我的崖上村。这是一个美得不说理的地方，一年四季，天空湛蓝得使人窒息。望着乡邻们院前院后那些正在努力卷心的白菜，乡愁的烧疼瞬间包围了我。我们整个村子都建在悬崖上，地势险绝，清一色的石头房，石巷石路石磨石碾，古老的风格被顽强地留存。根叔的“崖上人家”，更是悬崖中的悬崖，石屋的根基是从崖边的第一块石头开始的。当年我一幅照片引来了数不清的摄影爱好者，也有千里迢迢跑来瞄一眼扭头就走的游客。如今，这里已经提升为 5A 级景区，乡里县里市里都在争抢这块风水宝地。

根叔还是老样子，快七十岁的人了身子骨依然山枣木般结实。他给我让烟。几十年来他一直抽这个牌子的香烟：软蓝色的河南产的散花烟。他一直有勇气把这款三块钱一盒的香烟当作自己的口粮，尽管“崖上人家”给他挣来了意想不到的财富。当初来这个景区的客人，一半冲着挂壁公路，一半冲着他家的炖土鸡：在山坡捡吃松子青草的走地鸡，肉质鲜嫩，有嚼头，出锅时上面黄澄澄一汪鸡油。那时的景区还很纯真。

烟从根叔鼻孔里喷出来，汇入秋分时节清冷的空气中。根叔叹一口气，讲了不久前发生的一件事。他下山去镇里修理柴油三轮车，像以往一样，修车师傅一打开水箱就笑了：崖上来的吧？根叔很骄傲地点点头：用了五年的三轮车水箱里愣是没一点儿水垢，就像“崖上人家”那些电热壶一样。修车师傅冷不丁问他：“听说你们一只土鸡卖到一百八十块了？”

根叔摇摇头，“五一”“十一”的时候，景区门口黑压压一片，部分游客排一天队都进不去。一只炖土鸡的价格也从最初的六十、八十、一百、一百二、一百五，一路飙升到一百八十元。根叔狠不下这个心，一直标价八十八元。三轮车快修好的时候，那位师傅突然说：“你们卖的是假土鸡！”接着他告诉根叔，县里农贸市场送小鸡的在他这里修过车，一整车宰好的白条鸡，全是鸡场淘汰的蛋鸡，都被送进景区当土鸡卖了。“一只蛋鸡不过二十多块钱，你们收人家一百八，真敢要啊！”修车师傅愤愤不平地说。临走，他又指着修好的水箱说：“崖上的人心，不如崖上的水清啊！”

根叔像被人狠狠抽了一巴掌，脖子根都红了，恨不得找个地缝钻进去。

我听了叹一口气，人心不古，乡邻们的确变了。刚才来崖上的时候，经过那个著名的小陡坡，坡上晒满了玉米，多次上过电影电视的陈奶奶端着簸箕坐在门洞一块青石上，陈奶奶的脸是核桃壳颜色的，皱纹累累。有几个采风的艺术家冲她举起了相机，还有两个美院学生支起了画夹。这时我看见陈爷爷从门洞里走出来，手里举着一只牌子，上面用粉笔歪歪斜斜写着：当模特，一次五元。

我问根叔这次要我回来做什么。根叔的指甲边缘上落了一坨烟灰，他说他心里憋屈得很。这些年来，一心想保证土鸡品质的他在后山用铁丝网圈了十几亩山坡地。他没卖过一只假土鸡。客人并不买账，人家一百五十元，他八十八元，很多客人摇摇头走了。那些饭店门口都用笼子圈了几只土鸡，客人相中哪只把哪只拽出来到厨房宰杀。一进厨房，小鸡的嘴就被铁丝给绑住了。

根叔的表情很痛苦，他的身后是一棵被闪电劈开的古柏，树干枯焦，树顶却是绿意盎然。根叔摇摇头：去年，香菜涨到二十五元一斤，他仍然使用香菜，客人却没有叫好。最后，根叔仿佛做了一个重大决定似的抬起头看着我："你能不能写一篇报道，假土鸡的报道？"

我沉默了。我想起了另外一件事，那一年的蜂蜜事件。一对从信阳来的夫妇在山弯处支下一百多个蜂箱，天天穿着防蜂衣在现场割蜂蜜，游客抢着买，甚至留下联系方式要求邮购。后来村里一个发小告诉我，那一百多个蜂箱只有三十几个有蜜蜂出入，后面伸进山坳里的都是空箱。我一时很愤怒，就写了一篇报道。结果县领导找到报社，指责我在扼杀一个刚刚起步的景区，阻挠家乡的经济发展。再回村里时，很多人见了我都绕道走。我为此郁闷了好长时间。

除非我不想再回老家了，也可能涉及我的饭碗问题，假如我答应根叔的话。可是我又不忍拒绝根叔，根叔的忧患深深灼疼了我的心。我需要时间来处理这件事。这时已近中午，来"崖上人家"就餐的客人多起来，根叔带着几个家庭成员忙起来。

那天中午，根叔一共卖出六份炖土鸡，有一个长期在山里创作的老画家带着几个朋友来品尝 ，离开的时候冲根叔伸出大拇指："他们捆到一块，也不如你！"他对山里的农家饭庄了如指掌，他清楚那些鬼把戏。

当时根叔还在院子的地锅上炒最后一道菜，手掌与勺子的接触，在他的心中猛然唤起一股柔情。令他自己都吓一跳的是，泪水瞬间盈满了他的眼眶。

买米的钱不能买布

莫小谈

连一文趴在母亲的怀里哭，像一个孩子。其实，那时他就是一个孩子，才9岁。

连一文想要一条喇叭裤，穿上给芳草看。当然，这个小心思他没敢和母亲说。他只是一个劲儿地哭，说想要一条像山娃一样的喇叭裤。

母亲纳着鞋垫儿不理会他。母亲知道，没钱已不是借口，家里刚卖了两只羊和三棵泡桐树。

哭久了，母亲才开腔：那钱是留给大妞置嫁衣的。

能给姐姐置嫁衣，就不能给我买裤？连一文的哭声更大，还抹了一把眼泪。

不能，买米的钱不能买布。母亲态度坚决，不容商量。

没有喇叭裤，连一文当然就没了追求芳草的底气。至于后来二人的亲事，还是芳草托人提的。婚后不久，他们生了一个儿子。

连一文在一家广告公司上班，每天的任务就是巡街，查看路边广告牌是否完好。每到一处，他就会一手持着相机，一手举着当日的报纸，将报头和广告牌共同置于镜头内，“咔嚓”拍一张照片，证明当天自己确实来过。

一个月1800元的工资，不多，一部分用于儿子的学费，一部分花到父亲的医药费上，每一分钱都能派上用场。有人提议他跳槽，找一份钱多的工作。但他不会，因为这份工作有大把的空闲时间，能让他在家照看父亲。

母亲常熬夜纳些鞋底儿，带到芳草的货摊儿去卖，来补贴家用。母亲懂得儿子儿媳的苦，总是起早贪黑地搭把手。用母亲的话说，帮不上啥大忙，添一把老力气还行。

今天，父亲一个人去医院做透析，母亲在外面拾掇着行李，连一文则将自己关在房间里。他坐在床边，双手抓扯着头发，把脑袋埋进双腿之间，硬憋屈着不出声。他不停地哽咽，憋得心和肺都疼。

许久，连一文听见母亲敲门：出来吧，时间不早了。他赶紧抹一把眼泪，清了清嗓子：知道了妈，芳草的一件衣服再也找不到了。

母亲在外面“哦”了一声：该出发了。又说：你是家里的顶梁柱，可不能倒。

三个月前，芳草被医院查出病情，当天就住了院。从此，他们家就乱了章法。母亲依然熬夜纳着鞋底儿，只是再没有出过摊儿。

芳草住院的前十天，花光了家里所有的活泛钱；芳草住院的第一个月，家里的银行卡全部透支；芳草住院的第二个月，连一文盘出了那个百货摊儿。

第三个月，芳草转院到了省城。第一周，连一文卖掉了代步车；第二周，连一文支取了父亲的养老金；第三周，连一文走遍了所有的亲戚家，借钱。今天到了第四周，母亲要取回他们买墓地的钱。

连一文不同意。

母亲抹着泪念叨，要说服他。这是连一文第二次见母亲流泪。第一次，是老人选定墓地的那一天。他们这里有选“活人墓”的风俗，人健在的时候，能为自己寻一个中意的归宿，怎能不高兴？那天，母亲欢喜得直掉眼泪。

母亲看好的那片儿“府上”，开发商的政策也好，交钱后五年内如不满意，随时退款，但要扣除相应的违约金。

这回，母亲要去退掉买墓地的钱。

妈，这不能退。连一文否定了母亲的意见。但他不知，母亲在他回来之前已经办完了所有的手续说：别傻了，救命要紧。

妈，万万不行，我不能不孝到这般田地。连一文连连摇头。

孝就是顺，顺就是孝，听妈的话。

妈。连一文叫了一声妈，再也没有说出一句话。

我和你爹一时半会儿死不了，那“府上”晚几年再买，不迟。母亲最后说。

连一文没有再推托——他已经无路可择。

望一眼母亲打包好的背包，他又扫视一遍整个家，空落落的，除了墙角堆放的那包未卖的鞋垫儿外，几乎找不到一件值钱的物件。连一文背起背包，强忍住不哭：妈，我走了，别忘了按时接孙子。

母亲坐在沙发上没起身：放心去吧，早去早回。随即又说：钱在背包里，路上小心。

连一文一个激灵，突然觉得背上的包裹很重，使他迈不开步子。

他回过头来，母亲却抬手指指门口说：快去，一定要把一个好好的芳草，还给我。

一听这话，连一文再也控制不住自己的情绪，转身扑到母亲的怀里放声大哭，像一个 9 岁的孩子：别怪我，我要用买米的钱，去买布。

母亲轻抚着他的背：妈不怪你，妈知道黄鼠狼专咬病鸡。

假如月亮是太阳

莫小谈

我、麦田还有驴子，曾一起在某化工厂做工，专门生产各种一线品牌的洗发水，生意很火。

每当午后，老板会用小货车拉来大桶大桶的原料，命我们夜间上工，将它们灌装进不同的洗发水瓶里。灌装时无须关注瓶子上的品牌，但必须区分不同的香型，比如木瓜味儿的原料绝不能灌进青瓜香型的瓶子里，否则就是一起生产事故，要扣发工资。

来厂提货的人以理发店和传销组织的采购员居多。这两种行业，我总是莫名其妙地混为一谈，认为它们没啥区别，都使人迷失自我，心甘情愿地掏腰包。

有个传销头目，每次来厂总是侃侃而谈，神采飞扬，像授课。他有一个习惯，总是以“戴尔·卡纳基有言曰”作为讲话的起语。起初，我以为是他发音的问题，但时间长了才意识到他可能念错了字，于是纠正他：“你说的‘卡纳基’应该叫‘卡耐基’。”他先是一怔，随即稳下神来，说“卡耐基”最初就叫“卡纳基”，都怪书商译错了，大家就跟着以讹传讹，只有他还坚持固本守源。

我说：“哥，你真牛。”

厂里还有一部分产品，会换上更为华丽的新衣，再搭上一张境外的购物发票和写有“此宝贝为 × 空姐在 × 国 × 店‘纯手工挑选’，绝对物超所值”之类的卡片，就摇身一变，成了海外代购品，价值也随之翻了好几倍。

当然，这些都是驴子说的。驴子还给我们说，老板在城郊另有一个车间，专门打印各种发票和报关单据，文员妹子长得娇艳可人，是老板的小蜜。我和麦田不信，说：“鬼才信你的鬼话。”驴子坏笑道：“爱信不信，不信拉倒，他俩的八卦我还有一箩筐。”

驴子与我们聊八卦时，通常是在工厂的楼顶。有时，我们也会相互怂恿对方讲自己的糗事，不糗不欢的那种。我说，我在餐馆当服务员时，曾把店里来之不易的“五好商家”锦旗以30元的价格卖给了对面商家，因此还挨了老板的耳光。驴子说，他曾向前任老板的轿车油箱里撒尿，可惜被发现了，他只好提起裤子就跑，连工资都没敢结。

麦田也讲了一个。他曾遇到一群做市场调查的大妈，只要完成她们的问卷就能得到一个面包。对方问他来这儿多久了，他说仨月。对方说：“那不行，我们调查的对象须居住两年以上。”于是，他走到另一位大妈面前说：“我来三年了，送我个面包吧。”眼看即将得逞，先前那位大妈跑来拦住，说：“他是个骗子，才来仨月。”

麦田讲这个事儿时，驴子正接着发小打来的电话，发小问他：“最近忙啥呢？”

“打工。”

“打啥工？”

“不打啥工，就是打工。”驴子的脸色很难看。

麦田问驴子是不是对当下不满意。驴子没回答，只是说发小在南方早就立住了脚，公司的办公大楼很高，直冲云霄，手可摘星辰的那种高。

突然，驴子问：“我们屁股下的这栋楼高10米，中午时它的影长是2米，中秋月光下，它的影长18米。请问，如果月亮是太阳，这栋楼房有多高？”

我和麦田愣愣地望着驴子，不说话。我们三个陷入久久的沉思。

此后，驴子说过多次要离开工厂，说离开前要把厂里的质检合格证书烧掉，再往老板汽车的油箱里撒一大泡尿水。

“要走一起走。”

“让工厂停产，让那个文员妹子来当灌装工人。”

“对，要等到老板大批进原料后再走，让他赔个精光。”

“几桶原料值几个钱？毛毛雨啦！”驴子说，“干这一行，赚钱得很。”

我们的话题开始围绕着“钱”展开，说自古马要吃草人要吃饭，谁不是为了混口饭吃？又说没钱只能驴拉磨，有钱能使磨拉驴。

聊着聊着，驴子冷不丁地说：“我老家有个独院，空着，要不咱也开厂吧？”

看着无比兴奋的他们，我平静地说：“抱歉，我已找好了新工作，在地下通道的一个书摊儿当售书员，全白班，没夜班。”

我离开工厂后，就与他们少了联络，但后来驴子打来电话，说他们的工厂已经整好了，原料供应商也谈好了，“卡纳基”答应做他们的经销商。

“万事俱备，就等你来。”驴子说。

我说：“不啦，我很喜欢现在的工作，不累，踏实，还有书看。”

“这个行业真的很赚钱。”

“知道。”我说，“但你不怕哪天员工烧了你的产品质量合格证？不怕他们往你油箱里撒尿？”驴子半晌没吭声儿，挂掉了电话。

半年后，我在书摊儿前遇见麦田，他告诉我，他们的计划泡汤了，还搭进去不少本钱。我本想再打听驴子的近况，麦田摇摇手说：“不提他了，言语上的巨人，行动上的侏儒，一个彻头彻尾的软蛋。”

好久以后，“软蛋”联系我，说：“我的信用卡还不起了，先帮我还一个月，等开了工资还你。”

我问他：“最近忙啥呢？”

“打工。”

“打啥工？”

“不打啥工，就是打工。”驴子冷冷地说。

那天下夜班，我走出地下通道，看着一条被月光拖长的影子，突然想起当年驴子出的那道数学题，至今我还没有答案。

第5辑

赵某丁

非　鱼

遇到赵某丁，纯属意外。

汛期来临之前，黄河泄洪。每年泄洪时，被泥沙呛晕的各种野生鱼类浮上水面，形成流鱼现象。

这时，捞鱼人就出现了。河南的、山西的，城里的、村里的，男男女女，摩托车、汽车，渔网、抄网、塑料桶、盆、蛇皮袋，沿河岸一溜儿散开，捞鱼。卷着裤腿，赤裸上身，甚至只穿一条短裤的男人们，在水里泥里把自己弄得更像是一条鱼。

站在桥上，我看远处的那些人。风里裹挟着泥土味儿、鱼腥味儿，还有各种飞絮。这是一个暖烘烘乱糟糟又让人心烦的季节。

桥头，照例成了临时的鱼市。人车喧嚣，过往的大卡车卷起灰尘，着急过桥的司机拼命地按着喇叭，卖鱼的、买鱼的、和我一样看热闹的，随意乱停的汽车、摩托车、自行车，把桥头弄成了一锅粥。

赵某丁，成了锅里冒出来最大的那个泡。她正跟人打架。

我从来没有见过，一个女人跟人打架时可以那样拼命，那样毫无顾忌。

和一个男人一对一，她似乎并不落下风。男人抓她的头发，她挠他的脸，咬他的胳膊，踢他的下身，朝他脸上吐唾沫，哭，骂，身体的任何一个器官都不闲着。

很显然，最终败下阵来的是那个男人。他抹一把脸上的唾沫和汗水，留下俩字：泼妇。离开了战斗现场。

而被我在心里叫赵某丁的女人，并没有像胜利者一样，而是一屁股坐在地上，号啕大哭。衬衣的扣子掉了一个，露出内衣的带子和半拉弧形，居然是玫红色的，黑裤子上全是泥和土。

我摇摇头。这样的女人，除了泼妇两个字，恐怕再也没有合适的词语来形容她了。

有人来拉她。起来吧，别哭了，他都走了，赶紧卖鱼。

她屁股一拧，从地上爬起来，双手拍拍屁股和腿上的泥土，整了一下衬衣，回到她的鱼盆前，大声吆喝，野生黄河鲤鱼了啊，新鲜的黄河鲤鱼便宜了。声音高亢脆亮，好像之前的一切都是我的幻觉，跟她没有丝毫关系。

嗯，这个女人有意思。她是怎么做到片刻间角色转换，而且毫无缝隙的？

有人去她跟前买鱼，她乐呵呵地挑鱼，称鱼，算账，找零头，扫码收款，有条不紊，完全是一个淳朴还有些精明的小商贩。

我不买鱼。因为我压根儿不会杀鱼，更不会做鱼。在那座小山村长大，我读大学之前，没有吃过鱼，对鱼的味道还有那些乱七八糟的刺，从来都没有好感。转了一圈，我离开了桥头那锅黏稠烂糊、味道不洁的粥。

回到宿舍，心里依然乱糟糟的。赵某丁的样子一直在我眼前晃。

对，桐花。

那个长得很好看，原本有着一张雪白暄腾的脸、大辫子的桐花，后来就成了这个样子，和赵某丁坐在地上哭着骂着的神态一模一样，毫无顾忌。

小时候莫名其妙地喜欢新媳妇桐花，总是站在她家门口，看她穿着大红的高跟皮鞋，走来走去。她会塞给我一把花生，或者一把糖，然后摸一下我的头。突然有一天，她变了，瘦了，也不好看了，不给我花生和糖不说，还特别爱骂人。有人说她男人死了。我觉得很难过，要从她家门前经过时，都故意绕一条巷子，像跟谁赌气似的。

桐花勾起了我对赵某丁的兴趣。在此之前，我从没有认真想过或者观察过女人，除了我那个消失的女朋友。

第二天下午，我又来到桥头，却没看到赵某丁。

我问旁边的光头，昨天打架那个卖鱼的女的，今天没来？那人头也不抬说，捞鱼还没回来，估计快了。她自己捞？对。

站了一会儿，果然看见赵某丁骑着摩托车，后座上挂着两个脏兮兮的蛇皮袋，扣着一个塑料盆突突突来了。

光头喊她，说我找她。她卸着鱼，往盆里倒。找我，买鱼？

我脸红了。不是，不买。

不买鱼找我干吗？

主要是我不会杀。我临时想的借口，但也是真话。

那好办。买了鱼我帮你杀，真正野生的黄河大鲤鱼，好吃。刚捞的，都是活的。她手不停，嘴不停，脸上、脖子上的汗和泥巴点子混在一起。你自己挑还是我帮你挑？

心里居然有点儿紧张。你帮我挑吧，小一点儿。

她挑了一条一斤左右的鱼，称完直接往地上一摔，拿到光头那儿刮鳞、开膛，一气呵成。

真麻利。我说。

一家人要吃要喝，不麻利天上也不会下钱，风里也不会刮钱，只有这河里的鱼啊，这几天不要钱。

光头插话，嫂，不是我说你，你得想想办法，问李九利要啊，你这样得把自己累死。

咋要？昨儿你也见了，再打一回？人脑都打成狗脑了，他妈的就一句，没有。活人还能叫尿憋死？

把儿子给他，叫他养。

我可舍不得。跟他，吃喝嫖赌，好娃都学坏了。哎，买鱼了，野生的黄河大鲤鱼，刚捞的，都活的……

离开赵某丁和桥头那锅粥，夕阳斜照。

桥上，风依然在吹，河水浑浊，各种味道混杂，从脸颊、鼻翼、耳边掠过。不同的，我手里多了一条鱼，一条杀好的鱼。

河　流

于德北

街的后脸儿就是一条河。

原来这条河也是极宽阔极湍急的。

据说，早年间，在这里也有人以渔业为生，在河里打了鱼，送到大成街昌茂渔行去，再用卖得的散碎银钱买米买油买酱买菜，养活着一家老小。

据说，马成格的祖上就在这河边打过鱼。

他的祖上几辈不大清楚。从河北乐亭过来，见这里水草丰美，遂压了一个窝棚，苦挣了几春几夏，终于打出这么个基业来。

当然，马成格现在不打鱼了，他写书、编杂志。他在一家小报上班，是个科室主任的角色，主要的工作是搞农村科学普及。他很黑很瘦很土，那样子完全不像个搞文化的人。

他写过一本名叫《农村实用致富技术》的书，托一些朋友在农村发售。其实呢，所谓朋友，也不过是一些拐弯抹角认识的人，干什么的都有。他们用业余时间帮他卖书，他一本书给人家提成多少，一次一利落，不拖不欠，极其公平。

那本书印了一万三千册。

马成格有一个儿子两个女儿。儿子已经结婚出去单过。儿媳是个脾气酸性的人，经常和婆婆、小姑闹些矛盾。老伴儿心疼儿子，有气自己找背阴儿的地方去生。马成格看在眼里，疼在心上，却没有办法。直到上一年秋天，才在单位调得一间标准房，打发儿子儿媳欢天喜地去了。

马成格平时话不多，干什么事都是小心翼翼、有把握就干没把握绝不冒险。他遇到什么问题爱在心里琢磨，不喜欢和别人商量。对老伴儿也是。早年间，老伴儿还叨叨他，这一段时日，年岁大了，快退休了，老伴儿也不再空劳精神。

他老伴儿是一个和他截然不同的人，干事风风火火，说话叮叮当当，家中的操持一多半都是老伴儿撑着，马成格落得闲人一个。

他就一门心思扑在工作上，每年 9 至 10 月份都到各个县市去跑发售，六十几天在家过不了几夜，一身尘土，一身风霜，唯有两鬓至今不染一丝杂色。

他一门心思地要写一本书，要以一生的努力写一部小说，好不使他国高毕业的资历被埋没。但他的几十年准备，只成了一本《农村实用致富技术》的资料汇编，并且是合作出书，自费印刷。他每天工作到深夜，从各种报刊上抄剪那些在他看来有用的文字，一页一页地做到卡片上，待书成的时候，卡片也有了几千张。

他还写过一些科普方面的小品文，发在自己编的那块版面上，署名“亦可”或者“维公”，或者用其他的什么名字。他只把这些小文字给他老伴儿看，使他老伴儿在这种平凡的生活中得到些微的自豪。

老伴儿在一家小印刷厂上班，有四个手指头献给了机器。为了她这点儿贡献，厂子在承印马成格的书稿时把费用压到了最低限度，几乎是只收了成本，并未在钱的方面和他们计较。

马成格夜里工作的时候多，泡一壶茶，拿一包烟，坐在灯下，无论冬夏，肩膀上都披着一件外衣。他老伴儿有时起夜，见他还在苦熬，就迷糊着说：“睡吧，明儿还得起早呢。”

这也是马成格的习惯，不管晚上睡得多晚，早晨六点一准起来，先给老伴儿烧一锅水，然后就出门从小街的胡同穿到河边去，在那些稀稀落落的柳树间散步。

有些年，河道疏于治理，变窄变浅，加之工业排污，原来干净清凉的河水变得浑浊污秽，岸上也有不少附近的人家倾倒的垃圾，实在是脏得不像个样子。

近年呢，上边重视了一些专家的呼吁，用了不少人力物力对河堤进行了加固，又在河水的下面安装了排污管道，还要建立市内水上交通，马成格家的后边就是一站。

马成格散步的时候，喜欢看着河水出神——早晨的空气在他的身体周围推推拥拥，柳树上的灰雀子也不甘寂寞地叽叽喳喳——不过是百十年的变迁，这原来荒凉的地界也生出了这么稠密的人烟。

马成格的小女儿问他："爸，我祖爷真的是打鱼人吗？"

小女儿二十岁了，读了许多三毛、琼瑶、亦舒的书，也想当个作家，所以经常提一些古旧的话题启发他。马成格望着小女儿娇美的面庞，不知怎么回答她好。

小女儿说："爸，听说净月潭来了打鱼队，摆了鱼阵打鱼呢。"

马成格就从报纸上抬起头来，仿佛看见那些丰茂的湖草下面各种各样漂亮的鱼儿正沿着那渔网织成的鱼阵向着又一个转弯处进发。他对小女儿说："我那本书，就剩下几十本了，你挑两本给图书馆送去吧，就说是我赠给他们的。"

小女儿想："干吗这么认真。"

马成格想："是啊，干吗这么认真！"

这样想想，复又摇摇头笑了。

李二芳

邓洪卫

二十多年前的一个傍晚，胡二品身着短背心、大裤衩，摇着芭蕉扇，在单位门口纳凉，忽听得旁边饭店门口有人吵闹。过来一看，原来是李二芳在训斥李三强。

姐弟俩的父亲，就是大名鼎鼎的杂货店老板李大牙。

李大牙虽长着一口龅牙，但不影响他一婚再婚。二芳、三强都是前妻所生。胡二品从未见过他的前妻。继任倒是见过的，没有上班，有时昂首挺胸在李大牙的杂货店门前亮亮相，更多时候是在麻将场上酣战。

这个岁数，得甩开膀子玩。这是继任的话。李大牙听了，咧嘴一乐。

他挺欣赏继任。之所以离婚再娶，就是嫌前妻不会玩。成天苦不拉唧的，跟旧社会一样，闹心。

好在孩子大了，不用再瞎操心，自己也可以甩开膀子玩了。在此观点支撑下，李大牙的杂货店也三天打鱼，两天晒网。更多时间，是大人玩大人的，小孩玩小孩的。

胡二品第一次见到李二芳，是在卢家饭店。十七八岁的李二芳在卢家饭店端盘上菜。胡二品多看了李二芳两眼。李二芳身着深色牛仔夹克，黑裤子，个头不高，面相俊白，惹人怜爱。那时候，一个词从胡二品的脑海里蹦出来：小鸟依人。

妈的，就是小鸟依人。

在座的人都多看李二芳两眼。或许，都在心里发出一句跟胡二品同样的感慨：这个迷人的小鸟，最终会依上哪个有艳福的男子？

二芳之弟三强，长得也非常俊。怎么说呢？胡二品看到第一眼，就想起一个人：贾宝玉。

那天，二芳正在训三强。训什么呢？胡二品侧耳细听。街面上闲人也都围了过来。

“你才多大的蛙柳子，就老往舞厅跑，就不能学点儿好呀！”二芳说。

立即有笑声从人群中冒出。

“碍你事啦？”三强不服。

“咋不碍我事，路不平有人铲，事不平有人管。你小小年纪，还是小学生，就去舞厅，像个什么样子！啊？”二芳叫道。

三三两两的笑声，眼睛有意无意盯着二芳。

“说得这么难听，我就去看看还不行呀，我也没干啥。”三强还是不服。

“你还想干啥，你个小蛙柳子，别丢人现眼，走，回去做作业！”二芳拉起三强，就往后街家里走。

三强边挣脱边嚷嚷：“不用你管，你管好你自己！”

但他没有挣脱，被二芳死死拉扯着回家了。

“这姐弟俩，啧啧！”人群中这才有人说话，又是一阵怪笑，笑声跟这个夏夜一样，热乎乎，骚哄哄的。胡二品摇摇头，摇着芭蕉扇走了。

二芳只在卢家饭店里端了几天盘子，便不干了。卢老四说：“她呀，甜水里泡出来的嫩娃娃，哪吃得了这苦。”

据说，李大牙曾经想让她进厂，但她嫌厂里乱。

就这样闲着。两年后，胡二品离开小镇，到县城上班。

有一回，胡二品坐中巴车回镇上办事，车上人很多，他看到李二芳还有一个女的，和两个男的在中途一起上了车。他们一上车，车子立即就满了。有人连打几个喷嚏。

她和那女的，都穿着短 T 恤，低腰牛仔裤。他们都没座位，手抓着汽车上方的吊环。李二芳露出腰间宽宽的一截白和肚皮中间的小肚脐。

胡二品忍不住盯着那截白看。这时，一起上车的那个男的在那截白上捏了一把。

二芳看那男的，咯咯笑道："你这什么老板呀！"

另一女的也咯咯地笑。

车上的人都往他们那儿看，有人没忍住又打了个喷嚏。

再后来的一天中午，胡二品又见到李二芳。见她浓妆艳抹，长发披肩，身着浅色连衣短裙，在路边，好像在等人。

她看到胡二品，似乎有些不自在。

胡二品问："你现在在哪？"

"上海。"

"在上海干啥呢？"

想不到的是，李二芳脸色突变，柳眉倒竖，杏眼圆睁，锐声叫道："你管呀！"

胡二品的脸立即红到脖子根。两边看看，低头走远去了。

后来，胡二品还见过李三强一次。李三强已经出落成英俊潇洒的小伙子了，头发光光亮亮，西装领带，后面还跟着一个小姑娘。聊起来，原来三强自己开了公司，已是年轻的企业家。

胡二品问："你姐现在干啥？"

"不管她。"李三强说完就走了。

再后来，胡二品离开了县城，再也没见过李二芳，也没见过李三强。

也会在某个不经意的时刻，因为某个触动，想起李二芳。

比如，电视上播某地扫黄新闻，配以暧昧灯光及几个女人半裸抱头而蹲的画面，胡二品会仔细辨别。

比如，网上忽然有被一个开豪车的女人打骂保安的新闻刷屏。

比如，一位衣着华贵的女人牵着小狗，从他身边走过，他也会发半天愣。

比如，一位成功女士坐在主席台上，对公司员工慷慨陈词，展望未来，或回乡省亲，在自己捐助的一所小学校前讲话。

寂静的夜晚，胡二品一个人躺在床上，面对黑暗，脑海里会交替闪现李二芳的如上画面，也交替响起三句话：

“不用你管，你管好你自己。”

“你管呀！”

“不管她。”

“哪个管得了哪个？人生就像一部天书，谁也不知道会画成什么样子，谁管别人，谁就是神经病。比如我，那时候咋知道活成现在这个鬼样子。”胡二品裹了裹被子，想。

窗外风打雨篷，啪嗒啪嗒。哪家的猫又在哀哀地叫着。是楼上还是楼下，门被拍得嘭嘭作响。胡二品欠了欠屁股，放了个响屁。他不知不觉睡着了，还做了一个梦，梦到一个圆头圆脑、体态臃肿、一脸雀斑的妇人附在他耳边柔声呼唤：“胡二品，胡二品。”

“你是谁？”胡二品惊问。

“我是李二芳呀！”那妇人抬起头来，咧嘴大笑。

大嫂大，二嫂小

赵 新

那一天，二嫂家的鸡跑到大嫂家的鸡窝里下了一颗蛋。

二嫂看见了，装作没有看见；大嫂知道了，装作不知道。

这样大嫂就额外地平平安安地多得了一颗鸡蛋。

第二天，二嫂家的鸡又跑到大嫂家的鸡窝里下了一颗蛋。

二嫂看见了，还是没有言声；大嫂知道了，还是没有任何表示。

这样大嫂就额外地稳稳妥妥地多得了两颗鸡蛋。

四十岁的大嫂很高兴地想，再多得几颗鸡蛋才好呢，多 1 斤、多 2 斤、多 10 斤才好呢！现在村里散养的鸡叫柴鸡，柴鸡蛋价钱很贵，大约 20 块钱 1 斤；一颗鸡蛋就按 1 两算，还能卖两块钱呢，何况它又不止一两！

大嫂心想，二嫂家的那只鸡愿意来就来吧，这是它自己的选择自己的意愿，我欢迎，我热烈欢迎；又不是我把它抱过来的，我也没有强迫它，我也没有拉拽它，我有什么不是，我有什么责任？

想了想，大嫂便在她的鸡窝里多铺了一些稻草和茅草，让鸡下蛋的时候感到更软和，更温暖，更舒适。

第三天，三十岁的二嫂吸取经验教训，一大早就把那只丢蛋的母鸡用只笸箩扣住了，给它放了一些吃食，不能让它饿着；又放了一盆清水，不能让它干渴着。

大嫂匆匆忙忙地走了过来，好像有什么要紧的事情要做，有什么要紧的话语要说。走到二嫂门前时猛地把脚步停住，双手一拍惊叫道：哎呀他婶子，你傻啊，你呆啊，光天化日的，你怎么把鸡给扣住了？

二嫂说：大嫂，说起来不好听，这只鸡有外心，老搞小动作，就得扣住它！

大嫂说：啧啧啧，他婶子，你是聪明一世糊涂一时！现在已经到了麦收时节，正是母鸡下蛋的黄金时刻。你把它扣住，限制了它的自由，它窝在里面，看不到外面绿水青山的大好世界，享受不到人间万紫千红的美好时光，闻不到麦收时节麦香缭绕。它心情不好愁绪万千，还能给你下蛋吗？

二嫂笑了：大嫂，你说得邪乎，它是人吗？

大嫂一本正经说：好妹子，将心比心，黄土成金，道理还不是一样吗？

二嫂说：大嫂，这只鸡有毛病，它老是丢蛋，丢了一个又一个！

大嫂把手一摊，态度和口气一下子严肃起来：什么什么？你是说它丢蛋？这很正常啊！谁家的鸡不丢蛋呢？这就好像小孩子学走路，谁能不跌跟头呢？妹子，听我告诉你，丢蛋的鸡是好鸡，它能把别人的家当成自己的家，证明它胸怀宽广，不计较个人得失！

二嫂一字一句地说：大嫂，可是它背叛了它的主人！

大嫂感叹：妹子呀，和一只鸡计较长短，是不是有点儿小心眼儿，是不是有点儿任性，是不是有点儿小孩子脾气？你就这样想，它丢的蛋等于交了学费！

二嫂没有言声。

忽一日，大嫂家的那只芦花鸡跑到二嫂家的鸡窝里下了一颗蛋。

二嫂看见了，但是二嫂没拿那颗鸡蛋，还让它继续搁在鸡窝里。

第二天，大嫂家的芦花鸡又跑到二嫂家的鸡窝里下了一颗蛋。

二嫂看见了，还是没拿那颗蛋。

这样二嫂家的鸡窝里就有了两颗鸡蛋。

第三天二嫂去大嫂家里串门儿时，看见大嫂用一只箩筐扣住了那只芦花母鸡；筐里面也是有吃有喝，饿不着渴不着的。

二嫂把大嫂喊到院子里，笑嘻嘻地问：大嫂，你傻啊，你呆啊，光天化日的，你怎么把鸡给扣住了？

大嫂咬着牙说：他婶子，你不知道，这只鸡非常非常可恶，它“里通外国”，老给人家下蛋，活该限制它的自由，活该扣住它！

二嫂笑了：大嫂，你家的鸡本事真大，跑到外国下蛋去啦？

大嫂很严肃很认真地说：他婶子，它下的蛋我看不见摸不着，这不就等于把蛋下到外国去了？

二嫂说：可是你这一扣，它就看不见外面青山绿水的大好世界，享受不到人间万紫千红的美好时光，闻不到麦收时节麦香缭绕……

大嫂抢着说：那是它自找的，你甭心疼它！他婶子，我就不明白了，你怎么来来回回老是替它说话，它是你们家的鸡吗？

二嫂说：大嫂，我是跟你学的呀。你还告诉我，那鸡能把别人的家当成自己的家，证明它胸怀宽广，不计较个人得失！

大嫂拉住二嫂的手：哟哟哟，他婶子，我说过那样的话吗？就算我说过，你也别哪壶不开提哪壶，揭我的老底儿呀。我家这只芦花鸡已经丢了两个蛋，损失还小吗？我能不着急、我能不采取措施吗？

二嫂点了点头：大嫂，我理解，我家的鸡也丢蛋啦。

大嫂说：他婶子，你知道它把蛋丢到谁家了吗？知道了找她去呀！一颗鸡蛋两块钱，让她如数赔偿你呀！

二嫂说：大嫂，很遗憾，可惜我不知道它把蛋丢到了谁家。

大嫂感叹道：那就没有办法啦，就吃个哑巴亏吧。

农历五月，天气已经热了，大嫂非常客气地把二嫂拉回屋里，请她在沙发上坐下，然后要到街面上买两根冰棍儿吃。二嫂说大嫂，不用不用，不客气不客气，我最害怕吃这种凉东西，一吃就喘，就犯病。大嫂说你瞎说，这冰棍儿一定要买，这是我的一片心意！

大嫂又嘱咐：妹子呀，大嫂大，二嫂小，听话，你在家里好好地等着我！

大嫂把冰棍儿拿回来时，屋里已经没人了，二嫂已经走了。沙发上悄悄地放着两颗鸡蛋，它们个头大，颜色鲜亮，鼓溜溜儿地躺在那儿，很显眼，很好看。

大嫂认识它们两个，那是自家的芦花母鸡下的。

大嫂愣住了，原来二嫂是来给她送鸡蛋的。

大嫂想，哎呀，老二家的呀，你的鸡蛋我也还给你了，我花钱给你买了冰棍儿来——你是偷着跑了的。

永不止步的男人

谢志强

这个中年男人不停地奔跑着，没有人看见他有哪怕片刻的停留。

艾城的居民，有的上夜班，有的上白班，有的起得早，有的睡得迟，这些人在不同时间、不同地点汇集起来的信息，归结起来说明，这是一个不分昼夜不停奔跑的男人。

起初，有人好奇，以为这个奔跑的男人正在追赶着什么美事。他这么一跑，带动了沿街的许多人跟随着他一起奔跑起来。但人们发现，这个男人没有具体目的地，甚至会跑着跑着，又回到原来的地方。

一个跟随他奔跑的小伙子对他的行动特别好奇，问你这么奔跑是为了什么？

就是奔跑。

你不睡觉？

我在奔跑中打盹儿。

再这样下去，你就要跑死了。

我不能停下来。

你得歇一歇吃饭吧？

我在奔跑中进食。

还有人关心男人有没有恋爱，有没有家庭。男人不屑回答。恋爱得停下来进行，家庭是男人的港湾。可以推测，他放弃了爱情和家庭。

艾城的一个资深田径教练，有心把男人纳入马拉松长跑运动中。他跟这个男人并肩跑了两条街，边跑边谈，传达他对男人的信心。

男人拒绝了，说，长跑运动，都有起点有终点，我没法遵守这个规则，我不能停下来。

教练说，文武之道，一张一弛，有静有动。你是停不下来，还是不会停下来？

男人说，我不能停下来。

艾城出现许多陪跑的人，其中有资深的体育记者，刨根问底，抖出独家新闻（未经第三者证实）：男人来艾城务工，没固定的住宅，也租不起房，几次应聘碰壁。那是湿冷的冬天，他采取奔跑的方式取暖。身体热起来后，他在一个桥洞里躺下，不知过了多久，被冻醒了，却挪不动身体。借着近处的路灯，他发现，他腿上的汗毛，像根须一样，扎在了地上。他甚至觉得自己的身体正在变成木头。他掏出包里的小刀，迅速割断根须。那些汗毛已十分粗壮。他后怕，如果不知不觉睡到天亮，自己肯定动弹不得了——他会冻僵或者说扎根在地里。他的汗毛会在静止中向泥土里生长。于是，他不敢停步了。

没有迹象表明男人有停下来的可能。他是一个永不止步的形象，甚至，艾城选取他这个形象作为艾城城市精神的化身。

我写小说，总是回避偶然。现在，不得不说男人的偶然遭遇。人们已看不出他什么时候清醒什么时间打盹儿了。他如果在打盹儿，可不能惊扰。梦游的人一旦被惊扰，后果可想而知。

这一天夜晚，临近零点。艾城进入睡眠，深处自然有骚动，只有街灯还睁着眼。男人跑过一条老街的时候，从一条巷子里冲出一辆摩托车。

那个时刻，那个地点，像一场噩梦。摩托车猛兽般撞倒了男人，驾驶摩托车的小伙子，遵循惯性飞了起来，落地时，他趁势翻了个滚，但还是摔晕在地上。

男人停在一棵人行道上的树旁，终于停止了奔跑。

过了大概一个钟头，小伙子醒了过来，上前去扶中年男子。拉，抱，呼唤，都没有用。

在男人静躺的时候，他所有的汗毛趁机生长，像庄稼吸收了土地的养分，不是向上，而是向下，扎入土里，刺穿水泥地，轻易地侵入了那棵树圆形的地盘。

小伙子想硬拽男人起来。按小伙子的说法，当时，就像看见一棵根系发达的树，被连根拔起。那些根须慢慢地在自行调整，一律向下，牢牢抓住地面，如同台风过后，用不同方向的铁丝固定住树那样。

接下来的情景，就是第二天人们目睹的奇迹了。原来立在那里的那一棵树，好像是男人的恋人，奔跑累了，依偎着她。

许多人去摸那男人，一致的手感是，木头的质感。

那扎入地里的根系发出芽来，黑色的芽，还舒展开来，渐渐地转为墨绿的叶子，长成一棵枝叶茂盛的树。谁也说不出这棵树的品种。

有人给两棵树起了个名字——情侣树。导游介绍说，这棵树的前身是一个不安分的男人。还说，那些根须表明一个树人的向往：爱情和家庭。来艾城的游客，男男女女，总会以情侣树作为背景，留个纪念。

有心人发现，其中一棵，慢慢地长出了奔跑的姿态。旅游部门要保护这个景点，就围起了栏栅，并用一根铁链，把两棵树固定在了一起。

小酒馆

芦芙荭

小酒馆开在麻城的莲湖边上。门脸不大，生意清淡。来这里吃饭的大多是冲这里的景致好，清雅安静。坐在小酒馆的落地窗前，一眼望去，偌大的莲湖，半湖莲，半湖水。莲在远处，水在眼前，那美就有了层次。偶尔的，几只野鸭子从湖面游过，莲湖就活了过来。

常晚去莲城小酒馆，则有些醉翁之意不在酒。

有一天，常晚从小酒馆路过，都走过小酒馆了，回头一瞥，见小酒馆的落地窗前坐着一个穿着素雅的女子。那女子也就三十来岁，她一手支着下巴，皱着眉头，静静地看着窗外的莲湖。他回头望了莲湖一眼，那时的莲湖，除了一片浩渺的水域，什么也没有。倒是大云寺的钟声从水面上隐隐飘过来，让午后的莲湖更加静谧了。

这时，只见那女子忽然从那座位上站起来，急匆匆地推开小酒馆的门跑到莲湖边，一边张望，一边跺脚拍手，嘴里还发出霍霍的声音。

半天，一只野鸭子，哗的一声头顶着一片浪花从水里钻了出来。那女子才长长地舒了口气。

常晚眼睛一亮，觉得这女子有些意思，等她折身回到小酒馆，也一闪身进了小酒馆。

后来，常晚知道，那女子就是小酒馆的老板。

这之后，常晚就常常去那小酒馆吃饭。那时候，他和老婆离了婚，反正没地吃饭了，总也得找个填肚子的地方。

去小酒馆吃饭时间长了，自然就和那个女老板熟了，知道那女老板叫谢晴。

常晚去小酒馆吃饭，一般都选择饭点过去之后，那时候小酒馆的热闹已退去，从一片嘈杂喧嚣中清静了下来。他要一两个小菜，把寄存在小酒馆里的酒拿出来，有一搭没一搭地喝。看看窗外莲湖的景致，再想想过往的人生。再有那老板娘婀娜的身影旗子一样在心里飘动，那酒就越喝越美妙了。

麻城人喝酒讲究的是个爽字，高度数的白酒，高声地划拳猜宝，十分的豪横。要是酒桌上全是男人，他们称兄道弟，勾肩搭背，和谐得不得了。一旦有几个美女在酒桌上，男人立马换一副嘴脸，就互相拆台，雄性的特征就一点点表露出来。好像谁在这酒上占了上风，谁就搂得美人归似的。

以前，常晚也是这样喝酒的。自从发现了这个小酒馆后，常晚才发现喝酒的另一种人生境界。酒也能品出茶一样的滋味。

另外还有一个原因是，谢晴就像个谜一样吸引着他。

谢晴不仅人长得漂亮，说话也是软声细雨，特别是笑起来是那样的有感染力。

谢晴似乎也是单身狗一个，她就住在小酒馆的三楼上，平时她很少出去。每个月的阴历的初一和十五是个例外，她会在早晨去一趟大云寺给佛焚香。

谢晴是哪里人？为什么跑到这里开个小酒馆呢？

常晚曾私下里找许多人打听过。没有人知道。

有人猜测，她一定是挣了不该挣的钱，开这个小酒馆是洗钱的。也有人说，她一定是受过男人的伤害，逃到这地方疗伤来了。你看这莲湖的景，还有大云寺的钟都是疗伤的良药。

种种说法莫衷一是。

常晚却觉得女人最好的良药却是男人，是爱。

常晚觉得，他现在也要疗伤了，那药就是谢晴。

常晚试图打开谢晴的心扉，让两颗心能靠近一点，却一次次失败，他手里几乎没有钥匙了。但他能感觉得到，谢晴是对他有好感的。因为每次他去小酒馆吃饭时，谢晴都会坐在对面的另一张靠窗的桌子上静静地看着莲湖。有风吹过时，莲湖的水面上起了一层层的涟漪。

那一天，常晚去吃饭时就多喝了几杯酒。都说酒壮㞞人胆。

常晚说，谢晴，哪天请你一起看个电影吧。

谢晴抿嘴一笑，只说是你喝多了，没有说行，也没有说不行。这让常晚有点沮丧和伤感。之后他又用类似的方法试探过几次，谢晴依旧只是抿嘴笑，不给个明确的答案。

常晚的妹妹来看常晚，常晚就带她去小酒馆吃饭。也是在饭点之后。两人走进小酒馆时，谢晴正坐在窗前看着莲湖发呆。见常晚带着个女人进来，先是一愣，然后脸上渐渐有了风浪。

吃饭时，常晚不停地给妹妹夹菜，样子很亲昵。

谢晴坐在那里如坐针毡，再上菜时，谢晴就跑到后厨，亲自将菜端了上来。她把菜放在桌上，说，常晚，这位美女是谁呀，也不给我介绍一下。

常晚抿嘴一笑，把谢晴刚刚端上的那盘菜夹了一筷子，轻轻地送到了妹妹的碗里。

老朱的苟且生活

刘建超

我的朋友老朱，烟瘾大，每天早上睁开眼睛的头件事和晚上睡觉闭上眼睛前的最后一件事就是抽烟，在吞云吐雾中死去活来。

我和老朱是高中同学，那时他就吸烟，偷偷地吸。课间十分钟，同学们都是急匆匆往厕所跑，老朱却是大步流星躲出校园，在街口点上烟猛抽。我劝过他少抽烟。他吐着烟圈说，抽烟显得人成熟。老朱偷吸烟被体育老师抓着了，老师揪着他的耳朵训斥。老朱点头哈腰哭着认错，但还不忘给义愤填膺的老师递上一支烟，然后就是老师和老朱面对面交着心，抽着烟，情景特搞笑。

不知道是不是老朱抽烟的缘故，他果然成熟得比我们早。高中毕业，大家都为了工作生活盲目奔波着，老朱却谈了个女朋友并且结婚了。

我还在部队服役，老朱就已经当爸了，生了个女儿起名圆圆。我退伍回到县城手忙脚乱地四处寻找女朋友呢，老朱已经完成了恋爱结婚生子离婚的全部过程。

坐在小饭馆里，喝着老白干，老朱叼着烟卷说，我就是要她再生个男娃子传宗接代，可她死活不肯，离呗。找个想下蛋的鸡还不容易。

老朱不仅很快就找到了“想下蛋的鸡”，而且还下了个老朱企盼的蛋，生了个男娃。

老婆生了孩子，全身心地照顾孩子，对过早就成熟的老朱的生理要求不予理睬。老朱耐不住寂寞，就到路边的洗头吧去洗了不该洗的地方。老朱正被洗得灵魂出窍被公安逮个正着。派出所要单位来领人，老朱就通知我去缴了罚款，把他带了出来。老朱再三交代我，这等小事就不要声张了。可小小的县城还是藏不住消息。女方在父母的坚决督促下，带着孩子走了。

老朱的第三任婚姻是因为他的抽烟而完结的。这也是我文章开头要说他抽烟的原因。

老朱的第三个媳妇是农村出来的，离异。媳妇急切想要个孩子，但是条件是老朱得戒烟或者是少抽烟。老朱满嘴喷烟点头答应着，与媳妇在一起快活也不忘叼着烟卷，烟灰飘落在媳妇激情的雀斑脸上，媳妇抬脚把老朱踹下床，与他分居。冬夜，老朱裹着被子抽烟，睡着了。火着了烧的不只是老朱的好梦，还有满屋子的家什。老朱烧伤了大腿，媳妇也气跑了。

年近花甲，老朱还是孑然一身，陪伴他的还是不离口的香烟。

我到市里工作，只是在假日才回县城看望父母。老朱知道我回来了，总是约我去个小酒馆，叼着烟，说些陈糠烂谷子的往事。

老朱说，他第一个女儿圆圆去丹麦留学，留在了国外，把她母亲也接过去了。

老朱吐着烟圈说，我要是不逼着媳妇生儿子，那现在我是不是也在丹麦滑雪看美人鱼享清福呢？

老朱说，第二个媳妇和我是有感情的。离婚主要是她混蛋父母逼的，她父母就是看不起我是个普通职员。

老朱说，当初我有机会到市里工作的，因为恋家，我就让徒弟去了市里，结果人家一路顺畅，后来当了县长。徒弟的那点儿能耐跟我比差远了。要是当初我去了市里，那现在起码也是个市长，媳妇她爸妈敢跟我提离婚？

老朱说，我就抽烟这点儿爱好，你说抽烟也能把媳妇抽跑了？要是我也找个能抽烟的媳妇，是不是就志同道合门当户对了，也不至于现在落得老无所依、孤单冷清。

老朱经常这样自顾自地说着，许多时候就跟我不存在似的，烟灰拉得很长，他也一动不动一副冥思状，不知道是否已经进入他自己对过往生活的纠结遐想之中。

我也不打扰他，静静地陪他坐着。他的故事我已经听过许多遍了，现在能倾心交谈的朋友是越来越少了，听他絮叨也是一种待遇和享受。

常常是静等他的一段遐想完结，才换一种姿势，再点燃一根烟。转头问我，你说呢？

我不知道该如何劝解才能解开他心中的纠结，居然不咸不淡地扯了句，生活不止眼前的苟且，还有远方和诗歌。

老朱焦黄的手指弹了下烟灰说，屁！远方是啥？没有眼前哪有远方？啥是诗歌？诗歌就是柴米油盐吃喝拉撒。能把眼前的苟且摆置顺当就不错了，我他妈的就是没有苟且好。

每次告别，老朱一手夹着烟，一手拍着我的肩膀，你是作家，你把我的故事写一写，别把我写得太惨就中，生活嘛，还有希望。

老朱说完低头又陷入遐想中，焦黄的手指夹着的烟垂直向上，烟雾袅袅自然飘去。

我就在老朱的定格中构思出了这篇小说，我不知道这样写是不是太悲观，老朱会不会满意，但是小说的结尾还是有希望的。

老朱，生活还有希望。

教育课

袁炳发

又是要钱。母亲知道菲菲是在骗她，犹豫一下还是把钱给她了。菲菲背起书包在经过母亲身边的时候，把吃剩的半个馒头递给母亲，便失急慌忙地走了。

母亲开始收拾碗筷，顺手把菲菲脱下的衣服塞到洗衣机里。房间很小，小到几样家具紧紧地挨在一起，只要拿起抹布转一圈儿就能擦一遍。老式的洗衣机吱吱啦啦地响着，好像是在播放一首陈年老歌。母亲的手始终不停地动着，等她把衣服拧干搭在阳台上，早晨的工作才算结束了。

她工作的粮站离家只有四站地，步行只需要二十几分钟，无论多累她都是走着去走着回的，她舍不得坐车，她要给女儿攒钱，供她上最好的大学。

但女儿却让她有些失望，自从爱人去世后，这孩子越来越任性，总是变着法儿跟母亲要钱和同学攀比，而学习又不上进。一旦母亲不满足她的愿望，她就又哭又闹的，有时还会把死去的父亲抬出来。

女儿经常说的一句话是，你攒钱为啥？最后还不是给我花，既然你早晚都要给我，为什么不现在给我？

很多时候，母亲都无奈地看着女儿，不知道怎么去说服她。母亲知道即使说了也是白说，女儿有一百句话在那儿等着她呢！现在外面的世界各种诱惑太大了，吃的穿的戴的住的，连成年人都经受不住，何况女儿说到底还是个没长大的孩子呢。

只是在平心静气以后，她又觉得有些对不住死去的爱人。

女儿从前不是这样的，既善良又乖巧懂事，哪怕是一根冰激凌她也非得和母亲分着吃。可不知为什么自从上了高中以后忽然就变了，变得母亲有时候甚至希望女儿不要长大。

母亲的工作很累，既要负责前台零售，还要到库房取货，五十斤的粮袋背在肩上虽说已经习惯了，但还是把她压得半天也直不起腰来。这些女儿都亲眼见过，她是想通过自己的艰辛劳动去感化女儿。可女儿的表现很平淡，好像这一切本来就是母亲应该做的。

干了一天的活儿，也站了一天，她回到家里只想坐下来好好歇歇，可女儿菲菲马上要放学了，如果进屋吃不上应时饭又该不高兴了。

此时的母亲觉得女儿仿佛一朵沾了灰尘的鲜花，不擦心有不甘，可擦了又怕碰坏花瓣。

在这个冬天到来的时候，菲菲忽然变得乖巧起来，吃完饭总是主动帮助母亲收拾碗筷，而且总是没话找话地和母亲闲聊。

母亲知道女儿肯定是又有大动作了，心里很不是滋味儿。两年下来她已经摸清了女儿的思路，每次和母亲要过百的钱时必须先架桥铺路。

果然，那天晚饭后，女儿给母亲倒了一杯茶又加了糖，之后便赖在母亲身边亲密起来。

母亲微微一笑，说，闺女，你又该要钱了吧？

菲菲撒着娇，轻轻地用手推了一下母亲。

母亲说：说吧！要多少？

菲菲伸出五个手指头，一脸期待地盯着母亲。母亲说五十元不算多，我这就给你。

菲菲急切地看着母亲，说她要买一双最新款的雪地鞋，至少需要五百元。

母亲沉吟半天，告诉菲菲她可以满足女儿这个愿望，但有一个条件，那就是马丽也得买一双这样的鞋。

这无疑是给菲菲的奢侈消费判了死刑，让马丽花五百元去买雪地鞋，这怎么可能？还不如直接让她上天去找嫦娥买得了。

母亲说的马丽是菲菲的同学，父亲常年卧床不起，家里的条件很差。她每天放学不但要干很多的活儿，而且即使是星期天也要到煤场帮母亲拉煤。

可是母亲这次的态度非常坚决，丝毫没有商量余地。正好赶上星期天，菲菲只好去煤场找马丽。

马丽正在帮她母亲拉煤，一辆平板小推车正在上坡。马丽的母亲非常吃力地拉车，绳子被拽成两条笔直的线，而马丽在后面吃力地推车，两条腿紧绷绷地蹬在地上。菲菲看呆了。此时天空飘起雪花，母女俩的身影和小推车很快被白茫茫的雪雾笼罩，远远看上去特别感人。

母女风雪中的这个场面，深深地定格在菲菲的大脑深处。

她忽然想起了自己的母亲。那一刻，她懂得了母亲的良苦用心。

打井记

符浩勇

小村坐落在山脊上，打井难，吃水更不易，四十余户人家平日用水，总要跑两里远的路，到山下小河里去挑水。

老黄离开了小黎村后，就到这个石山村扶贫。他向村主任德贵说："这些年，大伙儿挑一趟水也真难，能不能联系打口井？"村主任听罢好惊讶，急忙摆摆手，晃晃头，说："要能挖井，还等到你说？"接着，便唠起生茧长霉的旧事：祖辈曾在村边挖井，尚不足半丈深，山下的小河就眼见浊了。起初没有人在意，继续挖打时，河水日渐干涸，还无端地出了两条人命：一个因井架崩塌压死，另一个是去小河挑水，脚一滑，就摔到河中……后来，请了道婆梁三，说是挖井既伤及了石龙，又惹恼了小河神。

老黄听罢摇头，据理辩论："过去是人工刨挖，如今用机器挖，钻不出水，不给钱。"村主任德贵仿佛听见最后那句话，咕哝着："也可试试，挑一趟水也够累的，反正，不出水不给钱！"老黄大喜过望，自荐到山下去请钻井队，次日便请来了七个精悍的后生。

钻井队的机械设备好，后生们又舍得卖力气，只用十来天，便刨去卵石层，土层见湿了。老黄简直有点儿忘乎所以，他出门回家，抬头低眼，一片夸奖声，说他出息，有远见……

然而，天有不测时，祸福旦夕间。一个下晌时分，山洪暴发，山下小河翻起了泥沙，裹挟着草木，水位迅猛上涨，河水浑浊了。

翌日，风过雨去，小河的水位迅速下落。早上去挑水的人回来就说，河水枯浅了，浊得像泼墨。村主任德贵听了半信半疑，操起扁担，担起木桶，便朝山下小河走去。

村主任德贵走至河堤，一不慎，滑脚踩着烂泥，踉跄了几步，扁担木桶各散一方。当他爬起时，倏地记起先前祖辈挖井时死过两人，认定还会应验，便起身挑着空桶回村找老黄。

“那井不能再挖……全村人吃水就靠那河，要是河水继续下落，又是泥沙草木，你说怎么办？”

老黄有理说不清，竟让人认为理虚。一时间，村主任挑水摔倒河中的事经他的婆娘的嘴传出，便风生水起。

老者捻着胡须说：“其实，挑一趟水也就那么两里远，几十年大伙儿不是都在挑，嫌什么路远……”许多年壮者都附和这话。老黄的父亲骂他：“你懒得挑水，怕走远路，可不能挖什么井，坑人！”

老黄的老伴儿来了。她认定老黄下乡总是有这样那样的牵绊，在小黎村花掉五千元菇苗钱不论，但蹲点回城晋升级别的事再也不能黄了。她一脸黯色：“老黄，这回你得听我的，别再逞能去瞎折腾了，再说，在村里地疏人生，你拗不过村主任的，据说他已让人去填井了。”说着两眼就红起来。

老黄又急又恨，村主任冻结了打井的专款，钻井队要挟赔偿损失，差点儿引起斗殴，后经百般阻劝，钻井队才下山去了。

终于，老黄在无奈的迷惘中，计上心来……次日，老黄孤零零的一人下山去了。

下晌斜阳时分，老黄又领着钻井队七个精悍的后生回来了。德贵村主任在村口看着，却不吭声，因为他看到老黄后边还跟来了山里扬名的道婆梁三。那年镇上来人在村中征粮，开始没有多少户人家肯应征，待到来人请来道婆梁三，在村里只是巡了一圈，没几天，征粮的事便顺当了。

道婆梁三来了，村里人是不敢怠慢的。到了镇邪赶妖时辰，村里人聚到井架旁边，只见梁三摆出香案，穿上道服，燃神香，点鬼烛，吟天咒，烧地符，生杀一只下蛋的老母鸡，以血冲酒，洒在井坑里，放着一碗米饭，燃响一串鞭炮，就走了。

村里人眼看着小井重新开挖，却没有再出言异议。因为在井架边道婆安放了符，是乱说乱嚷不得的。有见着的说，那碗米饭，被一只刚发情的狗叼去吃了，不出一刻，就七窍流血。

井继续挖深，钻穿了卵石层，出现了个清汪汪的大泉眼，更可喜的是山下的小河未见枯浅，依旧清悠悠，不断流。老者说那道婆梁三的符咒好灵验，居然镇住了石龙，镇住了河神。年壮的说，还是打井好，挑水不再走两里路了。

钻井队领了工款出山前，不知哪个忘情地说了声，说那道婆梁三是老黄出主意让人装扮的。好在村里人死不相信这事就过去了。

德贵村主任好一阵感激老黄，逢人就说，老黄是石山村的大恩人。老黄只是摇头苦笑。至于后来扶贫结束回城里顺利地晋升副科级已是后话。

寡 人

夏 阳

父亲娶母亲时，母亲不大乐意。媒婆在一旁劝导，他孤家寡人，一人吃饱全家不饿，负担轻呢。父亲也在一旁接话道，你嫁给寡人，就不是一般的人了。该事在全村传为笑谈，“寡人”一词从此落地生根，成了父亲的绰号。父亲似乎毫不在乎，张口闭口也是“寡人”如何如何，以此取代“我”。

父亲并没有撒谎，他确实不是一般人。偌大的夏阳村，数百人之众，很长时间里只有他这个孤儿勉强念过初中，也算是半个文化人。随着后辈读书人越来越多，再加上电视里宫廷剧的流行，有好事者曾经找父亲理论：你自称寡人，什么意思，想做皇帝？

父亲大度地笑道，全村人叫我寡人都叫了三十多年，你以为寡人愿意啊，打小爹死娘亡，全家光光。你若喜欢，拿去用好了！对方立马避瘟神一样逃之夭夭，一边逃一边说，还是你用好，还是你用好。

父亲常年奔波在外，忙碌他的生意，不愿待在家里老老实实耕田种地。多年来，他和全村人都是若即若离，也不在外交朋结友。父亲所谓的生意，无非是鸡毛换糖，走村串户，和收破烂的没什么区别。但他可不这样认为。他每次出去，衣着体面整洁，中山装上衣口袋里总别着一支钢笔。

有一年除夕，父亲照例是踩着团圆的爆竹声走进家门，照例带回了一家人过年的年货，还有我们兄弟姊妹四个人的新年礼物。那次，父亲特别高兴，喝了几杯谷烧酒，满脸红光。他抹了抹嘴，从包里掏出一个小匣子。匣子是木头做的，上面雕龙画凤，极为精致。他打开匣子，从里面捧出一枚鸡蛋大小通身碧绿的印章，诡秘地说，这个啊，古董，是武则天赐给太平公主订婚用的。我们那时年龄尚小，不知道谁是武则天，也不知道订婚是怎么回事，但隐隐约约感觉到这次家里发大财了。

父亲招了招手，让我们俯首过去，咬着我们的耳朵说，其实呀，这个是赝品，假的。

我们兄弟姊妹四个吓得直哆嗦。母亲紧张地问，你怎么知道是假的？

嗤，就这货色也能骗得了寡人？寡人是干什么的？你们看看这上面的字——生日快乐——洋人流行的玩意儿，怎么可能出现在唐朝的印章上？

我们一群孩子脑袋挤脑袋，凑在昏暗的煤油灯下，仔细传阅这所谓的宝物，瞅了半天，上面的字像鬼画符一样，一个也不认识。四个脑袋不由得依次抬了起来，敬佩地望着父亲。

接着，父亲讲述了他收购这枚印章的过程。他说是在湖南的一个古镇上，一户人家经济拮据，刚好遇到他去鸡毛换糖，就把他拉到里屋，问他要不要，说这个是唐朝女皇帝武则天的御用之物，和玉玺差不多，开价100块钱。父亲接过来看了看，瞅见“生日快乐”四个字，心里便有底了。父亲也不好点破对方，委婉地说，寡人一个鸡毛换糖的，哪有这么多钱。对方认真看了看父亲，说，我看你非平庸之辈，眉宇间隐隐有天子之气，拿去吧，这叫弃暗投明，物归原主。对方接着泪水在眼眶里打转，哽咽着说，要不是成分不好，要不是等钱过年等米下锅，打死也不可能出卖这祖传几十代的宝贝。父亲皱了皱眉，说，寡人身上只有50块钱。对方说，那我就半卖半送，谁叫我三生有幸，遇到您这样的贵人呢。

我们听了都沉默不语，气氛异常尴尬，只有煤油灯的灯芯在哧哧地吸油。要知道，那时的50块钱，对于我们这样的家庭来说，算是一笔巨款。镇长一个月的工资才38块钱呢。许久，母亲坐在墙角处垂首啜泣道，人家夸赞你一句有天子之气，你就鬼迷心窍了？

父亲赔着小心说，我们不是还可以应付得过来吗？寡人主要是看不得人家为难，再说了，那户人家也是良善之辈，说不定还不知道是赝品呢。能够让人家好好过个年，我们不也开心吗？继而，父亲一脸正色地说道，寡人顶着一个“寡人”的名号，虽不能兼济天下，但面对路有冻死骨，施与援手也是天道。

那晚过后，很少有人再提起这件事，我们都以为再也不会有下文了。二十年后，我刚刚结婚，妻子作为外人，第一次加入这个大家庭过除夕之夜。那一夜守岁，她偶尔听母亲当笑话一样数落起印章的故事，便提出想看看这件宝物。父亲翻箱倒柜寻了半天，把一个蒙满灰尘的木匣子递给她。妻子对那枚印章反反复复端详了许久，又掏出手机打电话问了好几个人，然后郑重地对父亲说，这个不是赝品，是真的，确实出自唐朝，价值不菲。

妻子是历史考古专业的硕士，她的话毋庸置疑。父亲愣了一下，嘀咕道，都“生日快乐”了，还真什么真？

妻子轻轻地笑了，纠正道，什么“生日快乐”，这是“吉日良辰”，小篆。按理说，那家湖南人没有撒谎。

妻子的话立即引起了一片沸腾，大家脸上洋溢着欢笑，彼此小心翼翼地争相传看这唐朝的宝物，叽叽喳喳，像一群欢闹的喜鹊。

父亲杵立在客厅中央，面红耳赤。好一会儿后，他陡然一拍脑袋，喝道，你们不要再看了，寡人明天就送还给人家，就明天，完璧归赵。

母亲急了，壮着胆儿辩白道，我们是花钱买的，又不是偷的，凭什么送回去？

父亲勃然大怒，拍着桌子吼道，当初买，以为是假的，如果知道是真的，那不是趁火打劫？这样伤天害理的事儿，平民百姓都不屑去做，更何况寡人乎？

第二天一大早，也就是大年初一，双眼布满血丝的父亲执意登上了去湖南的火车。我们都劝阻说等过完年再去也不迟。父亲摇摇头，解释道，这东西在身边多一天，寡人心里就多遭一天罪。再说了，现在大多出去打工的，过年人在家，好找。

卖 薯

刘国芳

李耳喜欢看书，在农村，李耳也算得上一个有文化的农民。这天，李耳看到一位作家的一篇小说，这篇小说的标题就很古怪——《如果红薯能卖十块钱一斤》。小说是这样写的：

他经常上街卖红薯，红薯一斤一块五，这个价格，还有人还价："一块卖不卖？"

他犹豫许久，作答："称去。"

他去接孩子，孩子读三年级。

"许小明走了。"孩子说。

"王东东也走了。"孩子说。

"吴小妮今天也不来了。"孩子说。

"他们去哪了？"他问。

"他们家大人去城里打工，他们跟着去城里读书了。"孩子说。

"我们学校总共只剩下六个学生了。"孩子又说。

后来，他也去城里打工了，也把孩子带到城里读书了。

这天，他送孩子上学，孩子问："我们为什么也要离开农村呀？"

"因为农产品太不值钱了，如果红薯能卖十块钱一斤，就没人会离开农村了。"他答。

看到这里，李耳拍了一下腿，跟自己说："不错，如果红薯能卖到十块钱一斤，就没人愿意离开农村了。”

李耳又说：“其实红薯就值十块钱一斤。”

李耳不但这样跟自己说，而且还这样做。也就是说，李耳真的按小说里的价格去卖红薯。当然，这是第二天的事。

那天，李耳拖了一车红薯上街去卖，有人问他：“红薯怎么卖？”

“十块。”李耳答。

“什么？”对方吃惊的样子。

“十块钱一斤。”李耳重复一遍。

“你的红薯卖十块钱一斤？”对方还是不相信。

“不错，我的红薯卖十块钱一斤。”李耳说。

“人家的红薯卖一块钱一斤，最多一块五一斤，你的红薯卖十块钱一斤，你是不是想钱想疯了？”对方很生气的样子。

李耳说：“我想钱，但没疯。我来跟你解释一下为什么要卖十块钱一斤……”

但对方显然没有耐心，一转身，走了。

又有人过来，也问：“红薯怎么卖？”

“十块。”李耳答。

“什么？”对方也是很吃惊的样子。

“十块钱一斤。”李耳重复一遍。

“你的红薯卖十块钱一斤？”对方还是不相信。

“不错，我的红薯是卖十块钱一斤。”李耳说。

“人家的红薯卖一块钱一斤，最多一块五一斤，你的红薯卖十块钱一斤，你是不是想钱想疯了？！”对方很生气的样子。

李耳说：“我想钱，但没疯。我来跟你解释一下为什么要卖十块钱一斤。”说到这里，李耳顿住了，因为李耳觉得对方可能也会走。但这个人有点儿耐心，没走。这样，李耳就有机会说下去了。

李耳说：“农产品真的太不值钱了，比如栽红薯，如果我栽两亩地红薯，一亩地最多能收三千斤，两亩地是六千斤，一块钱一斤，六千斤也就是六千块钱。就算一块五一斤，也就九千块钱。这九千块钱，只是你们城里有工作的人一个月的收入。可是我们栽两亩地红薯，要将近一年的时间，近一年的时间，收入才九千块钱。如果红薯的价格能提高十倍，也就是一斤红薯十块钱，收入才能跟你们持平，所以这红薯要卖十块钱一斤。”

李耳这话说得似乎也合情合理，但对方却摇头，跟李耳说：“怎么能这么算？一块地一年只能种一茬红薯？”说过，也走了。

这个上午，不停地有人问李耳的红薯怎么卖，李耳不停地告诉人家十块钱一斤。所有的人都像看怪物一样看着李耳，摇摇头，走了。

一个上午过去，李耳一斤红薯也没卖掉，也就是说，他来的时候是一车红薯，回去的时候还是一车红薯。李耳的老婆看到李耳把一车红薯又拖回来，就问：“怎么没卖掉？”

李耳说：“没人要。”

老婆说：“怎么会没人要呢？”

李耳没回答。

第三天，李耳继续上街卖红薯。

有人问他：“红薯怎么卖？”

李耳说：“十块钱一斤。”

又有人问：“红薯怎么卖？”

李耳也说：“十块钱一斤。”

再有人问：“红薯怎么卖？”

李耳仍说：“十块钱一斤。”

没人买李耳的红薯，都像看怪物一样看看李耳，走了。

李耳的村里也有人来卖东西，当然听到李耳的话，有人走过来跟李耳说：“你的红薯怎么要卖十块钱一斤？”

李耳说：“我觉得卖十块钱才划算。”

对方摇摇头说：“你怎么不卖一百块钱一斤，那更划算。”

又有村里人走过来，这人口气很不好，说：“你呀还算有文化，我看你是读书读傻了，红薯怎么能卖到十块钱一斤？”

这人又说：“没想到你这么一根筋。”

李耳没睬他。

这天，李耳仍没卖掉一斤红薯。但李耳不气馁，第四天又拖了一板车红薯上街，仍喊十块钱一斤。不久，李耳的老婆来了，骂李耳：“你是不是脑子进水了呀。”

又骂：“有毛病，滚！”

李耳平时就怕老婆，老婆让他滚，他真的就走了。

老婆在李耳走了以后，喊起来：“卖红薯，一块钱一斤！”

很快有人拥过来。不久，一车红薯卖完了。

功 德

马宝山

书生马戴，参加科考屡试不第，他自己都不清楚进过多少次考场了。

心灰意冷的马戴决心不再去科考，他身背褡裢，带着一些银子和几件换洗衣裳，出门游历山水去了。他南及潇湘，北抵幽燕，西至忻陇，在长安及关中一带游历数月后，又往西岳华山。

华山脚下古木葱茏，一条蜿蜒的小道把马戴引至一座小庙。庙门虚掩，他推开走进院子，只见一老僧在院中静坐诵经。老僧见来人，抬起头，看到天色已晚，问："施主是来借宿的吧？"

马戴施礼："小生麻烦师父了。"

这是一个无名小寺庙，一间佛堂，几间僧房。庙里也只有师徒二人。师父六十多岁，徒弟十五六岁的样子。

小庙清洁而幽静。

马戴小住两日，不知怎么的，忽然又萌生再去科考的想法。他决定留在这里，多住一些日子读书温习，便与师父说："您这里真清静，是个读书的好地方。小生想多住些日子。"

"好哇。"师父呵呵一笑，"只要不嫌小庙寒酸，住多少日子都行啊！"

马戴就留住在小庙里，每天读书温习，有时候还帮那小徒弟挑水、扫院子，做一些杂事。读书累了，马戴也出庙门四处走走。

一天，马戴沿着一条小溪慢慢走，走近一处水潭。潭不大，有鱼。岸上一个孩子在垂钓。一根鱼竿挑在水面，一条线垂进水里，鱼漂在水上悠悠浮动。真是一幅诗情画意的水边垂钓图。马戴真想作一首诗或画一幅画。

马戴时常走到潭边来，每一次都见这个孩子在垂钓。一次马戴问孩子："钓上来的鱼，食用？"

孩子说："喂猫。"

马戴又问："猫非食鱼不可？"

孩子说："猫不食鱼，会饿死的。"

马戴再问："你的猫活着，可是鱼却死了。难道为了猫就要鱼死去吗？"

孩子扑闪着一双眼睛，想了一会儿说："水是来养鱼的，鱼是让猫吃的，猫吃了鱼去捉鼠……"

马戴琢磨孩子的话，很有道理。农人种田，工匠做工，各有其职。那么读书人呢？不就是去科考取仕吗？

这时候，孩子钓上一条鱼来，是一条很大的鱼。

马戴也在水边长大，也钓捕过鱼。他一看，这是一条将要产子的雌鱼，就和孩子商议："小兄弟，你这条鱼可卖与我。"说着从袖子里掏出一些散银子给孩子。

孩子不接银子，把鱼从鱼钩上取下来递给马戴。马戴接过鱼就放进水中。孩子奇怪："您买鱼，却又放走，什么意思啊？"

马戴说："你没有看出来这条鱼将要甩子吗？那是百千条生命啊！"

孩子的鱼竿再一次伸出去，鱼漂在水面上悠悠漂着。这时候，那条放进水中的鱼，摆了摆尾，身后涌起一片银花。

"你看，鱼儿甩子了吧。"马戴指给孩子看。孩子很高兴："我的潭水里又有许多鱼喽！"

这天，马戴和孩子一起离开水潭，一个回家，一个回庙里。

晚餐，师父特意给马戴烧了一条鱼，也加了两道菜。师父说："这条鱼是专门给你烧的，几个月没有荤腥，委屈你了。"

马戴："谢谢师父，劳烦您和小师父了。"

"不谢。"师父摇摇头说，"你来小庙有三个月了吧，该回去了。距明年春闱的日子已近，准备应试去吧。"

一说起科考应试，马戴脸上就起一层阴云。

师父说："去吧，此番一定考中。"

"已经考过十多次了。"马戴叹息，"总是名落孙山。"

"那是你前生德亏，如今已经圆满。"师父给马戴加一箸菜说，"准备动身吧。回曲阳家中拜谢父母，再赴长安应试，必会榜上有名的。"

"前世德亏，今已圆满？"马戴想问个究竟。师父合掌，说："老衲的话只能说到此了。阿弥陀佛。"

第二天，马戴背上褡裢，告别小庙师徒，下山去了。

会昌四年春闱，马戴一试中第，转年到太原幕府任掌书记，后为龙阳尉、左大同军幕，官终太常博士。马戴无论官场得意还是仕途失迷，总会想华山脚下那座小庙和庙里的那位师父，还有小庙附近的那泓潭水和在水旁垂钓的孩子。

这时候，他眼睛里总会流出两行泪来……

一封家书

安石榴

夹皮沟是个地名，藏在连绵浩渺的崇山峻岭褶皱里。这一带山高林密，树大根深，再早都是原始森林，根本无人踏足。一到夏季，草木葱茏繁盛，山林密不透风，进个山，难度相当大，令人寸步难行。

山东人老邱独自过活，老跑腿子，住在夹皮沟有多久了，他自己都不知道。怎么知道哇？以前大清朝，后来“中华民国”，再后来伪满洲国，这么一闹腾，也就把人闹糊涂了。

老邱年轻时候闯关东，从山东一路向北，起先并未到黑龙江。他其实也没有目标，走哪儿算哪儿，有什么活儿就干什么活儿。热河、内蒙古、辽宁、吉林都待过。活计呢，干得那就多了去了，放猪，盖房，打围，割麦，插秧，扛大个儿……那时年轻，有力气，一个人吃饱了全家不饿，没有操心事。想女人了，攒几个钱去逛一次窑子。自己觉得活得也还算行，挺乐呵的。

也干过后悔的事儿。比如一次受雇跟着几个贼人，蒙着面，深更半夜去打劫一家大户。领头的叫门墩儿，说好的不杀人，只要钱，结果出了岔子。那户主认出了门墩儿，说：

“门墩儿啊，你要是缺钱就吱一声，这是何苦？”

就这一句话，坏了，门墩儿开枪了。几个人自然知道厉害，也就跟随着都开了枪，把一家人全灭了。这也就罢了，家里一个还不会说话的婴儿，惊醒了，大哭，老邱就向他开了一枪。当时也没觉得咋样，后来想起来就后悔，想起来就后悔呀！那一枪真不应该呀，婴儿啥都不知道，杀他干吗呢？作孽！

老邱年轻的时候不想事儿，过一天是一天，从来没寻思学一门长久手艺，长了些岁数知道后悔了，可是啥都不赶趟了，老了嘛。等他落脚夹皮沟时，已经五十来岁了，还一身病痛，干不了什么像样的活计了。好歹有别人帮着，盖了一座小泥房，开了一块菜园子，种点儿菜、香瓜、玉米，勉强活着。

一个三伏天，老邱一手拄着棍子，一手提着一只柳条筐，装了几只香瓜，挪蹭着去路边的胡记杂货铺，打算换点儿咸盐。杂货铺也兼做饭铺生意，伺候来往路过的人歇脚打尖。这一天杂货铺里面坐着几个陌生人，其中有一个五十来岁的山东人，听老邱和老胡说话，那人站起身，凑过来问：

"莱阳的？"

老邱说是。两个人一聊，居然是一个村的，必然就多说了几句前因后果。那人有些激动，说："俺的娘呀，你是拴柱吧？"

老邱说："你是……"

那人说："我是桩子啊。"

两个人好几十年不见了。那人就告诉他："你老娘还在呢，总是念叨你，以为你没了，天天哭呀。你咋这么多年不回家呢？"

老邱赶紧问："我娘还好吧？"

桩子说："我是五年前出来的，说句不好听的话，你娘还在不在都不知道了。"

老邱就哭了，哭得两只手捂在脸上拿不下来。这时候门外的车老板子叫着上路，桩子也无奈，必须走。桩子就说："哥，我这就回山东老家，我回去告诉你兄弟，告诉你老娘，你还活着呢。"

老邱说不出来话，只是哭，跟着桩子出来，看着他爬上大车，一会儿就跑没影了。不过，老邱听得见桩子的最后一句话："你咋就不回家呢？还是回去吧！"

老邱在路边呆呆地站着，站了好久，又开始哭，拄着棍子磕磕绊绊回自己的小泥房去了。

大概一年，胡记杂货铺收到一封来自山东的信，信封上写着"烦请转交邱拴柱”。老胡就给老邱送去了。可老邱并不认识字，又请老胡帮忙。老胡就给他念了一遍。这封信以老邱老娘的口吻写的，开头就把老邱责骂了一顿，说，桩子回来说了你的事儿，你不孝啊，这么多年不回家，既不给家捎钱，也不捎信，真是白白生养你一回，老娘我都哭瞎了眼，哭白了头。大概是这意思，但信在结尾处，话锋一转，老娘又说，以上都是我一时的气话，你活着就好，赶紧回家来吧，老娘想你。

老胡念完信就回去了，他走的时候，老邱捧着信哭得哇哇的。

此时已经是农历八月，秋风萧瑟。夹皮沟家家户户都忙着收秋，村里本来人家就少，白天更是不见人了，都在地里。直到傍晚的时候才见牛车吱吱呀呀回转而来，车上的人都累得瘫软在高高的豆秸垛上或者苞米棒子上。整个秋天他们都会这样忙得抬不起头来。收完庄稼，还有土豆白菜萝卜要收。一切都弄得妥妥的，他们才能心安理得地猫冬。

过了二十来天，老胡突然觉得有点儿事儿，啥事儿呢？又想不起来，他在杂货店里转圈圈，转了几圈，嗷的一声，出门直奔老邱的小泥房子。他往老邱的菜园子里一瞧，就有一种不祥的预感，只见园子里的茄子秧、辣椒秧、倭瓜秧和其他菜秧，都被秋霜打得蔫在地里，没人管，看起来一片狼藉。院子里也是落叶满地，没人打扫。老胡开门一看，老邱吊在大梁上，已经僵硬了。

老胡找人把老邱解下来，弄了一副薄棺，葬了。这些都办妥了，老胡想起那封信来，寻思着，应该给老邱的老家写封信，告诉家人一声，不然老邱的老娘又是日日夜夜盼望着，多么心焦呢。老胡就再次去老邱的小泥房，打算找到信皮，抄下地址。可是里里外外找遍了，什么也没有找到。

鸡抱窝

江 岸

那只芦花鸡是姜大娘家鸡屁股银行的超级大股东。别的鸡下蛋，都是每下个两三天，歇一天，而它一天下一个蛋，从不间断。姜大娘亲昵地称它为花花。每次花花下了蛋之后，拍着翅膀从鸡窝里跳出来，在院子里咯嗒咯嗒地叫嚷着邀功请赏的时候，姜大娘总是多喂它一把稻谷，让它吃得饱饱的。

姜大娘总共喂了十多只母鸡和一只公鸡。这十多只母鸡下的蛋积攒够半篮了，姜大娘就会提着篮子去一趟竹园镇，把鸡蛋卖了，买回来些油盐酱醋、针头线脑。

每年夏天来临的时候，总有一只母鸡率先停止下蛋，趴在鸡窝里不出来觅食，发现鸡蛋就往翅膀下面扒拉。它开始抱窝了。抱窝像一种极强烈的传染病一样很快在母鸡中间流行，一只又一只母鸡开始抱窝。

当然，这是绝对不被允许的。每年孵小鸡的任务只能由一只母鸡来完成，别的母鸡只能打消这种天真的念头。

黄泥湾的女人们打消抱窝母鸡念头的做法大同小异。先是打。胆子小的母鸡，被打一两回后，基本就正常觅食、正常下蛋了。也有比较顽固的母鸡，怎么打都打不醒，沉浸在当母亲的欲望中不能自拔。这就需要采取进一步的措施了，用水淹。倒提着母鸡，按在水塘里浸，浸个半死，放开之后，等羽毛干爽了就好了。实在好不了，就用一根细麻绳拴着它的一条腿，倒吊半天，它扑腾累了，也就好了。

姜大娘对付抱窝的母鸡无外乎也是这几种办法，反正在她的手下，还没有顽抗到底的母鸡。一年又一年，她摆治好了不少幻想抱窝的母鸡。

这年，姜大娘的母鸡们又纷纷抱窝了。孵小鸡讲究的是母鸡具有超强的责任心，不能一时性起，半途而废。她还是选择让那只大黄鸡继续抱窝。别的母鸡被她分别采取打、淹、吊等办法，都纷纷醒抱了。但大黄鸡耐性好，总是趴在鸡蛋上纹丝不动，能够将二十一天左右的趴窝时间坚持到底，在它温暖的羽翼守护下，鸡蛋孵出鸡崽的成功率极高，几乎没有寡蛋。它孵了几年小鸡，积累了丰富的经验，深得姜大娘信任。

令姜大娘意外的是，她的花花也停止下蛋，要抱窝了。这怎么可以呢？花花的任务是不停下蛋嘛。何况大黄鸡已经正式抱窝，不可能再让花花抱窝。

姜大娘打花花，一天打几遍，见它趴在鸡窝里，就往外轰；姜大娘淹花花，一天淹几遍，它身上的羽毛几乎没有干爽过；姜大娘吊花花，将它一吊大半天，只要解开麻绳，它就会向鸡窝里扑去……

养了大半辈子鸡，姜大娘还真没见过如此冥顽不化的母鸡。花花坚持不懈，不改初衷，姜大娘不厌其烦，打、淹、吊等手段轮番使用，但是收效甚微。

花花和姜大娘之间的斗争旷日持久。大黄鸡已经孵出一堆毛茸茸的小鸡崽，每天咯咯咯地呼唤着，领着小鸡崽们，在房前屋后乐呵呵地刨蚯蚓、啄虫子吃了，花花还在极力挣扎着要当母亲。

夏末的一天上午，姜大娘的弟弟来探望姐姐。爹亲有叔，娘亲有舅。在黄泥湾，舅舅是顶顶尊贵的亲戚。因为家里穷，每次弟弟来了，姜大娘顶多去集上买块豆腐招待他。有一次，钱不凑手，姜大娘用豆腐渣炒韭菜招待了弟弟。

这件事传了出去，湾里的孩子们编了一段顺口溜，嘲笑姜大娘两口子：走亲戚，走自家，莫走湾里老姜家；老姜家弄碗豆腐渣，这个亲戚莫走他！

他舅来了，我去街上买块豆腐吧？姜大爷问姜大娘。

算了，你去杀只鸡。姜大娘沉吟了一下，对姜大爷说。

杀哪只？

还能杀哪只？别的鸡都在下蛋呢。

杀花花？你舍得？

它自己那么死性子，怨不得别人。

别的鸡都外出觅食了，只有花花趴在鸡窝里。姜大爷一把按住花花，掂到厨房，一刀杀了，扔到洗菜的瓦盆里。姜大娘已经烧好一锅开水，将开水均匀地淋到花花身上，从头到尾淋了个遍，趁着热乎劲儿，大把大把地择着鸡毛。

中午，姜大娘将满满一盆热气腾腾的炖鸡端上餐桌以后，头一低，悄悄走了出去。弟弟看一眼桌上那盆炖鸡，看一眼姜大娘的背影，迷糊了。这不年不节的，姐姐怎么舍得杀鸡呢？这可是破天荒的一次。莫非有什么事情？

姐，你怎么不吃饭？不知什么时候，弟弟出现在姜大娘身边。拿着一个鸡腿，往姐姐手里塞。

姜大娘正坐在厨房灶台边抹眼泪呢，眼圈儿泛红，欲言又止，没有接鸡腿，冲弟弟直摆手。

姐夫欺负你了？

姜大娘摇摇头。

外甥们不孝顺你？

姜大娘又摇摇头。

那你到底怎么了？

姜大爷走过来，一把扯住妻弟，说，走，趁着有好菜，咱们再去喝几盅。你姐呀，别管她，过一会儿就好了。她这会儿正心疼她的芦花鸡呢。

芦花鸡怎么啦？

姜大爷拍拍自己的肚皮，哈哈地笑了，说，芦花鸡再也不能怎么样了，它在咱哥儿俩的肚子里呢！

命 运

戴 希

西琴在池塘里生活得很自在，要不是那天瞥见一条肥美的蚯蚓在水中晃动，要不是那天它游过去张口就去咬那条蚯蚓……可是晚了，悲剧发生了。它的樱桃小嘴被一个凶残的鱼钩钩住，在一阵椎心的疼痛之后，鲜血流出。它想挣脱，可无济于事，只好认命，眼睁睁地被拖出水面摔到了岸上，又被垂钓者信手扔进深深的鱼篓里……

南大街菜市场，一位老太太左看右看，流露出满意之色，毫不犹豫买下西琴。老人家，求求您发发善心，放我回家吧。家有父母和兄弟姐妹，我舍不得它们，它们没有了我，恐怕都活不下去了。西琴在菜篮子里哀求。可老太太听而不闻。看来死里求生是不可能了，西琴索性闭上眼睛任由命运的安排，油煎也好，炖汤也罢，怎么着都是死。

老太太急匆匆地来到池塘边，这池塘也正是西琴的家。老太太一边鞠躬一边祈祷，然后小心而迅速地把西琴放入水中。西琴想，我的运气真好！它一个猛子扎进水中，很快又腾空一跃浮出水面，向救命恩人深深地鞠了一躬。游走后又回头，看到救命恩人还在水边祈祷，救命恩人慈眉善目的模样永远定格在它心灵的深处。西琴绝处逢生，回到家里，一家子喜极而泣，但全家老小既庆幸又心有余悸。教训深刻啊！西琴的父亲长叹。西琴的母亲沉思道，咱们可不能好了伤疤忘了疼，一定要火速提醒沾亲带故的觅食时千万千万要力戒贪心，认真分辨食物与诱饵，高度警惕那不易察觉的细牢的丝线和丝线下隐藏的残忍。

西琴的亲身经历和深刻教训一传十，十传百，很快整个池塘里的鱼们都长了见识，个个变得精明了。从此诱饵再鲜再香，再美轮美奂，鱼儿只是驻足远观，看看表演，绝不咬钩，充其量轻轻地触碰一下诱饵立即潜水，以此调戏那些盯着浮标的垂钓者。

高兴而来，空手而归。垂钓者不爽，池塘里的鱼类却很得意，还有些鱼儿甚至在挑衅。它们觉得和垂钓者玩玩这种有惊无险的游戏也是一大快事。殊不知，垂钓者是为了享受乐趣而来，钓得多少鱼倒在其次。没有收获的日子多了起来，垂钓者就没有了耐心，更没了面子。他们恼怒，甚至大骂池塘里的鱼个个成了精，要想办法收拾它们。

这天，垂钓者拿一张渔网在池塘里撒，渔网拖起，被网住的鱼比被钓住的鱼不知要多出多少倍。鱼们心中生出空前的惶恐。这种绞杀几乎天天发生，危险无时无处不在，怎么办？它们绞尽脑汁就是想不出锦囊妙计。在池塘的鱼们还没有想出对付网捕办法的时候，又有人用电来电击鱼了，这是要让我们断子绝孙啊。西琴看到今天这种局面，后悔自己侥幸逃脱，后悔自己死而复生，后悔自己教育同类。西琴在悲观绝望之下，选择了自杀，接着西琴的父母兄弟姐妹一个个自杀。池塘里的鱼们也都无可奈何地纷纷自杀，水面上到处漂浮着鱼的尸体，散发出刺鼻的腥臭味儿。这下岸边的捕捞者个个目瞪口呆……

也许垂钓者是在警示我们，如果垂钓不能如愿以偿，他们就改用网捕电击来捕获我们！会上一条中年鲫鱼这样猜测垂钓者。会议主持者一条老鲫鱼当即建议，只要他们再来垂钓，我们还得上钩。可上钩就等于送死！有一条年轻鲫鱼哀叹。也不一定！万一遇上行善者放生呢？西琴不是回来了吗？西琴那是运气好，不是每条鱼都有西琴那样好的运气。即便如此，这样也可让他们不再撒网或电击我们，每天上钩一两次，才能减少死亡。

鱼们在会上积极发言，献计献策。最后鱼首领皱皱眉头说，道理是这样，可让谁自愿上钩？这是其一，其二我们要尽快找到绝对安全的好办法。

一条老鲫鱼站起来大义凛然地说，要不这样吧，不如让我们这些老鲫鱼先上钩吧，越老的越要先上，爱护年幼鲫鱼是我们的责任，我们老了离坟墓更近一些。鱼首领面露难色地说，这……这……这……老鲫鱼坚持己见，说，只能这样，为了整个鱼类的繁衍生息。好吧！

鱼首领沉默良久，说这终归不是确保我们安全的最好办法。大家再好好想想，能否找到让我们不受侵害的锦囊妙计。鱼们绞尽脑汁，群策群力，办法终于有了。

果不其然，网捕几天之后，垂钓者又开始尝试垂钓。鱼类又开始咬钩。鱼一上钩，垂钓者不再撒网和电击了。终有一日，无论网捕还是电击，垂钓者再也见不到鱼的踪影。垂钓者纳闷，池塘里怎么没有鱼了呢?

自从那次开完会后，鱼们万众一心，众志成城，筚路蓝缕，前赴后继，硬是在水底开凿狠挖，于池塘深处建起新的家园。它们组建了侦察兵，昼夜侦察不敢大意，发现危险情况立即报警，有警报立马潜入地下城池，待警报解除又回归池塘。它们牺牲了整整一代老鱼，终于过上了太平的日子。

尽管是池塘，但地块好。它们万万没有料到，太平的日子没过多久，池塘就被人填平，建起了一座高楼。开发商哪管池塘里鱼们的命运？他们大肆宣传他们的楼市，激起人们的抢购风潮。若干年后，鱼们都成了化石……

朱朴的剑

张晓林

朱朴本是个书生，六岁便背会了半部《论语》，只是如坊间诵佛经一般，并不深知其中的奥义，无非照本宣科罢了。

他本出生在京畿祥符县，太宗时随父辈迁移到了江淮间。至于举家搬迁的原因，朱朴那时年纪尚小，已经记不得了。

后来，江淮一带遭遇兵乱，因朱朴生得乖巧，眼睛水汪汪的，特别的明亮，又有一副好的嗓音，被一个络腮胡须的将军喜欢上了，带到军幕之中，强逼着他练剑。

朱朴有着一把鱼肠剑。当然，这把剑是将军赠他的。

将军告诉他，这是一把名剑，是铸剑大师欧冶子用玄铁所铸造。等剑术练到一定境界，这把剑就会有剑气涌出，可斩人头颅于数步之外。然而，朱朴并不喜欢剑。他喜欢的是书。

被逼练剑之余，朱朴常躲到一个隐秘的地方去读书。极少与伍卒交往，显得很不合群。

一旦，朱朴将剑弃置一旁，在荒野诵读《诗三百》，就见一个道士朝他走过来。在他面前停住了脚。

道士说："君双目澄澈，耳小却又耸贴，非久居尘泥之人。"

朱朴与道士见了礼，收了书，捡起草丛中的剑，正要离去，道士却拦住了他。

“这里不是你待的地方，跟我到北邙山为学，必能博取人间厚禄。”

“能有书读就够了，不做他想。”朱朴说。

朱朴辞别了络腮胡将军，跟随着道人，到了北邙山。

在一幽深之处，道士带领朱朴斩藤为草，靠近山脚搭建起两间茅舍。藤萝散发出一股淡淡的香味，似有若无。朱朴长长地吸了一口，很陶醉的样子。这时，满山遍野的鸟也开始鸣叫起来。

茅舍往西走，一两百步的样子，有一方半亩左右的池塘，镶嵌在绿树浓荫里，水色显得幽暗，看上去深不可测。朱朴喜欢到池塘边读书。他现在读的是《毛诗》，这是道士指定他读的。偶尔想起来，他还会舞一阵子剑。那把鱼肠剑。

早晨，朱朴也会爬到山顶去读书。读《毛诗》。情不自禁了，就高亢放歌。他天生的一副好嗓子，声音婉转悦耳，在空旷的山间能传出好远好远。太阳升起了，霞光万道地照着他，恍若仙境里一般。

也有不想读书的时候。这时，朱朴就踮起脚尖往山下看。在一处鲜花丛中，他看到了一缕袅袅的炊烟，接着，就隐隐看到一座院落，院子里没有人，只有一只生着火一般羽毛的大公鸡正带着几只母鸡在篱笆下刨食。其实，因为太远了，那些鸡只是一个一个的小黑点。大公鸡的颜色，是他脑子里虚幻出来的。

道士又云游去了。

朱朴忽然发现，那方池塘里有鱼，而且都是大鱼。

于是，等再吃饭，饭粒掉到地上，朱朴就会弯下腰去，一粒一粒捡起来。然后，连同一些残羹剩菜，拿到池塘边去喂鱼。

这些鱼里，有一条锦鲤，如果站立起来，都半大孩子那么高了。时间一长，它跟朱朴熟悉了，听到朱朴的脚步声，这条锦鲤先是用尾巴打一个旋儿，荡起一涡柔和的涟漪，接着就游到岸边，黄红而艳丽的嘴巴一张一翕，等着朱朴拿饭粒喂它。

时光荏苒。朱朴在山里读书，好似与外界隔绝了一般。

一个月圆之夜，朱朴听见池塘那边传来细碎的脚步声，那脚步声来到柴门前，停住了。过一阵子，有人轻轻地敲门。

是一个少女。穿着一袭绯红的衣衫。她朝朱朴道个万福，说：“妾徘徊再四，冒昧叨扰，是想向公子请教《毛诗》一二。”

朱朴感到事情来得突兀。脸上有些发热。“今天已经晚了，你明天再来吧。”

少女想进到屋里去，朱朴倚在门槛上，不让她进。

月光下，少女的脸色有些苍白。她咬着嘴角，有了几分嗔怒，声音也颤抖起来：“你天天读《毛诗》，岂不闻‘窈窕淑女，君子好逑’吗？”

朱朴很决绝。“我只想读书，博取功名，不做他想！”

少女“哼”了一声，拂袖去了。

道士回来，见朱朴神色间有些许异常，问他，他照实说了。道士挥了一下拂尘，冷冷地说：“深山荒野，哪来的少女，一定是妖魅作怪。”

朱朴心中陡然起了涟漪。

这天晚上，朱朴看了几页书，有些困了。

他又去了池塘边。把鱼肠剑放在一个树桩上，开始诵读《毛诗》。“呆子，不谙义理，读诗何用？”不知何时，那个少女站在了他身旁。朱朴大吃一惊，如此神出鬼没，定非人类。

“妖孽！”朱朴一声断喝，操起树桩上的鱼肠剑，狠手挥了出去，一道白光，剑气所到，将少女斩杀在池塘边的草丛中。

朱朴惊醒了，满额头的汗水。

天亮了。朱朴一早就来到池塘边。岸边的草丛中似乎有血迹。脚步声响起，池塘中的锦鲤没有出现，朱朴怅然若失。

他把佩戴的鱼肠剑解下来，投进池塘的幽深处。

第6辑

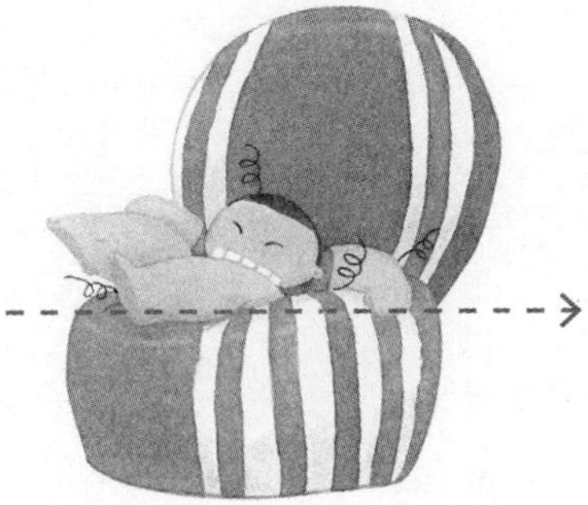

古　玉

陆涛声

秋天的一次晚饭后，老作家舒启正与老伴儿散步，走在街上，看到一家古玩店，下意识地摸了摸腰上系的古玉佩，便进店请老板鉴定鉴定。

古玩店老板接过去，先双手合着捻摸，又拿出放大镜，细细观察了一会儿，把玉佩托在手心里，以意外的口气说："老先生，恭喜你，这是真的，是春秋时的，本埋在地下，该是宋代出土的。"老板还请求给玉佩拍了照，叮嘱说："这可要好好保管呀！"

其实舒启正也早知道它是古货……

早在十年前，舒启正还在职时，比他小六岁的好友赵自安第一本随笔集出版，是他作的序。赵自安在把新书送给他时，从腰里皮带上解下这块古玉佩递给他说："你看看这东西怎样？"

玉佩是圆形，如月饼大，有近八毫米厚，中褐色，有深浅差异，中间有个直径一厘米的圆孔，一面刻有粗犷的古代装饰图案，一面是光的。舒启正平时对玉并没有兴趣，接过来礼节性地看了看。他早在两人的闲谈中得知，赵自安的父亲年轻时在上海一个大资本家的家里服务过，见识过主人爱好收藏古玩，新中国成立初回本城开了一家中档饭店。一些食客家道中落，就把家中藏品拿来暗暗抵账，他父亲便陆续收下许多大小物件。

舒启正料想是赵自安的父亲留下的，不过说不出名堂，只说："是块古玉。"

赵自安问："你喜欢不？"

舒启正生性淡泊，对古玩并没有浓厚兴趣，再说为朋友作个序，岂能接受回报！他把玉佩放到对方手里说：“你家传的，这我可不要。”

“送给你。”赵自安再次把玉佩放到舒启正办公桌上。

舒启正知道，赵自安是个十分谨慎的人，万事需经反复琢磨才会决定，送这玉佩实是来表示谢意的。可见赵自安对他写的序非常满意，他也感到欣慰。面对赵自安的真诚，舒启正觉得却之不恭，便任凭赵自安把玉佩留下。

之后，舒启正也像赵自安那样常把玉佩系在皮带上，时间一久习惯了当成自己的东西。

古玉佩如今被行家这样肯定，在舒启正心里加重了分量。他觉得挂在腰上委屈它，就用一个精致的手镯盒装上锁在柜子里。

转眼又过了五年，舒启正年过七十，成了“舒老”。他参加一次市佛教文化研究会的活动时，遇上了一个三十年前他辅导过的业余作者倪臻。倪臻告诉他，这些年自己一直从事古玉古瓷器研究。不久，倪臻又来看望舒启正，舒启正便从柜子里取出玉佩让倪臻再鉴定一次。

倪臻随身带着放大镜，拿着玉佩走到窗前最亮处看了一会儿，也说：“是春秋时的，可值钱呢。”

舒老好奇，便问：“值多少钱？”

倪臻想了想，说：“二十万。”

值这么多钱！大出舒老意料。他将信将疑：“值这么多？”

倪臻随口又问：“舒老是否有意出手？如果出手，就让给我。”

舒老觉得这玉得慎重对待，说：“朋友送的，哪能卖钱。”

倪臻做了估价，古玉佩已不再是玉，而是金钱，成了一块压在舒老心头的重石：再留着，岂不是贪占朋友之财！于是，他决定归还赵自安。

可是，赵自安也退休四五年了，去上海与儿子一起生活，头三年逢节日回故地还常来看望他，总留下吃顿饭，这两年却不知怎的没了信息，手机号也已成空号。他找了好几个人才打听到，赵自安手机已换成上海的号，这才联系上，便约赵自安再回故地时来他家小聚一次。他还约另一位老同事老金到时作陪，其实是为还玉时让老金在场做个见证。

在等待赵自安期间，一天黄昏时分，舒老看电视，看到央视《鉴宝》节目展示出一块秦代古玉佩，样子颜色与他这块玉佩非常相似，专家鉴定后估价竟高达千万元，他惊得目瞪口呆。《诗经》曰“言念君子，温其如玉”，现在“君子”竟成天价商品！他更加急切地盼着赵自安早日来，于是又打电话催问。

终于，赵自安和老金一同来了。

舒老便把玉佩递给了赵自安，以谐趣的口吻说：“代你保管了十五年，现在完璧归赵，保管的责任就交给你了。”

赵自安愣了愣神，没有说话，收下了玉佩。

因为老金在场，舒老没有展开关于玉佩的话题，赵自安也没再提。两人留下吃过饭，便告辞，舒老特意送出小区，直到公交车站。等老金先上另一路公交车离开后，舒老把古玉两次鉴定过程和二十万出价，以及央视《鉴宝》中所见，坦荡地全对赵自安说了。这时刻，他被自己的真诚无私深深感动，自觉得有神圣感。回家的路上，他觉得一身轻松，也有灵魂洗涤一净的舒爽，还有人格升华的自豪。

过了些日子，有两个早年被舒老辅导过的作者来看他。他们也都已从报社记者岗位上退休，与他最贴心，几乎每月都相约来陪他喝茶聊天。闲谈时，他把还玉佩的事告诉了他们。

两人都说了敬佩的话。年纪偏小的一个忽然问：“你还给他，他推了没有？”

舒老说没有。

年纪偏大的也问：“他该说些感激话吧？”

赵自安没有说一句与玉佩有关的话。不过舒老没有回答。

偏小的为舒老鸣不平：“对老师这种高尚的举动竟不当回事了。”

偏大的也说：“缺点儿礼貌。”

舒老的心弦也被两人的话拨动，还玉时他也曾觉得赵自安欠点儿礼貌，心里隐隐不适，这时这种不适又加重了。

过后舒老冷静下来，又不由得反思：古玉本就是赵自安的，何况二人是好友，怎还在意这些呢？他推与不推，与我要归还的心愿又有什么关系呢？难道我在乎的是那点儿客套？

他觉得自己的灵魂还有隐垢，心生惭愧。

追

奚同发

依着几十年的职业习惯，窦文贵不可能放过任何与他一对视就立刻飞跑的人。多少重犯、要犯就因那一瞬间对视，自己先现了原形。

虽然几天前，他因此放倒过一个路人，岂料此人从那以后每天都在那个地方起跑，是位跑步爱好者，弄得他好尴尬。虽然退休后，他一再提醒自己忽略曾经的刑警身份，被迫离开生活和工作了多年的城市而远走他乡，且一次次不得不迁居。但这些都不影响他今天在超市门前毫不犹豫扔下两个手提袋猛追见他便转身狂奔的年轻人。

就这么个小城，遇到他如此潜意识激烈反应的人，不可能是个小混混，虽然那一瞥，他还没有把对方跟他退休前遗留的某个案件对应起来。但此刻万念归一，先把人按住再说。

年轻人显然轻车熟路，转来转去在几条街循环往复。这难不住窦文贵，几个回合下来，就清楚了对方的路数，在年轻人想把他引入另一个 U 形巷道时，他干脆在另一出口静等。果然不到一分钟，便听到咚咚的脚步声。窦文贵突然从墙后闪出，下蹲伸腿，对方与他一个照面儿哪能收住脚，被绊得重重地趴下咧着嘴哎哟哟呻吟。

还跑不？

年轻人一边摇头一边躺着叨叨，都这么老了，还这么能跑。

那就说吧！窦文贵明白，要趁热打铁，不给对方编排瞎话的机会。

好好好，我招，全招。他一手撑地勉强坐起来，擦了擦嘴角的血，大概还没意识到自己脸上那一抹黑灰。

窦文贵也不提醒，心里一笑，觉得很滑稽。

也就偷了几十块钱，实在饿得没辙了，人总得吃东西，我不能饿死吧！

见窦文贵不语，年轻人急道，真的真的，不骗你。

窦文贵仍是沉默，年轻人放慢语速说，当年你抓我时，我才十四岁呀。没想到你也来这座小城了，你办的案子肯定与我无关，我就小偷小摸，从没干过大票。再说，现在都用手机，钱也确实很难偷。这不是饿急了吗？便到超市门口想弄点儿吃的，哪想会撞上了你。

窦文贵还是不接话茬儿，对方又着急的样子说，您老想想，我哪敢太岁头上动土啊，一开始没意识到是您，否则……

真的没做别的事儿？窦文贵严厉地问。

没有没有，天地良心，天天吃饭都成问题。不过，我就喜欢小偷小摸，喜欢这种生活，有时像一种游戏，比如今天遇到你，比如偷你的东西。

偷我的东西？

年轻人一乐，顺势用手背抹了一把刚摔的半张脸，把那几团黑灰抹得简直成圈了。

那好吧，跟我到局里再招……

别呀别呀，这一关又得不少日子呢。求您了，真没干啥事儿。您老不想想干大活儿的人，谁还小偷小摸呀？再说，您老是刑警，是弄大事的，小偷小摸也搁不住您上手啊！求您了，放我一马吧，您就赶快去忙大事吧！咋说咱俩也算熟人……

小子嘴还挺溜儿。窦文贵笑了。

您老有烟没，赏一支呗！年轻人终于倚着墙站起来，顺手拍拍屁股上的尘土。

没烟，我早戒了。窦文贵没好脸色地说。凭直接感觉，这次走眼了。

年轻人伸伸胳膊腿儿疼得直龇牙，还不忘贫嘴，您说您老都这把年纪了，咋还这么拼命啊？

你小子年纪轻轻的，不缺胳膊不少腿的，就不能找个正经事儿干？

找了多少回啦，没文化，何况一听说进过少管所，还劳教过，就不敢用了。跑快递、送盒饭都怕我把东西拿了玩失踪。再说，我也习惯了这种小偷小摸，这就是我的生活，这是命。

还想劝几句，窦文贵没词儿了，便让路人甲报警。

年轻人吃惊地说，你不是警察吗？

窦文贵一笑，早就不是了。

啊？年轻人的眼睛瞪得快赶上张开的大嘴巴了。

不久，警车威风地拉着警笛来了。一名警察指点着年轻人，又是你。

他报警察以嬉皮笑脸。

警察问是谁报警的，然后要带窦文贵一起回局里做笔录。年轻人笑得前仰后合，你个小警察不认识老警察……

突然想起来自己扔在超市的东西，包里还有医保卡、工资卡，窦文贵二话不说撒腿就跑。

警察一愣，快向局里请求支援，一个对另一个刚说完便拔脚猛追，还喊着，站住站住，听到没有？窦文贵早消失于小巷深处。

两袋东西没影儿了，问超市经理，说外面监控早就坏了，那只是个摆设。窦文贵一头是汗，待一摸裤兜儿，有张纸条，上面俩字：谢谢。他笑了。

刚好两个迷失了追赶方向的警察瞧见一脚跨出超市的窦文贵，一边手指了他说在那儿，一边迅疾跑过来。

望着他俩气喘吁吁的样子，其中一个胖子衣服都跑得有些乱套，窦文贵一拱手说，对不起了，刚才太急。走吧，我这就跟你们去局里，反正我的紧要东西估计都在你们手上了。

大米

高　军

“咱们不是还有点儿大米吗？”罗荣桓突然问在一边忙碌着的林月琴。

由于很投入地忙着，林月琴一时没有反应过来：“什么？”

罗荣桓问第二遍的时候，她才明白了，赶紧回答道：“有，就是很少的一点儿，也就是一碗多……”

罗荣桓是湖南人，出来参加革命后虽然四海为家，但对大米还是很有感情的。来到沂蒙山区以后，当地吃的主要是煎饼和小米干饭，有时候也会用小米熬稀饭解决煎饼难以下咽的问题。罗荣桓和其他干部一样，从来不搞特殊，总是随着大家一起吃，但他骨子里最喜欢的还是大米。由于当时形势很严峻，又加上他昼夜操劳，这一段时间他的肾病更加严重了。林月琴想尽一切办法，用自己的一件衣服换来一点儿当地产的旱稻大米。由于旱稻产量低，老百姓很少种植，所以大米在当时的沂蒙山区是十分珍贵的。这点儿大米罗荣桓一直不舍得吃，只是偶尔会做一点儿稀饭打打牙祭。

这个冬天，日军疯狂扫荡沂蒙山区，前几天刚刚发生了惨烈的大青山战役，我方伤亡很大。

上午罗荣桓到隐蔽在宅科子以北大山里的医疗所看望伤员，回来后一直皱着眉头面对着地图分析敌情，思考下一步的对策。谁也想不到他会突然问起大米来，所以林月琴一下子没反应过来。

“把它都拿出来，你和我去宅科子一趟，”罗荣桓对林月琴说，“有个广东籍的小战士在这次战斗中受了重伤，情况很危险。我今天上午去的时候，他就是表达了自己想吃一顿大米饭的愿望，咱们给送过去。”

林月琴把大米拿出来，罗荣桓拿着大米就往前走去，她快步跟上。好在宅科子离他们这个地方很近，步行十多分钟就能到。

来到医疗所，罗荣桓直接进了食堂，炊事员正在准备下午饭，一大锅凉水里已经下了小米，准备熬小米稀饭，但火还没有点上。

罗荣桓把大米递给炊事员：“做成大米饭，给那个伤势严重的广东小战士！”炊事员接过去，眉头挑动了一下。罗荣桓问：“怎么？”炊事员笑了笑：“我在想这里的锅都这样大，怎么才能把这点儿大米做成米饭呢。”

罗荣桓也笑了：“那咱们就想想办法……”

医疗所的所长知道罗荣桓又来了，赶紧过来陪同。罗荣桓和他握了握手，笑着吩咐说：“客气话就不用说了，交给你一个任务，去拿一块白纱布来，要这么大的方块就行。”说着，用手比画了一下。

他们说了几句话的工夫，所长就按要求把纱布拿来了。罗荣桓接过来找个盆子用清水洗。在大家还是都不明白怎么回事的情况下，他又吩咐炊事员道：“你赶紧把大米淘好。”随后罗荣桓将淘干净的大米用纱布包起来，又找来一段线绳，把包着大米的纱布袋结实地扎起来，让大米在里面有些空隙，预留了一些空间。然后，他又将这个小袋子反复颠倒了几次，觉得可以了，才将大米包投进了准备熬制小米稀饭的大锅里。

大家这时都松了一口气，终于明白了，首长是用这种办法做大米饭呢。罗荣桓又嘱咐炊事员说：“等到小米稀饭熬好的时候把它捞出来，大米饭就做成了！”他的声调又低下来：“那个伤势严重的小战士，可以吃上一顿大米饭了……”周围的人看到，罗荣桓的眼睛有些发红。

在场的人都清楚，那个小战士伤势太严重，很可能活不了几天了。大家感到心里一阵阵发热，所长哽咽着说：“请首长放心，我们一定让这个小战士吃上这顿可口的大米饭。”

“不要告诉他，也不要告诉其他人说这米是我给送来的，就让他随意地吃一顿米饭吧。”

过了一会儿，在场的人都使劲点了点头，眼圈都红了。

回驻地的路上，太阳已经落山，西山边上有一部分红霞散布着。路边的树大多都落净了叶子，只有一些零散分布着的松树和柏树还青翠着。冷风迎面扑来，有点儿冷。

走着走着，身上就变得暖和起来了。林月琴问道：“你说你，怎么就想出了这么个办法做大米饭呢？”

罗荣桓笑了：“我也是灵机一动，看着他们确实没有别的办法做，又看到那一大锅水，灵光就那么一闪……”

林月琴幽幽地叹了一声：“但愿那个小战士早日好起来。”

罗荣桓好似没有听见，一面走着一面又陷入了沉思。过了一会儿他指指身上的绒衣说：“明天你去想办法用它再换点儿大米送过去。”

这时候，前面的一片树林里，突然飞起一群麻雀，鸣叫着结伴向远处飞去……

唱　棋

胡金洲

司机大李抱起大纸箱抬腿就走，县长看着纸箱里的小棋盘发怔。大李一笑：“甭急！今天我就带您上一块地去！”

县长瞅他一眼：“还没下班哩！”

大李往门外跑：“官迷！”

今天县长退休。大李说的“地”，县长知道，唐白河畔粉墙黛瓦的一条古街。一街四巷，兵卒巷、将帅台、炮子口、相士胡同，大明朝屯兵的地方。三千将士为去思念之苦，操练之余以弈棋解闷儿。后人承衍扩建后，古街形成规模，人称棋街。

两人真还来了。

满街弈棋者，星罗棋布。

街犄角，二十来人，外一层内一层。外层青丝站立，里层银发围坐。肥瘦的腚垂压着各样的马扎，叽叽喳喳地响。

居中二人。左，面容清瘦一老者；右，白白净净一书生。

县长趁空蹲下来。老者正支左士，架好沉底炮，只听朗朗一声唱道：“出左士轰老巢！”白净书生没反应过来，一脸茫然，蔫头耷脑起身，怏怏转身而去。

老者抬头朝县长摊出一个巴掌，做出恭请出山的姿势。

县长一笑，躬身挪到老者对面，拎起原地炮，砰一声架到中央，高声唱起：“当头炮城头翘！”

老者“跃马扬鞭”，响亮应招儿：“跨白马护龙啸！”

“拱前卒清马道！”

“车上阵撵尔逃！”

…………

老棋俗。据县志载：“对弈坐二人，旁观三五众。落子呼口号，出诗作相告。名唱棋。”若双方是棋坛高手，一盘棋弈罢，十有八九能成一首好诗。当年有一个将军是这么唱棋的：“马跃檀溪留皇胄，炮轰象士帅堪忧。楚河汉界三卒过，车行四方天下收。”真心把棋盘当作了战场。

县长蹲了一会儿，立起，双手叉腰，左右旋转了几个圈，躬身准备下一句口号。

老者站了起来，拎起马扎递给县长。县长一惊，抬手轻轻推了过去：“您老使不得！使不得！”

“坐吧！我想站站！”

楚汉双方攻守成势。老者手抓一卒，迟迟不落子。县长以为这一步棋自己忘下了，正要赶车出城，老者出手一挡，说道：“电视台三番五次说小李沟清淤，过去小半年了，咋不见一个动静呢？”

县长惊愕地注视着老者，说：“大概是施工队大型设备上不去吧。”

“啥叫大概呀？大概上不去就别向老百姓咧咧啥‘十件实事’呀！”

县长的脸噌地变了颜色，吞吞吐吐地说：“是啊！没想到心急吃了块热豆腐！”

老者抓着一匹出局的马，漫不经心敲打着另一只手里出局的象，又问：“老朽还听说棋街要拆，建啥万达广场呢，算不算穷折腾？”

县长又是一惊：“听说县政府起初有这个想法，后来一位学者写信建议将棋街改造成民俗文化一条街……”

话没说完，大李马上接着说：“现在正申遗呢！是我们那个县长亲自在跑呢！”

一个中年汉子说："总算是做了一件人事！"

大李瞪着眼说："你咋这样咧呢！县长做的人事多呢！"

中年汉子说："人事多，糗事也不少！就说行道树吧，好端端的国槐说砍就砍了，换栽法国梧桐，说树荫大。结果呢？一到春天绒絮满天飞！全县城多少人得了气管炎！"

县长低下了头。

大李偷偷看了县长一眼，愤愤不平地说："我们那个县长做了不少工作的！城镇面貌啊，经济发展啊，这几年变化不小呢！你们看不见？"

众人插话："老百姓不是瞎子，看得见。特别是鲁书记被抓以后，县长一个人挑起两副担子……"

"可不是！去年下暴雨，县城被淹，县长站在水里泡了一天指挥老弱病残转移，听说老婆住院动手术都没回家……"

"还是那句老话，成绩不说跑不了，孬的不说不得了啊！"

县长惊讶于色，掏出纸巾擤着鼻子，偷偷揩了揩眼角。

这时，老者的手机响了，他提上马扎，躬身告辞。县长抓着一枚棋子，"砰砰"敲打手上的两颗"胜利品"，说："老爷子，你走了，这盘棋就算你输了哟！"

"谁说的？"老者说，"你现在打开手机，让喇叭响起来，老朽跟你下盘'隔山喊话'！"说着转身而去，朝手机唱道，"令赤兔饮楚河！"

县长看着老者的背影，对着手机应道："派萧何踞田头！"

"筑炮台开战火！"

"帅回首岂奈何！"

老者已经迈过马路。老者乘着公交车离去时，县长手机里响起一阵笑声——县长的入厩马被老者的隔山炮炸殁了！

接着，响起老者朗朗的声音："朱县长，欢迎常来啊！"

每天游泳一小时

谢大立

每天游泳一小时，如三个月不见好，你来找我。

医生这么说，老伴儿无语。退休后，回老家狮子古河边游游泳，养养病，享受享受田园生活，是我梦寐以求的。几次跟老伴儿说，她总是那句话，要去你自己去。

三个小时的车程，到老家，老伴儿收拾房子，做着过日子的准备。我脱了衣服打开后门，迫不及待地到埠头，一个猛子扎进河里，到河中间露出头来，叫了一声，爽啊！儿时，不论谁在河中间一叫，立马就传来一阵噼里啪啦的开门声和小伙伴们一个接一个地投进水里的扑通声。

现如今，开门声倒有，却没有扑通扑通的跳水声。我先是有些失望，随后是笑自己老夫聊发少年狂。昔日的少年们，有些已经离开了这个世界；在这个小镇生活至今的，听说都是在艰难度日，有几个能像自己这样，有闲心想到少年时候的那些事。

几个光着上身的老者，幽灵般地出现在河堤上，一个苍老的声音说，是大立吧？还是赶紧上来的好！现在哪还有人敢在这河里游泳……随后另几个人也七嘴八舌地劝起来：你没见这水像酱油？你没见河床上连水草都没有？这都是上游那个制药厂造的孽呀，当官的只管招商引资，把下游的老百姓害苦了……制药厂上游还有劳改农场办的养鸭场，几千只鸭子都圈养在河里，要让鸭蚤子沾到身上，真会痒死个人……

我身上顿时起了鸡皮疙瘩，赶紧上岸。要在往时，多年不见，会和他们说很多话。经过他们身边，我只是说，对不起，我得赶紧进屋里洗一洗……一进屋，卫生防疫站退休的老伴儿像训小孩子一样地训我：知道你在干什么吗？害己、害人！动物身上的寄生虫，不好治，传染性还强！回去，现在就走！先跟我去看医生！要游泳去游泳馆，一年也就千把块钱，水都是消过毒的……

只好听她的。

第二天午睡后到游泳馆，恍惚走进了20世纪80年代单位的大澡堂，正皱眉头，管理员说，来健身？明天上午来吧。果然，第二天上午过去，不仅人少，水也清。我一个猛子扎进泳池，想一口气就把一小时游完。可来回游了一趟，就喘起了粗气，手脚也开始僵硬，这地方小，空气里有股说不上来的药味儿也让人很不适应，一点儿也找不回小时候在狮子古河里游泳的感觉。

我们狮子古河，河水清亮亮的，河床上有成片的扁担草和牛尾巴草。那年，我们见河床上的这两种草在水底如岸边的杨柳枝随风摇摆，放在水面上的纸船却纹丝不动，就怀疑水底有风，设法把身子贴到河床上，找风。虽然风没找到，久了，却练成了水里换气的功夫，发现了土憨巴和磨地滚子争地盘打架的秘密。这两种鱼肉嫩、无刺，和萝卜丝一起红烧，鲜美还无腥味儿。它们若是打起来就不顾一切，互相咬住对方的尾巴撕扯，把河床弄出来一片浑浊，平时设法都逮不住的鱼，这时一把抓过去就是两条……

管理员见我坐在泳池边不动，过来问我，不舒服？我说，没有。他说，那还不抓紧游，一个小时很快就到了。我只好继续游，第二个来回游完，已经累得不行了。我不停地看着墙上的钟表，希望它快点儿把一圈摆过去。钟表不听话，我还得游。第三个来回，我是看着钟表游完的，一来一回，才用了五分钟，加上我在池边上坐的五分钟，还有四十分钟。四十除五，分子分母的悬殊，叫我的骨头发软。第四趟刚接近浅水区，我便像瘫了似的一屁股往下坐，水马上没了头，呛进了呼吸道里，咳，呕，从水里爬上来，就不想再下去了，望着墙上的钟表发呆。钟表让我想到天上的太阳，那个时候，我们的钟点就是太阳，无时无刻不在希望太阳落下去的速度慢一些，让白昼留得长一点儿……

回到家，老伴儿问我怎么样。我说，总觉得游泳是一种享受，今天倒好，游了这一会儿，就像是服了长时间的苦役。她说，是这样的，以往你是在玩儿，好玩儿的事都是享受。今天带了任务，可不就变成了苦役……说着，她急急慌慌地说，我去打麻将了，饭菜还是热的，你趁热吃吧。

累，被水呛了，吃饭的欲望很淡。老伴儿一走，我便在沙发上躺下了。眼睛一闭，全是儿时玩水的那些画面。有人说吴家盒子那边土憨巴和磨地滚子多，我们就来回游五公里去那里。中途，我们发现肖家湾的河边有一条破船，是赛龙舟时被吴家盒子的人用竹竿捅破的，我们堵上破洞，淘干舱里的水，由一人在上面喊着赛龙舟的号子，其他人推着船前行……

尽管我想法多多，为了治病，还是得硬着头皮前往泳池。

这一天，来了位白人女子，泳姿优雅，几个来回后，在泳池的中央躺下了。女子一身肉色的泳装，乍一看，就像一丝不挂。她一动不动地躺在水里，加上空气里的药味儿，我突然想起几年前在医院标本室里看到的泡在瓶子里的尸体。那天，我的胃里翻江倒海。我想呕，又不忍心呕在池里，捂着嘴巴从里面跑了出来。

我又去了医院。医生说，报喜来了？我说，报个鬼的喜，你还是让我住院吧！

医生想了想，没再说什么，给我开了住院单。

惊弓之鸟

肖建国

我感觉到了，母亲今晚有些恐慌。

天上有星星，却落起细雨。这有点儿怪。雨随风走，飘飘洒洒，把周边的芦苇、香蒲、睡莲都淋得亮晶晶的。远处似有雾，空气中弥漫着湿漉漉的味道。

母亲说："你大了，比你爸年轻时更强壮。"

母亲用手抚摸着我的头，椭圆的鼻孔里透露出不安的气息。我顺着母亲的目光，看到了绿洲中的那几间草寮。那里住着更的父亲，他以采药为生，身上常年散发着淡淡的花木香。这里的百草进入暮年之时，更父会有选择性地将它们收进药篓，有根，有茎，有果实，当然也有青翠的叶子和快要开败的花朵。我听花儿们说过，能进更父的药篓，是一生最好的归宿。

更父把自己掩藏在花草中，花草则供养了更父一家人。更父也把这里的动物当成一家人，从不伤害它们。除非发生意外。

母亲说："你要懂得报恩。"

我懂母亲的意思。我出生不久，家里突然闯进一条大狼狗，一口咬住了父亲的脖子。我那可怜的父亲，双眼流出血泪，来不及发出一声呼叫，就离我们而去。母亲紧紧护住我，拚命呼喊。狼狗不慌不忙，凶狠地盯住母亲。它知道，母亲为了我，是不会单独逃跑的。

也许我们母子命不该绝，在最紧要的关头，一支利箭射穿了狼狗的头颅。狼狗还没明白是怎么回事就訇然倒地。

是更和他的父亲救了我们。

母亲说："明天我要出趟远门，这个家就由你看守了。记住，不要跑远。这里幽静，有草木相伴，有更父护佑，一切都是温暖宁静的。"

母亲气息均匀，手也不再颤抖。我知道，母亲已下定决心。

但我不相信她是要出趟远门。

待母亲睡熟，我悄悄溜到了更父的窗下。屋内，油灯如豆，把更父与更的脸照得忽明忽暗。

父子俩沉默很久，才开始说话。

更父说："你怎么可以信口开河呢？"

更很小声地回答："都是……都是酒后妄语，摊上祸事。"

更父说："你是勇士，是有名的射手。既然答应了王，就应该践行你的承诺，明天就引弓虚发，看能不能射下鸟来。"

更扑通跪了下来："父亲，我们赶紧跑吧。不然明天就是欺君之罪，我死了不打紧，关键是他们也不会放过你。"

更父立起身，用艾条拨开灯花，屋内顿时明亮了许多。我看到更父一脸凝重，眉毛要把眼眶压弯。

"跑？能跑到哪里去？对于王来说，我们都是他土地上无法移动的草木。再说了，这也不是更家子孙应有的性格。睡吧，睡吧，就像这里的杂花野草，疯长有期限，生死归自然。你虽撕裂了自己，但也不枉来过这世间。"更父吹灭油灯，不一会儿便酣然入梦。

就在我渐渐咂摸出点儿端倪的时候，一股刺鼻的香味从身后飘来。我扭回头，看到母亲衔着一枝木香花站在我的身后。

我对这玩意儿特别敏感，正想开口询问，但已陷入眩晕。朦胧中，我感到母亲将我扶回了自家的小窝。

第二天醒来，母亲已不在身边。我跑到更父的草寮，同样人去屋空。我引吭长啼，展翅借力，直上云霄。

我要看看母亲飞去了哪里。

此时，我大致已想明白：更酒后答应王，他可以用一张空弓，射下天上的飞鸟。醉醺醺的王将信将疑。信的是，更是全国闻名的神箭手；疑的是，这……这也太神了吧。王一时性起，与更击掌为誓。而我可怜的母亲，为了使这个誓言得以兑现，义无反顾地飞上了天空。

飞到一定的高度，我看到绿洲之上，草木摇曳，百花竞艳。湖水里鱼虾浅游，悠然自得。这是我的家啊，寂然之中，透着禅意，宁静祥和。难怪，母亲不让我跑远。

我也看到了我的母亲，她正在向一个平台飞去。平台上站着更和他的王，台下密密麻麻地站满了人，他们仰脸望天，翘首以待。只有一个人低着头，他扎着头巾，穿着短葛衫，背着药篓。

在人们高亢的呼喊声中，更在平台上拉开了弓。此时，我的母亲已飞到了他们的头顶。此时的王，也紧张得呼吸不匀。

我能感受到更额头上渗出的细小的汗珠，更能感受到他在强压突突乱蹦的神经。更闭上眼，不知这拉满空弓的手，何时该放开。

母亲飞得低了一些，她高叫几声，一声比一声凄惨。只有我明白，她的叫声里在滴着血，犹如我父亲双眼流出的血泪。

也许更太累了，也许是太紧张，在母亲最后一声悲鸣中，更松开了手，弓弦震耳欲聋。

母亲垂直地掉了下去。

众人炸窝般惊呼。他们不敢相信，今生能见到这样神奇的事情。我母亲正好掉在更父的药篓中。我看到更父慢慢取下药篓，把母亲抱在了怀中。

良久良久，更父和母亲一起倒在了地上。

孝道

万 芊

陈墩镇有一条孝道，名副其实的孝道。据镇志记载：明嘉靖年间，镇上陈家出了一位进士，在京城为官。陈进士回陈墩镇省亲时，年迈的老母亲已经耳聋目盲。离开陈墩镇时，陈进士不顾自己业已六十的高龄，执意背着老母亲，从自己的老宅院一直走到停泊在镇南菱荡湖的官船上，一路小心伺候，迎回京城。陈家老母亲在京城颐养天年，寿终百岁。此道，后人便称为“孝道”。几百年间，有好多名人雅士为孝道写诗题词，更有镇上大户人家出钱捐物，为孝道铺路、筑桥、盖廊坊。

自从陈墩镇开发旅游以来，孝道更是陈墩镇上一道最靓丽的风景。路的起点，是国家级保护单位明代江南古建筑陈宅。一路上都是风景，上街是琳琅满目的特色旅游商店，下街是沿河长廊。路的尽头是向菱荡湖里延伸的石埂基码头。码头上，是早年的建筑，唤作“孝亭”，专供上下船的老人歇脚。

近些年来，镇上常常在孝道上开展一些以孝文化为主题的亲民活动。比如“儿媳妇为婆婆晒被子”活动。事先，主办方沿长廊拴上长长的晒被绳子，贴上婆婆的大名，晒被子的儿媳抱出婆婆的被子沿街晒出来。这是一个挺让人开心的活动，婆媳关系好的，自然都挺乐意参加，把平时帮婆婆置的最好的被子晒出来，全家出动，喜气洋洋，拉着婆婆合影留念。这其实也是一个挺让人纠结的活动，婆媳关系僵的，这是最尴尬的时刻。

今年九月初九重阳节，镇上举办了一个“陪老人走走孝道”的活动。活动的规定条件是镇上所有七十岁以上的老人可由儿子或女儿陪着走完全程。市广播电台、报社、电视台都派记者到现场，沿路进行随机采访。活动还评奖。

走在队伍最后的是陈家妈妈和他的儿子。

陈家妈妈今年八十三岁，个子不高，然身子硬朗，逢人都是开朗的笑声。与所有参加活动的人家不同，陈家妈妈不是由儿子陪着，反而是她推着轮椅，儿子坐在轮椅里，缓缓地朝孝道的终点走去。

坐在轮椅里的陈刚，也已年过六十。陈刚从小脑瘫，下肢瘫痪，上肢也不大好使唤，在轮椅上已经坐了半个多世纪。

有记者发现了队伍后这对特殊的母子，想过来帮忙推轮椅，但陈家妈妈拒绝了，说，没事的，我身子硬朗着呢。

记者问，人家都是儿子陪爸妈走全程，而您却要陪儿子走全程，您是怎么想的？

陈妈妈说，没有呀，我们跟人家是一样的，儿子虽说没有用脚在陪我走，但他是用心在陪我走呀。是吧，儿子？

我爱妈妈，陈刚用并不连贯的话说，我陪妈妈走孝道。

陈家妈妈说，这孝道，我们每天走一趟，这是我们母子俩最开心的时刻。

记者问，怎么个开心法？

陈妈妈说，每天走这条道的时候，儿子都会给我讲一个笑话，故事都是他自己编的，先写在本子上，反复琢磨，最后讲给我听。我们走时，他一边讲，我一边听。他的笑话确实非常精彩，听得我常常忍不住笑出眼泪。有时，儿子发现我没笑，或者假笑，就会回去再琢磨。他为了编这些故事，整天听广播、查电脑、看书，如果那笑话不能让人笑出来，他决不罢休。

记者有点诧异，问陈刚，你读过书？

陈刚断断续续地说，爸爸妈妈教的。

陈家妈妈补充说，我退休前是小学语文老师，从小一笔一画教他写字读书；他爸爸是中学物理老师，后来便一点一滴教他学电脑。

陈刚哆哆嗦嗦了好半天，不知从哪取出了一个打印本。本子几乎磨烂了，白色的纸张也成黄色的了。打印本封面上的书名《给妈妈讲笑话》，大而醒目。

陈妈妈说，这都是他自己编的、打印的，这是他的宝贝。他做这些事，其实非常艰难，他的手指是不听使唤的，打一个字要哆嗦好一阵子，但这是他毕生喜欢做的大事。长期坐轮椅，儿子的体质很差，他常常生病，有时发高烧接近四十度，人烧得晕晕乎乎的，还记得编笑话、给我讲故事。有时，他都烧得喉咙里讲不成话，还断断续续地给我讲。他编笑话是用心的，每个笑话，我都会由衷地笑。儿子确实是编笑话的天才。有儿子给我讲笑话，我每天开开心心的。儿子现在学会了玩抖音，编了特别精彩的笑话，他就录成视频，也让街坊邻居看。那些街坊邻居也特别喜欢他的笑话。

陈刚插了几次，终于插上了话，说，我要给妈妈编一千个笑话，还要做一千个抖音。顿了一会，陈刚又断断续续憋出了自己的想法，我要在我不在的时候，也能让妈妈天天听到我讲的笑话。

陈家妈妈冲记者笑笑，说，他尽说胡话。我们都会活得好好的。因为儿子是个开心果。陈家妈妈说着，推着儿子的轮椅，到达了终点。他们是最后一个。

出乎意料，在活动颁奖仪式上，镇领导把"陪老人走走孝道"活动的特等奖，颁给了陈刚，这其实也是记者们的提议。颁奖词是这样说的：身体残疾心灵阳光的陈刚，虽然他不能用脚，但是他却用自己真诚的心陪着年迈的妈妈走完了孝道的全程。

当镇领导走下台为陈刚挂上奖牌的时候，全场响起了雷鸣般的掌声。

四个铜板

于心亮

大嵩卫城的钱百万出了南城门去看海，肚子饿了，就在路边早餐摊儿吃了两根油条，喝了一碗豆花。临了一擦嘴，一摸兜说：“糟糕，忘带钱了。”炸油条的说：“不过两个铜板，算了。”钱百万说：“那哪儿行，赶明儿，我把钱还上，放心，忘不了。”说完就背搭着手儿走了。

钱百万一走，还真把这两个铜板的事儿给忘了。

又过了些日子，钱百万又出了南城门去看海，肚子又饿了，在路边摊吃了两根油条，喝了一碗豆花，一擦嘴一摸兜说：“糟糕，忘带钱了。”炸油条的就笑了，说：“算了，不过是两个铜板的事儿，等有了钱，把上回的一起算上就得。”钱百万这才想起，上回还欠了两个铜板。

钱百万就别扭上了，想，我他娘的是欠人家钱的人吗？何况，才四个铜板。

一回去，钱百万就喊来管家：“张诚，南城门外，我欠炸油条的钱，你赶紧还上。”

张诚一听，就笑了：“以为是啥要紧事呢，原来是这个呀，不就是四个铜板嘛？话说回来，老爷肯去他摊上吃点儿东西，那是瞧得起他，他还敢要钱？”钱百万说：“你废什么话呀，欠钱还钱，那是天经地义的事儿，赶紧的，麻溜溜儿，去把人家钱还上！”

张诚说：“得嘞，遵照老爷吩咐，我立马就去办！”

出了二道门，张诚站台阶上喊：“老刘头儿，去城门外，炸油条那儿，把老爷的钱还上！”

老刘头说：“管家，我手头还有点儿活儿，您看……”

张诚说：“反正，我安排给你了，你要抓紧时间办，别耽误了。”

…………

又过了些日子，钱百万再一次出了南城门去看海，肚子饿了，在路边摊吃了两根油条，喝了一碗豆花，临了掏出两个铜板，说：“谢啦。”炸油条的接了钱，说：“这回有了，那……上两回呢？”钱百万说：“上两回？什么意思？”炸油条的说：“上两回，您老钱还一直没还哪！”

钱百万说：“我不是打发人来还过了吗？”

炸油条的说：“您瞧见人了，俺可一直没瞧见。”

钱百万一听就来气了，说：“你等着，我回头就给你个结果！”

钱百万回去喊管家张诚：“前些天，让你办的事，办好了没？”张诚说：“老爷说的哪件事？”钱百万说：“就是南城门外那件事。”张诚说：“办好啦，早就办好啦！”钱百万说：“怎么办的？”张诚说：“我让前院老刘头儿去办的呀。”钱百万说：“他办了吗？”张诚说：“应该……办了吧？”

事情仔细一盘问，结果就出来了：老刘头儿手头有活儿忙不开，就让大老张去办；大老张正在收拾驴棚也走不开，就让小六子去办；小六子正在修剪后花园那株大奶奶顶喜欢的紫薇树，就让丫鬟小翠去办；小翠正陪着小少爷捉蝴蝶，就让出门买菜的赵妈去办……赵妈倒是想着去还钱，不过却没找到炸油条的，城墙四个门儿，没人告诉她到底是哪道门儿。

钱百万气得差点儿摔了手里的紫砂壶：“就这么点儿小事儿，不过是几个铜板，你们可倒好，一个个支使来支使去的，要是换成别的稍微大点儿的事，是不是就没人干了？”最终处理的结果是要求马上进行整改，同时每人罚铜板 20 个，管家张诚尤其罚得多，罚 100 个铜板。

众人散去，钱百万叫张诚留下，说：“罚你钱，有意见没？”张诚说：“哪能呢？老爷也是为了大家伙儿好，要不管束，今后指不定还会发生什么事情呢。

实话说，罚我100个铜板，真不多。”钱百万露出笑脸说：“少耍嘴皮子，钱罚就罚了吧。这把紫砂壶，我还没用过，送你了。”

张诚出了门儿，瞧见大奶奶捏着蒲扇坐在紫薇树下赏花。

大奶奶问：“什么事儿，惹得老爷生气了？”张诚就走过去，低声把事情说了，并说老爷生气的不是四个铜板的事儿，关键是因为下人们执行力不到位……大奶奶却仿若没听见，只是瞧着花儿轻声念叨说：“好端端的，为什么要去看海，还偏偏去炸油条的摊儿吃油条呢？”

张诚骑着毛驴出了南城门，找到炸油条的摊儿，一顿饭两个铜板，两顿饭合计四个铜板。炸油条的却高低不收，说：“原先不知道那是钱老爷，后来知道了，哎哟，幸福得差点儿没晕过去，钱老爷肯赏脸来我这儿吃顿饭，那是小的福气哟，经这么一宣扬，现在生意好得不得了呀！”

张诚回去后，就把事儿跟大奶奶禀报了。大奶奶蹙着眉头说：“再没瞧出别的？”

张诚四处看看，低声说：“那个炸油条的老婆看起来……倒是有几分姿色。”

大奶奶听了，就手里摇着蒲扇浅笑。

…………

又过了些日子，钱百万又出了南城门去看海，肚子饿了，就想找炸油条的那摊儿，吃两根油条，喝上一碗豆花儿。这回钱百万身上带了钱了，却高低找不到那个摊儿了。一打听，敢情儿来了一伙人，不由分说把摊儿给踢了，还把炸油条的老婆一张脸给打成猪头了。

钱百万就饿着肚子往回走，一边走一边摇头，说：

“——他娘的，什么世道！”

挂在故乡的钥匙

欧阳明

吃过早饭，老栓取下挂在床头墙上的那串钥匙就出门了。

钥匙总数 36 把，老栓记得清清楚楚。钥匙是湾里 26 户人家委托给他的。

湾里一共 27 户人家，现在家里还住着人的，也就老栓一家了。说是一家，其实就老栓一个人。老伴儿两年前患肝癌走了。老栓想不通，农村山清水秀的，吃的菜和粮食从没打过农药，咋会患病就是癌症呢？

老伴儿走后，儿子和女儿劝老栓进城去一起住。老栓想去。湾里连个说话的人都没有了，太闷。但他走不了，手里的那串钥匙把他拴住了。

老栓觉得，做人必须讲信用，答应别人的事，哪怕是磨眼儿，也得钻过去。他就对儿子说，等哪天大家把钥匙都拿回去了，我就进城。

26 户人家，最初是年轻人去外面打工，后来挣了钱，在城里买了房，就把家里的老人和孩子接走了。仅仅是每年清明和春节才回来。26 户人家的房子都是砖房，有的才建成几年，最少的花了七八万，最多的花了几百万。人走了，房子却搬不走，里面的家具，样式老旧，搬进城也没地方放，送人吧没人要，烧了吧太可惜，毕竟都是钱买的哩。最好是留在老家，请个人看着。请谁呢？只有老栓。那时老栓老伴儿还健在，都不想进城，说城里喝口水都要钱，空气也没乡下好。

最初给老栓钥匙的不多，也就几户人家。后来越来越多，他不得不用一根长长的铁丝串起来。

每天，老栓都要把那些房子巡查一遍。

大家觉得给老栓添了麻烦，说每年给他点儿钱。他不收，说，钱，我不缺。

老栓说的是实话，儿女给他的钱，他都不知道干啥用。

大家过意不去，就送他烟酒。老栓还是拒绝，说，医生说我不能再抽再喝了。叫他拿去送人。他说，送谁呀？我又不求人办事。

你这样我们过意不去呀！大家说。

一点儿小事，有什么过意不去的？放心，房子我会给你们看好的！

昨晚下了点儿雨，路很湿滑，老栓走得左摇右晃的。他从邻居老杨头家开始查看。先看大门上的锁有没有动过的痕迹，再开门进去，每间房每间房地看掉没掉什么东西。

一连看了 25 户，都没异样，老栓心里踏实多了。但他还不敢彻底放心，还有最后一家。

最后一家的房子是三楼一底，有车库花园，比城里有些别墅还豪华气派。

房子是江娃子的。为了回家方便，江娃子花两百多万，把进村的土路修成了水泥路，天晴落雨都能过车，大家都说江娃子真好。江家最值钱的还不是房子，是房子里的那些家具，据说全是红木的，一把椅子就几十万。每次查看，老栓都丝毫不敢大意。

江娃子从小调皮捣蛋。八岁那年，他和生产队长儿子打架，输了，居然一把火把队长家的房子烧去一大半，把他爹活活气死了。初中还没毕业，他便出去了，从此不知是死是活，直到三十年后才回来。回来时已是省城什么公司的老总，屁股后面跟了一大群人，里面居然还有本县的县长。

江娃子家除了院门和大门外，屋里每间房也都装了门，共十道，全是防盗的，都得用钥匙来开，每次查看都得花上半个多小时。

老栓每把锁每把锁地看了，无异样，再每间屋每间屋看了，也无异样，心中才彻底安稳。

从江娃子家里出来，已近中午。老栓开始回家，手上的钥匙，一路上发出哗哗啦啦的响声，仿佛在和他说着什么。

以前，出去的人清明和春节都会回来，近几年，不知什么原因，有些不回来了，连过年都不回来。有几把钥匙，几年都没拿去用过了。怕钥匙生锈，老栓每月都要用猪油擦一次。

江娃子自从修了房子后，年年清明和春节都要回来。每次回来，天天都要请老栓过去吃饭，每顿都安排他坐上位。老栓先是推辞，江娃子不依，说，您年纪最大，辈分最高，您不坐谁敢坐呀？

都说从小偷油，长大偷牛。人，从小就能看到大。可老栓做梦都没想到，江娃子居然会比自己上过大学的儿女还有出息。老栓觉得自己的确是看走眼了。

转眼就到了 4 月。一天，老栓查看完房子，前脚刚进院坝，后面就来辆小车。

小车里下来的，居然是江娃子。

栓叔，我来拿钥匙，回来时走得慌忙，忘带了。江娃子说。

你怎么回来了？还不到清明呀！老栓有些奇怪。

回来办点儿事。江娃子说。

江娃子回了趟家就走了，走时居然没把钥匙送回来。老栓觉得很纳闷。

两天后，江娃子又回来了。

见了面，老栓就问他，你是不放心我给你看屋子吗？

江娃子呵呵一笑，说，栓叔，您误会了，我这次回来，就不走了。

为啥？老栓很惊讶。

春节吃饭时，您不是说，湾里的那些地都撂荒了太可惜，要是有人来承包就好了吗？我这次回来，就是要搞个农业开发公司，把这些地全租下来，让大家回来一起挣钱。

真的？

现在国家不是提倡要振兴乡村嘛，这两天，我找了县长，说国家有政策支持。

你娃做了件好事啊！老栓笑着跷起了大拇指，抬头朝田野望去。他仿佛看见漫山遍野的杂草，一下子变成了绿油油的庄稼。再低头看看手中的那串钥匙，嘀咕道，你们很快就可以物归原主了，我也可以进城陪孙子啦！

租 地

韦如辉

三爷驼着背，像背一袋米一样来到热闹的院子里。阳光正旺，热闹的三层小楼熠熠生辉，晃得三爷眼疼。

热闹卧在躺椅里，往嘴里送一杯刚泡好的龙井茶，见三爷过来，慌忙站起来，一只脚踏空，茶洒了一胸襟。

三爷当民办教师的时候，代过热闹三年的语文课。热闹脑子不在书本上，一首上好的唐诗，被他弄得鸡零狗碎，三爷没少用书背敲响他的头。

热闹用一只肥胖的手捋着头顶，已经稀疏下来的头发，很听话的样子往后跑。三爷，哪阵风把您老吹来了？热闹想，应该提前给三爷拜个年，这事儿倒了过来，热闹不是一般地难为情。

三爷冲热闹递过来的一支中华烟摆了摆手。热闹啊，三爷今天给你商量个事。

热闹的手并没有立即缩回来，腰身却低下来，嘴里说，您安排，领导。平时在商场上摸爬滚打，热闹的语言与动作，一时半时改不过来。

三爷被阳光晒暖的脸色慢慢淡下来，他用手指着东南的方向说，我想租你那块地种庄稼。

这些年，村子里的土地，像诱人的大饼一样，一块块被轰轰隆隆的机器吃掉了。挺着大肚子的高楼大厦，睁眼闭眼之间，就来到跟前。热闹的那块地偏，在村子的边缘，长满了野草，冬天也是一片季节黄。

热闹悄悄收起了笑容，又用另一只肥胖的手捋了捋头发。他想不明白，眼前的这个老头是不是疯了。

三爷退休了，一个月几千块，手头不缺那几个小钱，怎么想着种庄稼？现在村子里的人谁还在家种庄稼，都跑城市里淘金去了。

三爷见热闹犹豫，伸出一巴掌在空气中晃了晃说，人家出多少我出多少。

在回来过年的路上，支书给热闹打电话，有一个建筑公司想租他的那块荒地当料场，每亩五百块。热闹想，反正荒着也是荒着，一支烟的工夫答应了。三爷要租地，八成跟这个事有关。

热闹靠近三爷悄声问，光明哥知道这个事？

马光明是三爷的大儿子，在市里当个很有实权的官。马光明接三爷到市里享清福，三爷说什么都不干。三爷看不惯马光明，告诉他别拽得很，当心爬得高摔得响。

一提到马光明，三爷就来气，管他屁事！

热闹跟马光明是光着屁股玩大的好伙伴，他不能驳了三爷的面子，三爷的面子，就是马光明的面子。热闹一双肥胖的手，落在了三爷的背上，并轻轻地捶打着。好，三爷，就这么定了。

开春，三爷在地里种上玉米，玉米苗儿在风中一天一个样。三爷拍了一段视频，配上殷秀梅的成名曲《在希望的田野上》，发到了村子里的家园群。这些年，群员们都像候鸟一样飞来飞去，大数据时代，微信却像一棵茂密的大树，总能让他们一个个瞬间飞回来。三爷收获了多少个点赞，自己也搞不清。

快收获的时候，下了雨，连着下，老天爷没让收，玉米烂在地里。

三爷生了病，病得不轻，喘气像拉风箱。

三爷被马光明接到市里看病，一待就是三个月。

玉米秸秆沤成了肥，草长得旺，远远望去，一片金黄。两只小黑狗，在草丛中打闹，一个不让一个，似乎一对淘气的孩子。三爷浑浊的眼睛里，被两团跳动的黑色，擦拭得越来越亮。

三爷想，明年种草，养几只山羊，再抱一只狗，最好是公狗，叫得欢跑得欢的那种。

热闹回来过年，三爷送过去一千块钱，算是来年的地租。

热闹收了钱，问三爷，来年还种啥？

三爷说，草，种草。

热闹笑了笑，自言自语地说，种啥都行，三爷高兴就好。

挖掘机已经开到地边上，随时准备举起手臂，向草地抓去。

临走，热闹将一件棉袄披在三爷身上，过年了，晚辈的一点心意。

三爷客气了一番，便穿到了身上。新的，不一样，暖和。

三爷穿了新袄，人见人夸，说三爷年轻了十来岁。

一个小媳妇问三爷，多少钱买的？赶明儿给公公也买一件。三爷摇了摇头，意思不知道。小媳妇用手机扫了一下二维码，显示金额两千块。

三爷倒吸了一口凉气，心里说，我的乖乖哎。回头往热闹家走去，脚下像没了根。

铁　医

刘　泷

铁医这个称谓不知是褒还是贬，反正在方圆几十里，窑沟的铁医很有名气。

铁医姓丁。知道铁医的人，也知道铁医这个称谓有褒有贬。铁医的拿手好戏或看家本领是骨伤科，也就是人们通常所说的红伤。不懂门道的人说铁医有两件宝贝，一是一根小巧的红木擀面杖，只要患者骨折或错位，用那条红木擀面杖擀揉、鼓捣一番，立刻肿消疼止，关节复位；一是一包非丹非散亦丹亦散的药面，无论是伤筋动骨、跌打损伤，还是枪伤洞穿或皮肉溃烂，服下即愈，立竿见影。

人们都说，人家铁医靠本领吃饭，医术没说的，宝贝没说的，那就是一个字，铁！

尽管如此，铁医没有躺在功劳簿上吃老本，没有忘乎所以，“拳不离手，曲不离口”，无一日不琢磨、不揣摩，医术精益求精。铁医在家里后院种了一片挺拔的高粱。那是他的试验田。每当高粱扬花吐穗时，铁医便悄悄钻进高粱地，用镰刀或横或竖或歪或斜将高粱砍断或劈开，之后，在其断面洒上自己研制的药粉，再将断掉部分接好，用来观察药粉的效力。如若高粱断口处无疤痕、痊愈快，就将药粉保留下来；如若断口处有疤痕、生疙瘩或者痊愈慢，就将药粉淘汰掉。铁医如同一只被驱赶的陀螺，每年都要在后院的高粱地里转来转去。

铁医甚会保健、养生，虽已年逾古稀，但鹤发童颜，精神矍铄，每日骑一匹健硕的黑毛驴，拂动着一蓬银白的长髯，被人们请出或送回窑沟。

当然，铁医这个称谓还有铁公鸡那种小气、贪婪的含义。每每出诊，他都不会空手而归的。有钱的人家，可以给元宝、银圆、几串铜钱，也可以给一至九件值钱的物品；即使日子窘迫的小门小户，也可以给仨瓜俩枣、鸡蛋或者几穗青玉米。总之，是万万不能让铁医空手而回的。不然，下次再请他出手治疗，就不能赢得好脸色，弄不好还会吃闭门羹的。

一次，窑沟本村一焦姓财主患了毒疮，急需铁医手中那块半斤重的狼毒以毒攻毒。但铁医斩钉截铁非要200块光洋不可，否则免谈。焦姓财主尽管在窑沟是首屈一指的富户，但其家产就是砸锅卖铁也达不到200块光洋。无奈，焦姓亲友纷纷登铁医家门游说，幻想靠三寸不烂之舌打动铁医，使其动恻隐之心，削价处理狼毒，救焦财主一命。

但铁医就是铁医，硬是固执己见，任是谁也休想令他回头。眼见自己日薄西山，气息奄奄，焦财主只好变卖家产，东挪西借，买下了那块狼毒。但焦财主的家从此一蹶不振，沦落了。

不久，日寇到山区扫荡时一名军官被打伤了左膝盖，焦财主便及时向他推荐了铁医，说铁医的医术如何了得，任何疾病都可以手到擒来、枯木逢春，云云。显然，焦财主居心叵测，要达到一石双鸟的目的：一、你铁医不是贪财吗，看你怎么向日本人索要；二、你铁医不是在村内多次散布对我焦某人的轻蔑吗，说投靠就是卖身，帮日本人就是卖国贼。这次看你怎么脱身，不帮日本人，那些残暴的家伙会能饶过你？帮了日本人，你不就是自己打了自己的耳光吗？

日本军官果然在一天清晨来到了窑沟丁家。他们还算客气，说请铁医出诊，还丢下了10块大洋。但丁妻说铁医凌晨就被人请去了，不在家。日本军官说下午还来请，说罢扬长而去。

其实铁医早已透过窗纸看到日军拥进家门，马上匿进了夹壁墙内没有照面。

但躲过初一躲不过十五，这样躲着也不是根本的办法。

铁医铁下心来不理睬日本人。

傍晚，日本军官又到了。丁妻愁眉苦脸地说："铁医下午出诊回村，因喝多了酒，在山梁上跌下驴来，将右手掌摔烂了，正在炕上疗伤呢。”

诊治红伤要靠右手，咋就那么巧摔坏了呢？日本人不相信，要目睹伤势。他们拿过铁医右臂看时，都惊呆了：整个右手的手心、手背转了一个个儿，手背朝下手心朝上彻底错位，红肿得像个开花馒头。

日本人很无奈也很惋惜地走了。

铁医从此安心疗伤，再不出诊。

村邻见他可怜，也有送银圆铜钱的，也有送青瓜绿枣的，但铁医淡淡一笑说：“我从前积攒的够用了，你们别费心啦。”

半年后，1945 年 8 月，日本人投降了。

不久，铁医的右手竟然神奇般地痊愈如初了。人们惊诧，都惊呼他为神医。

铁医活了 90 岁，无疾而终。

我想请个女秘书

徐　东

没结婚之前，我是个不怎么现实的人。

那时，工作不顺心或不想做了可以不做，在一个地方待久了待烦了可以换个地方。只要有口饭吃，有个睡觉的地方，可以把我所钟爱的写作进行下去就可以了。结婚后我变得现实起来。我有了房子和车子，有了相对稳定的工作，有了老婆和孩子。可我讨厌被工作和生活困住，而做不完的工作以及琐碎的家庭生活就如同无形的笼子把我关了起来，让我身心不再自由。我渴望请个女秘书，最好是一位知性优雅的漂亮女士，可以帮我处理一切干扰我写作的事务，把我从无形的笼子里解放出来。

每天忙完工作，还得忙家里的事，如果妻子同意我回到工作室去写作，通常也是晚上十点以后的事了。那时我再想写点儿什么，却没有了写作的状态和精力。尽管如此，我还是会熬到深夜一两点钟。看看书或者发发呆，然后疲倦而不甘地睡去。第二天一早，我又得早早起床，回到家里送孩子上学，再去上班，然后接孩子放学，和妻子一起忙家里的一些杂事。这样的生活日复一日，周而复始，真是要命。

写作是我的理想，我不想放弃写作。很多人通过我过去写的一些作品断定，在写作上我还是相当有前途的。因此我决定和妻子好好地谈一谈。

在一个深夜，孩子们都睡了。我把妻子叫到客厅的沙发上坐下，说，亲爱的，我想认真和你谈一谈。我觉得自己是个相当有前途的作家，我写作，将来写好了可以让全世界的人看我写的书，影响到全世界的人。当然，那时候的我也名利双收了，我们也就不差钱了。你说这是不是很有意义？

妻子说，当然啦，我真希望那一天早点儿到来。

我说，可是，现在有太多我并不想去花费时间和精力的事情等着我去做，那些事情层出不穷，只要我活着就永远都不可能做完。那些事情让我感到厌倦和绝望，长此以往，说不定有一天我会抑郁自杀，为了避免那种悲剧的发生，我想请个女秘书来帮我做一些事情……

妻子笑着说，你可真敢想，你还想请个女秘书？现在的我没有工作，不能赚钱，光靠你一个人工资和写作赚钱，每个月都不够开支。请问你请得起吗？

我说，虽说根据我们家的现实情况是请不起，可是你想一想，如果我请了女秘书帮我处理一些杂七杂八的事，我就可以腾出时间来多写东西，多发表，多出书，多获奖啊。

妻子说，为什么非要请个女秘书，而不是男秘书呢？

我望着妻子的眼睛，坦诚地说，男秘书当然可以，不过有句话说得好，男女搭配，干活儿不累。女秘书更有利于激发我的写作能动性。如果有一位漂亮的女秘书为我服务，我很可能会才思泉涌，写出更多的佳作……

妻子说，说的比唱的好听，谁知道你心里是怎么想的？！

我说，我已经很久没有写出一篇像样的小说了。我没感觉，没状态，没激情，长此以往我就给毁了。我可能和别的作家不一样，我得彻底闲下来，让自己舒服了才能写作，才有可能写出好的作品……

妻子说，你这么说，我宁肯你不写作，不当什么作家。

我痛苦地用手抓着头皮，焦虑而气愤地说，我再也无法忍受这种被限制被折磨、令我绝望和痛苦的生活了。你老实说，这对我这样一个有前途的有可能成为著名作家的人来说公平吗？

妻子也生气地说，你还好意思向我抱怨。我没有理想和追求吗？我承担的比你少吗？你还可以借工作和写作的理由逃避一下，我放弃了自己的梦想和工作，辞职后整天围着孩子转，你知道我有多累多烦多痛苦吗？你还想请个女秘书，我还想请个男保姆呢！

我想了想说，要不这样吧，我们去小县城生活。在小县城我们等于是没有了生活的压力，我也可以专心写作，不用再去工作了。我们为什么一定要承担那么大的压力，非得在大都市生活呢？为什么不卖掉房子去生活成本更小一些的乡下或小县城呢？我们的房子有九十平方米，按照现在的市场价每平方米六万块，这样就有五百四十万。除还清房贷六十万外，还有四百八十万。这些钱足够我们在小县城买上十套房子，自己住一套，其余九套便宜出租，每个月也有几千块的收入，不用工作也足够生活了。何况我还可以写作，或多或少能发表些作品，有些稿费……说真的，我无比讨厌大城市，因为它就像个魔鬼，欺骗和掏空了人的一切。我决定了，现在给你两个选择，一个是让我请个女秘书，另一个是我们回到小县城……

妻子说，我们那么努力好不容易在大城市里有了一个家，现在一家人的户口也在这里，你是想让我们的孩子将来也像我们一样，再从小县城走到大城市里来吗？小县城的生活和教育能比得上大城市吗？我不同意，坚决不同意，我也不会去选择。

我说，问题已经很严重了，我不想再这样下去了，再这样下去，我会抑郁，会痛不欲生，将来说不定还真的会跳楼自杀。

妻子说，也别将来了，我们现在就一起跳吧！

我说，我们跳楼，孩子怎么办？

你心里还有孩子？

当然有啊，我爱他们胜过爱自己。

那我问你，是写作重要，还是孩子重要？

对于我来说，写作和孩子还有你，一样重要。

如果让你选，只能选一个呢？

我想了想，沮丧地说，当然是孩子。好了，权当我没说，我们不回小县城了，我也不要请什么女秘书了，我们还是这样下去吧——世界上已经有那么多好作家好作品了，我成不成为著名作家也没有那么重要了。

我无比痛恨自己，因为我想请个女秘书的想法至今还没有实现。我为此耿耿于怀，并觉得自己这一辈子注定只能成为一个没有出息的作家了。

亲爱的人与心爱的琴

张国平

男人喜欢女人，正如他喜欢手中的那把胡琴，只不过他活了大半辈子才喜欢上了胡琴，而女人，他却是一见钟情。

胡琴是爷爷亲手做的，花梨木的琴筒，蟒蛇的琴皮，乌木的琴杆，白马尾的琴弓，是把上等的好琴。

爷爷是有名的制琴师，做了一辈子胡琴。

都说制琴的能工巧匠，南在苏州，北在京城，爷爷不服，说他做的胡琴也丝毫不比他们的差。想当年，戏班里有名的琴师用的大都是爷爷做的胡琴。

爷爷也为自己做了一把胡琴。爷爷说他为别人做了一辈子胡琴，末了也要为自己留一把，等他百年之后带走，留个念想。可惜爷爷去得突然，父亲只顾悲切，忘了这把胡琴，这才留到了现在。

爷爷一身手艺，却不想让儿子继承。爷爷说，男不拉二胡，女不弹琵琶，你们应该去读书，成就大事，光宗耀祖。父亲后来就成了教书匠。教书匠虽不是爷爷口中的“大事”，但教书育人也算是条正道。爷爷很想孙子也跟随儿子的脚步，教书育人，桃李满天下。可惜，十年动乱，孙子荒废了学业，最后成了一名焊工。

爷爷失望，焊工是个粗活儿，不是聪明人该干的事。爷爷瞧不起孙子，横挑鼻子竖挑眼，没给过他一个好脸。

男人进厂时是名焊工，末了还是名焊工，一辈子也没多大出息。

男人的一双儿女倒是很争气，儿子留在了京城，女儿嫁到了重庆。老两口操劳一生，该享点儿清福了，可惜老伴儿没福分，一病不起，撒手人寰了。

儿子把他接到京城，可他受不了儿媳的阴阳怪气，没几天就回老家了。

女儿让他去重庆，他也只住了一周，便嚷嚷着要回家。一方水土养一方人，男人受不了那又闷又热的天气，也吃不惯那又麻又辣的火锅。

男人空巢而居，日子过得清汤寡水，这才想起爷爷留下的那把胡琴。

那还是把崭新的胡琴。他听爷爷说过，胡琴既像孩子，也像女人。好孩子靠调教，好女人也靠调教。

耳濡目染，男人见过爷爷调教胡琴，只是用学来的那点儿皮毛来调教，又怕把它糟蹋了。于是，男人便想到了麻三。

麻三是剧团里有名的琴师，如今退休了，赋闲在家。

好琴啊。麻三见了这把胡琴便眼放绿光，说他拉了一辈子的胡琴，也没用过这么好的物件。

麻三调好琴弦，绷紧琴弓，拉了一曲又一曲，屈伸单臂，摇头颔首，沉醉其中。

到底是有点儿遗传基因，麻三教了他几曲，男人便可举一反三了。

麻三爱不释手，说，拿这等好琴去练，可惜了。好马配好鞍，不如咱们换把琴，你开个价，我给你补钱。

男人不肯，说这是爷爷留下的，不是钱不钱的问题。

麻三惋惜地说，那就回去好好练吧，别辜负了这把好琴。

男人练琴，夜以继日，废寝忘食，琴艺大长。

不想那天进来一名片警，礼貌地说，叔叔，老有所好，拉拉琴，自娱自乐，是好事。可也要把握好时间，别影响了别人休息。

原来，因为琴声骚扰，男人被人报警了。

男人便拎着琴来到了公园。

那天男人在练琴，几个票友说，老哥拉得不错，不如加入我们的票友班吧。

男人拉了几曲，感觉也不比别人差，便成了票友班的一员。

女人是那天出现的。女人一出现便如一缕春风唤醒了满地的枯草，几个老男人的目光全聚焦了。

女人唱得好，演得也好，字正腔圆，惟妙惟肖。男人自告奋勇，还跟女人合唱了一段《智斗》。老话说，相由心生。女人笑容甜美，衣着得体，让那几个浓妆重抹的女票友相形见绌。看得出，女人一定心地善良，温柔贤惠。听女人的口气，仿佛她失去了老公。男人便萌生了与女人相好的念头，不免跟女人多搭讪了几句。

这下可捅了马蜂窝，女票友们吃醋，男人们也跟着捣蛋，纷纷退出票友班。

你们回家都有个暖脚说话的，可我呢？牛不喝水不强按，你们不来也罢。男人每天照常来，孤零零地拉他的琴。男人期盼女人，盼她能听懂他琴声里的苦楚。

一连等了数日，女人终于来了。女人问，别人都散了，你怎么还在？

男人说他在等人。女人问，你等谁？男人说，等你。

女人面色绯红，说，人都不傻，老哥的意思我明白，只是你我今生无缘。

男人问为什么。女人说，那就陪我回趟家吧。

男人被女人让进家门，一眼便看到了床上斜躺着的那个男人。

女人说，这是我老公，姓陈，陈东明。三年前为了保护我，被一名醉驾的司机撞成重伤，下肢瘫痪了。女人又自豪地说，我们家老陈从前也是位拉胡琴的好手。

男人羞愧，紧握陈东明的手说，兄弟，也没带啥礼品，就把这把胡琴留给你吧，烦了就拉几曲，解解闷。

寻找老马

韦　名

南方的回南天迟迟不散，躺在床上，看着洁白的墙壁，光洁的地砖上湿漉漉地在流水，人的心也湿漉漉的，像被水洗了一般。

床头的手机嘀了一声，打开是一条无头无尾的信息：“你若安好，我便安好！”

信息看了半天，看得脑袋也像被水洗了般干净了。

放下手机，喝了口水。突发奇想，笑了笑，拿起手机，迅速拨出一个十分熟悉的电话号码。

电话居然通了。

“你好。哪位？”响了三声，一个悦耳的女声传来。

“你好。是老马吗？”我一阵激动后，赶紧问。

“对不起，打错了！”女声礼貌地回答。

“对不起，我是老马的朋友。你听我说，我好不容易才鼓起勇气给老马打了个电话。”我客气地告诉女声。

“我能帮你什么忙吗？”对方居然没挂电话。

“老马是个刚毕业没多久的年轻人，热情、乐观、上进……”我滔滔不绝。

讲着讲着，女声似乎没动静了。

“你在听吗？”

“嗯。在。”

我兴奋极了，我告诉女声，老马是一家设计院的技术员，每天协助工程师设计工厂里的瓶瓶罐罐：画图，描图，再把描好的图纸晒成蓝图。工人们按照蓝图施工，把老马他们手上的图纸变成产品。“那时的老马，多么天真无邪，多么乐于助人，多么勤奋上进……”

“老马是男的还是女的？”女声忽然问了一句。

“老马是个男孩子，大伙儿都叫他英俊少年。”

“我不是老马，再见！”

“我知道……”我的话还没说完，女声就挂断了电话。

“嘟……嘟……嘟……”电话回声响了很久。

呆坐了很久，我在手机记事本上输入“寻找老马”四个字。

手机上四个大大的字清晰了模糊，模糊了又清晰，我又拨出另一个十分熟悉的号码。

电话响了很久，一直没人接。

能通。就会有人接。我果断按了重拨键。

“您拨的号码正在通话中，请稍后再拨。”标准的提示语音回应我的重拨。

我一直听着提示语音，直到电话那头传来“嘟……嘟……嘟……”的声响。

我挂断电话准备再拨，我的电话响了。

“是你打我电话吗？哪位啊？你的电话真难打！”刚接通电话，一个男中音就急急地飘过来，看来他是个急性子。

“你好。老马吗？”我问急性子。

“你谁啊？打多少号码？打错了吧？！”急性子连珠炮般追问。

“1380294……我拨打这个电话号码。”我脱口而出。

“我是这个号码啊！可我不是老马！”急性子疑惑了一下，又肯定地说。

“老马是个中年男人，他激情十足，铁肩担道义，作为一名记者，每天采访写稿，为正义呐喊，为理想奔走……”我生怕急性子会立马挂断电话，急切地告诉他。

“嘟……嘟……嘟……”我没讲完，急性子就挂了电话。

我还没告诉急性子，那时的老马，多么有冲劲、有干劲，多么有想法、有办法，多么有理想、有信念……

“嘟……嘟……嘟……”电话铃声响到自然停止。手机又恢复了“寻找老马”四个大字。

一滴水珠在白墙的中间垂立着，欲流不流，让人着急。

我又拿起手机，再一次拨出一个十分熟悉的号码。

电话不通，手机又未做任何提醒，像是没信号。

放下电话，白墙上的那滴欲流不流的水珠终于集聚够了足够的勇气，正缓缓往下流。

水珠流过之处，留下一条长长的痕迹。很多水珠流过，一面白墙，便是一条条水印记。脑子里的印记随着水珠的印记在闪。

闪了很久，我忍不住，又按下手机重拨键。

通了。电话通了。

有人按了接听键，却没有声音。

“你好。老马吗？”我问。

“……”电话通着，没人应。

“你好。老马吗？”我重复了一遍。

“信号……不好。你是……哪位？你……谁啊？”终于有人应答了，却是个低缓无力又断断续续的男声。

我判断，这是个上了年纪的垂暮老人。

“我找老马！”其实我的声音也很低缓。

“什么？老……良？搞……错了吧？我是老蔡，蔡……国庆，不是……老马！”老人很善意，讲话却很是艰难。

“对不起，打错了！打扰了！”我不忍心让老人再这么辛苦说话，想挂断电话。

“没……关……系，没……关系！”老人宽容地安慰我。

我们有一句没一句地聊着，聊了很久很久，聊到屋外被乌云遮得严严实实的太阳露出了笑脸，阳光照进了屋子里，病房白色墙壁上一条条的水珠印记全部消失了！

我没有告诉老人，我和他一样也是个垂暮老人。

我更没有告诉老人，我就是老马，刚才打通的电话都是我退休前使用过的号码。那时的老马，风光无限！

“感谢你……给我……打电话，让我……过了……快乐的……时光！”挂电话前，老人高兴地说。

很多东西都会消失的，太阳也会进来的。打完了我之前用过的所有电话，我想。

太阳真的进来了，洁白墙壁上和光洁地砖上湿漉漉的流水，在慢慢地减少。

“你若安好，我便安好！”我把收到的这条无头无尾的信息群发了出去。

但愿一切安好。

天　火

相裕亭

吴记铺子，是个杂货铺子。两间茅草屋，缩在后街一条短脖巷子里。店门开在主家东厢房的一面临巷的砖墙上。门楣上面没挂招牌，也没扯幌子。白天，门前有两盆花草，以示路人那里开着一家店铺。入夜，门上方斜挑一盏马牙灯笼做招牌。

去吴记买东西的乡邻及盐河里上岸来买盐茶沽烧酒的船客，总要先在后街走上一段，且边走边往两边巷子里张望，稍不留神，错过了那个巷口，还要往回走一段路程呢。

吴记铺子卖油、盐、酱、醋，也卖渔网、鱼钩、耗子药，以及小孩子们爱吃的各色扁豆似的糖豆儿，同时还收购废铜烂铁、鸡毛废纸等物品。

店里，老板、账房、伙计，全是一个白胖胖的老头儿一肩挑。

那个白白胖胖的老头儿，大名吴龙栾，外人叫他吴聋子。可能是因为龙与聋谐音，加之店里同时挤进三五个顾客后，这个买糖豆，那个扯皮筋，嘁嘁喳喳地一喊呼，他就谁也不答应了。所以，人们叫他吴聋子。

吴聋子常年守在店里。一道“L”形的柜台，把他与顾客隔开。顾客们要刀具，要盐、茶，要女人内衣上的花纽扣，一一说给吴聋子。吴聋子就像一条鱼，不停地游移在那“L”形的柜台里面。

有时，吴聋子去城里送货进货，他屋里那个小脚女人会临时帮衬他。那女人行动慢，走道一拧一拧的，可真让人着急呢。好在她忙不过来时，会让你自己拿着尺子去量皮筋、扯头绳；你若沽酒买醋，她则掀开酒坛子醋罐子，抖颤地把弄着一个竹筒刻制的、乌红透亮的小量子，一下一下量给你。你问山墙上高悬的渔网或是某些价格昂贵、她又拿不准价码的物件儿，她会告诉你："你后晌再来吧，他去城里送货了。"

女人说的去城里送货，是指平日里收购来的那些废铜烂铁。有时城里也派人下来收购。

平常，吴聋子就坐守在店里。

初来小店，你会觉得柜台里面那个白胖胖的吴聋子被柜台给隔在里面了，甚至会认为他只能通过柜台后面的一道门，到他自家的院子里去。其实不然，柜台上暗藏玄机——两块板子一横一竖，搭在一起时与柜台一模一样。当把那两块板子一掀一拉之后，很自然地就会闪出一条通道来，且直通吴家坐北朝南的院落。

好多时候，盐河里的船客捉到鱼虾，或是从船上盗来铝锭、麻绳、桐油、牛毛啥的，前来吴记铺子里兑换物品时，吴聋子看来客是抱着拎着货物来的，他问都不问，随手掀开柜台上面的盖板，让来人直接把货物放到他家院子里。

回头，吴聋子会根据他看到的货物，给来客一个满意的价格，对方拿些烟酒糖茶或沽两壶烈酒，有时也兑换银两，往怀里一揣，道一声："你忙！"转过身，头都不回地就走了。

吴聋子回一声："再来！"目送那人离去后，他会折回院子，仔细估算一下刚才收购来的货物，到底能赚多少银子。

这一天，吴聋子收到一块"黄货"，一个外乡打鱼的汉子送来的，说是刚刚在盐河里撒网时捞上来的，湿漉漉的还沾着乌黑的泥巴。那人把"黄货"当作生铜卖给了吴聋子。

盐河里有许多东西，是人为地沉到河里的。那些常年混迹于盐河里的船工，个个都是贼。他们会趁夜色或船家不留意时，悄悄地将船上值钱的物件儿，投放到波涛滚滚的盐河里，再记下河岸边的标识，待以后时过境迁了，再来以撒网捕鱼的方式捞取。而眼前这块“黄货”，想必就是某个船工投掷到盐河里的，偏偏被一个外乡来的汉子给捞上来了。

但，那个外乡汉子并不识“黄货”。吴聋子见天与铜铁打交道，自然心知肚明。他目送那外乡汉子离去后，连忙关了店门，唤他屋里那个小脚女人：赶快打盆清水，找条干净的毛巾来。

接下来，吴聋子便仔细搬弄起那块比拳头还要大的“黄东西”。他先是用清水洗、毛巾擦、牙齿咬，末了又将它放在小秤上称。最终，吴聋子给出定论：它不是生铜，而是一块价值连城的狗头金。

刹那间，女人慌了神儿，连声说：“这可怎么得了！这可怎么得了！”

吴聋子白了女人一眼，说：“什么怎么得了！咱们捡了个大漏儿，要发大财了！”

吴聋子懂得，那块狗头金可以做两艘下南洋的大木船；或可以就地盖起六间大瓦房。可那个目不识“金”的外乡汉子，竟然拿它当作生铜块，换回两斤大麦烧就乐颠颠儿地走了。

吴聋子很是得意，女人却很恐慌！她怕人家反悔了，连夜找上门来讨要，甚至不敢相信那是块金子。

果不其然，次日一大早，那个外乡汉子满脸疑云地来了，对方要掏双倍的钱，赎回他那块“黄铜蛋”。

原来，在他打鱼的那地方，又有人相继捞上来玉石、银元宝。由此，他联想到自己捞上来的那块“黄铜蛋”，有可能是块金子。而此时，吴聋子却说那“黄铜蛋”，已经被他的上家当废铜收购走了。

这就是说，那个外乡汉子很难再讨回他的“黄铜蛋”了。

面对这个结果，那个看似很憨厚的外乡汉子，很是无奈地在店里站了一会儿。见无人搭理他，他便蹲在门外的花盆旁，埋头抽了半天烟后，起身走了。

是夜，吴记铺子突遭大火。

吴聋子连滚带爬地从大火中逃出来，也算是劫后余生，捡回一条老命。可他那小脚女人因行动不便，葬身火海。

吴聋子面对那场大火，猜到纵火者是那个外乡汉子。可他并没有选择报官，也没有四处声张，就那么默默地把事态应承下了。

事后，吴聋子独自到盐河边去找过那个人，可他去了几回，都没有找到。无人知道吴聋子想找那人干什么……

嫁 妆

李永生

九姑娘嫁到申家的时候，那丰厚的嫁妆，令人咂舌。

九姑娘的娘家门第显赫，祖辈曾出过文秀才，也出过武举人。到九姑娘这辈，她的两个哥哥现在就在张大帅跟前效力，一个当旅长，一个做团长。

先前，申家托媒说亲的时候，九姑娘爹娘曾犹豫过。申家是涞阳大户，申公子当时 18 岁，风流俊雅，又念过洋学堂，九姑娘全家都满意。尤其是九姑娘，也是念过洋学堂的，就想找一个志同道合的如意郎君，自打见过申公子，心里一下子就喜欢上了。但爹娘有些怵申家老太太，申少爷的父亲死得早，现在是老太太当家。申老太太也是名门闺秀，她爹是武将，当过北伐军的团长。申老太太脾气大，打小喜欢舞枪弄棒，会打盒子炮，功夫得到父亲真传，即便到现在 50 岁的人了，吼一嗓子仍能镇住一片。九姑娘爹娘就怕女儿嫁过去受婆婆的气、挨欺负。不过，既然女儿一百个愿意，最终还是答应了申家这门亲事。

全家在一起合计，九儿的陪嫁一定要丰厚。姑娘出嫁，嫁妆好赖那可关系到门面，谁不是看人下菜碟？嫁妆寒酸了在婆家会觉得低人一头，甚至一辈子被人轻贱；而丰厚的嫁妆，自然让新媳妇高人一等，不论什么时候提起来，都会让人们艳羡。嫁妆，关系到一个媳妇未来的命运呢。

况且九姑娘要嫁的是申家，而申家又有那么个强悍的老太太，一定先要在气势上压住申家。只要是能想到的，都置办了。美人榻、罗汉床、杭州真丝面双铺双盖被褥、西洋穿衣镜、镀金小座钟、珊瑚玛瑙摆件、铜蜡扦、白瓷茶具、挂镜挂瓶、金银首饰、珊瑚朝珠，连刚时兴的留声机也备了一台，足足装了十辆马车。其实，九姑娘对这些倒不是多么看中，倒是那几百本她平常读的书一本也舍不得丢在娘家，把书装进两个大木箱里，也当成了嫁妆。两个在军队里当官的哥哥觉得还不够牢靠，便以“保境安民”为借口陪送了妹妹一挺机关枪，并派一个班的士兵全副武装骑着高头大马送亲。

结婚那天，送亲的队伍和迎亲的队伍吹吹打打朝新郎家浩浩荡荡进发。围观的乡邻很多，人们既看新郎，也交头接耳议论轿子里的新娘子是怎样的妩媚动人，但更多的还是把目光投向那挺披红戴花的机关枪。那机关枪就支在第一辆车的木箱上，乌黑的枪口斜指着天空，威风凛凛地显示着它战无不胜的骄傲。那些大兵们，虚晃着马鞭故意吓唬着围观的人们：“别挡路，叫你别挡路，机枪可不长眼。”

队伍拐进申家大院，高高胖胖的申老太太和所有的宾客都在兴高采烈地等待。新娘的嫁妆一件件行云流水般被搬入洞房。最后，只剩下那挺机关枪留在车上，大家觉得把这个凶巴巴的东西放在温馨四溢的洞房里终究有些不妥，但又不知道应该摆放在哪里才好。

开始拜堂了，申老太太端坐在太师椅上，接受了儿子媳妇的叩拜。司仪“送入洞房”的声音一落，早已按捺不住的申老太太便踮着双小脚快步走向那挺机关枪，一下抄起，把枪口对准了天空。

院子里的人一见这种阵势，吓得纷纷退后，以为老太太要“嗒嗒嗒”打上一梭子。只有九姑娘的两个哥哥和几个大兵不以为意，只是笑眯眯地看着。为了安全起见，机枪弹夹里压根没上子弹。老太太比画了一下子就把机枪放下了，呵呵笑着说：“这大喜之日，哪能动枪弄炮！”老太太拍了一下机枪枪把，赞叹道：“这玩意儿好，带劲儿。”

送亲的九姑娘家人这时开始琢磨，光知道机关枪厉害，想震住点儿什么，可是，这是不是反而让老太太多了个称手的家伙儿呢。

人嫁过去了，但九姑娘家里人心里总是七上八下，时不时派人打探消息，传回来的话都是“婆媳和睦，姑娘好着呢”，大家的心才踏实下来。

其实，申老太太的确想给儿媳妇一个下马威的，只是她不管怎样刁难，知书达理的九姑娘都能够应对自如，把话说得丁是丁卯是卯，把事做得方是方圆是圆。申老太太觉得，儿媳妇手里就像捏了根绣花针，时不时在她的肚囊上轻轻点一下，那股火气竟慢慢地泄了。

阳光好的时候，九姑娘把从娘家带来的两大箱书拿出来晾晒，以防虫蛀或是受潮发霉，然后分类整理。这时候，老太太往往也正坐在院中的太师椅上打着盹儿晒太阳。她眯缝着眼望着儿媳妇蹲在那里把那些宽宽窄窄的书摆来摆去，想：机关枪和书，两样嫁妆，哪样更厉害呢？

街坊四邻和申老太太一样也在琢磨。起初，人们议论最多的还是那挺机关枪，后来大家又说起申家儿媳妇那铺了一院子的书。

人们说这话的时候，刚刚度完蜜月，本就不想憋在大宅门里浪费青春的九姑娘和夫君双双到涞阳小学教书去了。

陈大拿

赵长春

大拿，啥都能干的主儿。

袁家班里，陈大拿如此。生旦净末丑、皇王、小丫鬟、箱倌儿，他都能来。前台，后台，干完自己的活儿，烧水，叠衣，啥活儿都能称手。

陈大拿是大角儿，已经有了跟包的。看着他忙活，跟包的不开心："爷，我伺候您呢，您再伺候别人？"陈大拿就拢了袖，嘿嘿一笑："听你的，我歇会儿。你把那盔帽收好。"陈大拿没有架子，要是别的角儿，跟包的这样说话，早开了。陈大拿不。陈大拿说，都是混口饭，差不多得了。

陈大拿戏路宽，会补台，也能救场。跟他上场，不用担心出错，他能给你补回来。有年，袁店河春会，演《大西厢》，他演红娘。"崔莺莺"许是心慌，唱着唱着，把"四扇窗开了整对扇儿"顺溜成"四扇窗开了整六扇儿"，愣住了神。

那时候，演戏规矩、讲究，前排票友在舞台细铁丝上挂好红纸包的"封子"，就闭目晃脑敲着拍儿听，抠字词音韵。嗯？ 错了！立马瞪出眼珠。陈大拿忙回首，看了台口"大弦"一眼："我说小姐呀——还有那两扇儿没装上……""大弦"明白，左手划，右手拉，弦子跟着词韵跑，伺候得舒舒服服，"崔莺莺"就接唱下来。

"好！好！好！"一片叫好声，"崔莺莺"知道是为陈大拿喊的，为"大弦"喊的，没有取"封子"。煞戏，"大弦"说："陈爷，中！"陈大拿拱手："您中，小妮儿中！”说着，把“封子”分给了“大弦”和“崔莺莺”：“给，小妮儿，你接得好！”

演崔莺莺的，叫小妮儿，人小腔好，袁家班的台柱子。小妮儿扮相俊，戏路广，就多了小脾气，与大家多不对眼。陈大拿喜欢小妮儿，一直在心头搁着，牢牢的。小妮儿知道，不动心性。舞台上，两个人倒是不少配戏。台下，小妮儿绷着脸，不理大拿目光的温爱。有时候赶台口，陈大拿叫挡路的小妮儿让一让。她不让，却把一只腿忽地竖起，直一字马。陈大拿侧身过去，一脸的红。小妮儿看不出来，收腿，嗑瓜子。

后来，小妮儿到底跟了汉口的大剧团。她要陈大拿一起走。陈大拿不走。她说：“你不后悔？”他说：“袁镇长好戏，办起袁家班，咱得知情懂礼。再者，咱俩都走了，袁店河上下咋能隔三岔五看戏呢？不走。”小妮儿就坐船走了。船在水中游，陈大拿岸上走，目光咬着小妮儿……船快了，陈大拿也跑得快，眼泪汪汪。人们说，从那以后，陈大拿走路特别快。

陈大拿走路快，七十多了，还是步行如飞。步行，袁店河方言为“地下走”，念快了，吃音，发“嗲走”音。他说：“走为百炼之祖。腿，就是走路的。走走，去百病，舒筋骨。”

陈大拿走了一辈子。舞台上走，田野里走，城里走……走了多少路，不知道。大饥荒那年，腿肿了，他说，走不成了。就买了寿衣，置了棺木。徒弟哭，汪着泪。他说：“哭啥？爷不走，吃闲饭，连累你——你们？”一句一顿，用韵白。

就这样，过了一天，他叫徒弟请了丰山寺的和尚来，给他念经。和尚，半路出家，就是当年跟包的。两人在屋里不知道说了啥，说了好大一会儿。走时，和尚说：“好，爷，我后天来。”

第二天，陈大拿不吃不喝，呼呼地喘气。大家心头慌慌地拾掇他的寿衣。他靠坐床头，眼一瞪：“今儿个不走，不然头七那天大雨，给你们添累。”

第三天一早，丰山寺的和尚进院，陈大拿走了。

陈大拿，原名陈啸惷。惷，“春”音，不好认，叫不响。人们就叫他陈大拿。顺口，合意。

不过，要是小辈人这样称叫他，他会叹口气：“大拿，不是个好听的词儿，是红白口儿生意管事的。”过去，办喜事租轿子的喜轿铺、出售纸人纸马的扎彩铺、办白事丧葬事务的杠房、办红白事筵席的酒铺、搭设喜寿丧席棚的棚铺等，各专各工，都设管事的，叫大拿，专词，专用。

头七那天，和尚领着一个女人。在人们走散后，女人进了坟地，给陈大拿圆坟。女人很齐整，勒了白孝，跪着，泪珠儿扑簌扑簌，哭不出声。

上岁数的，细看，那人好像当年的小妮儿。小妮儿穿白衣，依然好看，俏。

陈大拿说过：“小妮儿啊，你好看得要命。我比你大得多，一定走得早。到时候，你到我坟前戴个孝，我好好地再瞅瞅你……”是在舞台上，演哭戏，陈大拿入戏，现加了一段词，悄悄说的，附在她耳边，水袖遮着两人的脸。

为这段小词，“大弦”多拉了一会儿过门，扽着，“嗯——嗯——嗯——嗯——嗯——嗯——嗯——”，直到水袖放下。

第7辑

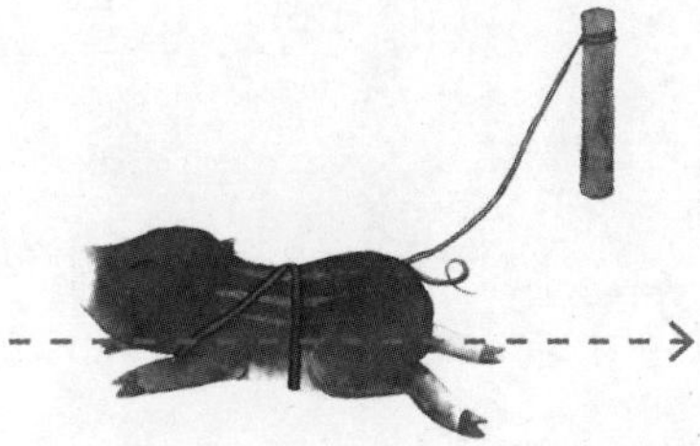

赎 罪

陈力娇

给冬菁子扛活儿，不是他愿意的，是他饿倒在三角山下，冬菁子去上坟，正好遇到了他。秋日里万木萧条，寒风瑟瑟，树叶多半落在了地上。冬菁子燃过一沓黄表纸后，走过来对他说，给我喂牛吧，我供你吃住。

十二岁的小孩，无家可归，有饭吃比什么都强，他同意了。

到了她家他才知道，冬菁子不是一般的女人，是日本人中佐岛川的妻子。她的家也和别人家不同，住在关东军刑讯房的隔壁，只隔了一堵院墙。

冬菁子四十有余，为人平和，抱来一床被褥，让他住在偏房。偏房的另一间是牛圈，三头牛正安详地在牛槽旁吃草。对于喂牛他并不陌生，父母没被日本鬼子枪杀前，他给地主王小垫家喂过牛，积攒了许多经验。

现在铡草，拌料，添水，毫不含糊。

但有一点儿他十分吃不消，就是不管白天黑夜，东院总是传来瘆人的惨叫声。一听就是在遭毒打，受酷刑。起初他听了全身冒汗，好像那棍棒落在了自己身上。过些天虽稍有麻木，但神经总是一紧一紧的，如走夜路突然出现了狼。长此以往，他就想趁冬菁子不在家时，看一看那里面到底发生了什么。

这天下午，冬菁子出去了，走前似乎不放心，到他的牛圈里看了一圈。

夜晚来临时他的机会来了，借着夜幕的掩护，他爬到院中的一棵樟树上。这一看让他大吃一惊，差点儿从上面跌下来。满屋子都是刑具，老虎凳、铁钎子、皮鞭等。一个人被绑在十字木架上全身都是血。这让他想起父母惨死前，一定也是这样的遭遇，因为他们也是为共产党做事。

他深陷其中，却忽略了院外。

冬菁子搀着醉酒的岛川回来了，说话间院门就被打开了，他再想下去已经来不及了。冬菁子眼尖，一眼看到了树下的梯子，她先是一惊，然后快步走到树下，把它放倒在窗下，又迅速接岛川进来，说，我给你腾个地方，撒泡尿吧。

踉踉跄跄的岛川说，撒什么尿，有尿也要往床上撒。说着把手搭在冬菁子的肩膀上，压得冬菁子喘不上气来。

他们进屋后，他从树上跳下来，潜到自己的住处心跳了好久好久。

第二天，岛川去东院工作去了，那个顽固的共产党员让他伤透了脑筋，他今天无论如何也要把他拿下。岛川走后，冬菁子像什么事也没有发生一样，重复着每天的家务。

接近中午时，她端着一盆包子走了出来。对正在喂牛的他说，把这个送到东院吧。他几乎不敢相信自己的耳朵，难道冬菁子看透了自己想测探东院秘密的心思？岛川是不容许任何外人迈进他的刑讯房的，但见他是给自己家干活儿的孩子，也就没说什么。

此时他们正在院子里，给抓来的人压杠子。他们把这个人从树上放下来，绑在桌子上，在他的脚上、胳膊上、脖子上都绑上皮带子，然后给他灌凉水。不一会儿，这个人的肚子就胀得老高。这时两个日本兵把一胳膊粗的大杠子，放在他的肚子上，从下往上压，水立刻就从那人的嘴和鼻子往外冒，眼珠子耷拉在脸上。

他看不下去了，心剧烈地跳，回到牛圈时，伏在牛背上哭了好一阵子。

但是日子还得过，他只有盼着自己快些长大，好上山投奔抗联。

冬菁子像是不知道这些，依旧每天照顾岛川的衣食住行，每当做好吃的时，还是让他为那些日本兵送去一些。他每次都是战战兢兢地去，又痛苦不堪地回。去一次受一次磨难，但又十分想去，他放心不下那些正在受刑的人。

转眼就到了春季，小草发芽了，树也含苞吐蕊了，关键是他一直肺热咳嗽的病好了，是冬菁子每天给他喝一杯黄檗水，喝了三个月，到底让他的身体复原了。

这天东院又抓来一个人，一来就上重刑，但他态度很强硬，比上一个被折磨死的那个有过之而无不及。他破口大骂，疯狂背诗，大声唱歌，当然也招来更凶狠的折磨，只半天的工夫就遍体鳞伤。

不知从什么时候起，冬菁子把土墙弄了个缝，好像专为他准备似的。那个院子一有情况，他就会从缝隙向那边看。这天他正看着，冬菁子站在他背后也在看，看着看着，冬菁子说，按这个进度，明天他们就会对他施酷刑了。他不解，用眼神问冬菁子怎么回事。冬菁子道，就是把白灰、小米、辣椒面儿、黄烟叶给他灌进去，这种水呛肺子，灌进去他就活不了几天了。

他听了，抹起了眼泪，把头埋在冬菁子怀里，冬菁子忙把他推进了牛圈。

半夜里，他刚入梦，就听到冬菁子叫他，对着他的耳朵说了几句，又递给他一把剪刀。他就跟着她来到院子。还是那把梯子，他们一起把它搭在墙上，上去后，又由她在下面托，他在上面拉，把梯子放到院子的另一方，之后他下去，再之后，那边被绑在树上的人也过到了这一边。

往回拽梯子时，护院的大黄狗在底下向他摇尾巴，它与他早就熟悉了。

冬菁子对他说，走吧，别再回来，跟这个人一起做事去吧。

大 湖

蒋冬梅

鱼把头站在冰面上，一千年前这样站，一百年前也这样站。

他是查干的一只鱼鹰，心里装着整个大湖。

有人看见夏季湖面曾搅起的巨浪，传说一条从未见过的大鱼和鱼叉对峙过。

人人都在期盼着大鱼，可今年冬捕的重头戏，师父决意不来了。

刚入冬，师父就带着另一队人马跑内蒙古了。他用不容置疑的语气，对鱼把头说："查干，就交给你啦！"这让鱼把头想起，大鸟把小鸟喂养大，就离开了那片树林。

寒冷把天地和大湖冻在了一起，策马狂奔的队伍像刀剑割开北风，车马从切口里闯了进去，马的影子跑在冰里。马匹背对着光亮，鱼把头也背对着光亮，哈气升腾起来，像蹿出的火苗。赶在太阳升起之前，人马齐备，大战在即。

鱼把头趴在冰面上，寻找冰层里珍珠一样的气泡。人虽然看不见鱼，但鱼的呼吸会暴露自己。马嘶，狗吠，号角声里，他像一个将领，统领着一切。

"鱼知水性，人知鱼性！你喘气儿，鱼也喘气儿！"鱼把头想起了很多年前，师父趴在冰面上，寻找大鱼吐出的气泡。寒冷冻不僵男人的血性，师父的脸冻得皴裂流血了，他让鱼把头朝他脸上喷一口烧酒，使劲朝大湖喊一嗓子，就又朝冰面趴下了。

今年的冰层从未有过的奇异，鱼呼吸的气泡都被冰层深深地锁住了，透过冰面看到的，尽是形状怪异的花纹，这些异常现象让人们对大鱼的出现，更加想入非非。

供桌、敖包、鼓声、铃音，口耳相传的经文在叩问，一千年前这样叩问，一百年前也这样叩问。

风吹得非常猛烈，鱼把头的心有些乱了，可他不能让人看出他的乱！

师父带着鱼把头上冰很多年了，每当冬捕遇到情况时，有师父在，鱼把头的心里踏实。“公家把这个事儿交给咱，咱就得担得起！”年年冬捕，师父都说这句话。

冬捕前的那些天，师父天天带着鱼把头到冰面上探冰。查干渔场多少口子人呢，一半的日子要指靠着冬捕。一场冬捕在哪儿凿开冰洞，就像打井找水眼一样重要。他记得冬捕前的很多天里，嗜酒的师父从来滴酒不沾，直等到选定冰眼，凿出湖水的那一刻，师父才拿出酒壶，狠狠地灌起来，抓着酒壶的手，都在剧烈地抖动。

这一刻，鱼把头的手也在抖动着。

冰面上是有山丘和低谷的。鱼把头辨识着那些矮小的山丘，一脉水波拱起一座山丘，山丘下将喷发鱼的信息。鱼把头终于选定了一处冰层，用力砸下鱼铲，在冰花的绽放里，叩问大湖的安静。钻木取火般凿开一眼泉，黑色的湖水涌出，像新鲜的血液。

凿出的冰洞一字排开，四匹马拉着绞盘，拖动大网向湖中布阵。水冻成透明的玉，数尺之下能看见网在游，鱼把头跟着网，像追着一只鸟，大鸟张开翅膀，自由舒放，仿佛要揽过整个大湖。网入大湖纵横成田，鱼像秧苗布立其间，每个网眼四寸大，拦住大湖也放过大湖。

人、马匹、狗在冰上踢踏，纷乱着破晓的早晨。几十号人在冰封的大湖上耕耘，索取在夏秋季节肥美起来的大鱼。太阳照在人头顶的时候，该起网了，鱼儿带着热气，被网裹挟着出水。鱼把头抱着第一条出水的鱼，在镜头前笑着。人们欢呼雀跃，将鱼把头抬起，抛向空中，但鱼把头知道，更多的人在翘首等待传说中的大鱼。

鱼把头拎着一瓶烧酒钻进帐篷，像师父那样，两手颤抖着拧开酒瓶，狠狠地灌了下去。刚才在镜头前的笑容，渐渐退去，他没有把握捕到那条大鱼。

外面的锣鼓声、人声、歌舞声，一浪盖过一浪，鱼把头知道，那些热闹不是自己的。他寂寞地坐在师父坐过的位置，咧开嘴，用牙齿又咬开一瓶酒的盖子。

他想起有一次，没有像人们期盼的那样捕到更多的大鱼。那时鱼把头还年轻，有些垂头丧气的，师父递过来的酒他也没心思喝。

师父独自喝了几口，突然给他讲起了从前的事：“十六岁那年，听人说黑龙江有大鱼，我们就从白洋淀往那里奔，没想到半道上，火车让洪水拦下了，我们就在查干湖下了车，不承想，一下车就在这里停了一辈子！人都说一场洪水把我拦下了，其实是大湖把我拦下了。”

鱼把头叹了口气说：“人人都稀罕大鱼，你捕了一辈子的鱼，可知道大鱼在哪呢！”

“你记着，人活不过湖！大鱼，一直都在湖里！”

那一刻，两人立在查干湖的湖心，像大鱼游弋在无边的湖水。

龟背竹与仙人掌

王　溱

他其实很不满意这个位于一楼走廊尽头的房间，潮湿，阴冷，唯一的窗户还被几株茂密的龟背竹挡了个严严实实，一进门就像进了地窖。事实上房间的一角还堆放着房东的几箱葡萄酒，确实也就是个地窖。

他多次跟房东太太提出换一个房间，房东太太都不肯。她说："哪里也没有这里住着方便。"又说："有龟背竹多好啊，不知足。"

他当然知道龟背竹好。闭上眼，房东太太就会举着龟背竹那大大的叶片骑在他身上，像高傲的女王驾着马车，一边发号施令，一边催着马儿快跑、快跑！

他偏不，就要慢慢地跑，就要她着急。

房东太太着急的时候，两颊就绯红，细细看确有几分怀春少女的味道。尽管她眼周已布满细纹，尽管她腰上的肉凸出来好大一圈。

他就喜欢看她两颊绯红的模样。也只有在床上，她才会两颊绯红。

平日里在外面看到的房东太太，全然不是这样的。紧裹肥肉的紧身毛衣，广场舞裤子，没有鞋钉的平跟皮鞋，头发烫了大波浪——如果头发再套上些卷发棒，那活脱脱就是电视里那个经典的包租婆形象，精打细算，不好惹，一声吼能把整栋楼震塌。

按照电视剧的套路，这样的包租婆通常会有个瘦小、怯懦的丈夫，被包租婆治理得服服帖帖，叫往东不敢往西。房东太太家不是这样。整栋公寓的人都看出来了，她对其他人凶，但对那个干瘦的房东是真的好，经常挽着他的手有说有笑一起去遛弯儿，冬天还会给房东打毛衣。她打毛衣的时候，就搬个凳子坐在公寓门口打，顺道把房东最宝贝的那盆仙人掌也搬出来放到脚边，一起晒太阳。

租住在这栋木头公寓的大都是刚毕业的单身男女，图的就是便宜，但也不得不忍受像宿管一样严厉的房东太太，干啥事都得躲着她那摄像头一样的眼睛。就算没干啥坏事，经过时也顶多恭维一下她手上的半成品毛衣，或者脚边的仙人掌，然后呼一口气快步离开。

越是这样，他越是迷惘。眼前的房东太太，就像她脚边的那盆仙人掌一样，大大咧咧晒着太阳，全身是刺；可他记忆里的那个房东太太，却像那棵龟背竹，躲在阴暗里娇弱柔软，兴致来了甚至会脱光了拿着宽大的龟背竹叶子跳舞给他看。这让他十分疑惑，到底是眼睛出了错，还是记忆出了错？

这太难以理解了，就如同自己忽然被裁员一样难理解——前一秒钟，老总还拍着他的肩膀说好好干，后一秒他就收到了辞退通知。

为了解开疑惑，他故意把垃圾乱扔，被房东太太狠狠训了一顿，全然没有顾忌他脸上的愠色。还有一次，他看到房东和房东太太要出去散步，故意摘了一片龟背竹叶子拿在手上走过去，房东太太不仅没有丝毫脸红，反而又当着房东的面训了他一顿，叫你乱摘！

可就在第二天下午，房东太太又莫名其妙地出现在他的房间。一进房间的房东太太，又是记忆中的模样，又成了一株可人的龟背竹，缠着他要抱要亲，好像丝毫记不起昨日才狠狠地训斥了他。

他意识到自己有点儿精神分裂，但是又毫无办法。看医生，是没钱了。谁让自己没有工作呢！住在这里，至少可以不用交房租。

为了缓和这种焦虑，他干了一件奇怪的事——把那盆仙人掌偷到自己房间里来，好像这样做就能把疑惑给解开一样。他不敢明目张胆地摆在外头，怕给房东太太看到，就摆到了衣柜里，一个人的时候偷偷拿出来看。奇怪的是，自从仙人掌出现在这房间，房东太太就一次也没踏入，好像丢了仙人掌那株龟背竹也会消失不见了一样。

龟背竹当然不会不见，叶片还越长越大，故意在他的窗外摆出一个个破破烂烂的心形。但衣柜里那盆仙人掌却渐渐疲软下来了，像人老了一样，皮肉都耷拉下来。他有些慌了，像是看到房东太太在急速变老，却又不知如何是好，慌慌张张地浇水。直到有一天，他忽然发现仙人掌上爬满了虫子已经腐死。他终于彻底崩溃了。他发疯一样把龟背竹的叶子都扯下来往地上扔、踩，然后做贼一样胡乱往包里塞进几件衣服逃出去，好像走迟了自己也会像那棵仙人掌一样腐烂坏死。

走在街上，他清醒过来，怀着对房东一家的愧疚和感激，幻想着有一天，他怀抱一盆鲜绿的仙人掌重新回到这栋木头公寓。

房东发现人去屋空已经是三天后的事了。房东太太看着满地凋零的龟背竹叶子和那盆坏死的仙人掌，气得差点儿岔气，破天荒地对着房东发脾气："你看看你看看，就你好心！早跟你说了这人眼神怪怪的怕是神经病，你还非要借储藏室给他住！"

"这不是可怜他吗！"房东也很纳闷儿，"为啥要偷我的仙人掌呢？"

脸谱

女 真

律师宣读过遗嘱，众人鸦雀无声。

太出人意料了。谁能想到召集大家来是做这种事：先给老人家选一件盖脸的东西。

老人家已住ICU多天，随时可能跟人世告别。把晚辈召集来，肯定是病情恶化了。白布或黄纸，除了这两样，人咽气之后，脸上还可能盖别的什么东西吗？家族财产大部分早已经分割清楚，想到了最后时刻会有考验，想到了老人家也许还有秘不示人的财富要宣布归属，想到的是有机会跟老人家再表达一次如何把家族产业进行下去、发扬光大，谁也没有这样的精神准备——后事应该有人专门去张罗呀！

律师拿出一沓白纸、一盒碳素笔，请大家半小时之内写好，署名字，摁手印。公证人已经到位。

他是最后一个交的，悲伤之下，字写得歪歪扭扭。离家多年，他是唯一跟家族生意不沾边的孙辈，但他忘不了孩童时跟爷爷一起去剧场听戏，爷爷摇头晃脑沉醉其中的样子。少年时他想去学样板戏，是爷爷说“随他去吧”，这才过了爸爸那一关。这么多年，他无颜见齐家父老，无颜经常回来见爷爷。他没学出名堂。嗓子早就坏了，他改拉胡琴。京剧团演出主要在国外，四处漂泊，虽能糊口，但不可能富，更不可能贵。每到年节，海外市场正有需求，他不能抽时间回来看望爷爷，顶多打个电话问候。他是个不孝的孙子。好在爷爷另外还有四个孙子，各把一摊家族的事业做得风生水起。爷爷长命百岁，不缺钱，有人孝顺，他在外面不必担心。但爷爷这次可能真要走了，他真的很伤心。想起在爷爷怀里看戏的往事，他在白纸上写下了两个字。

和公证人看过一沓白纸后，律师拿出第二个信封：“老爷子说，谁写的对他心思，老宅就归谁经营。”

在众目睽睽之下，他独自走进隔离病房。回光返照的爷爷，给了他最后的叮嘱。

两年后，齐家老宅改造成梨园剧场。每月一次演出，演的都是关公戏。

剧场不大，只有十八个座位，有点儿像从前有钱人家唱堂会的规模。不卖票，看戏人自取，凭心情给钱，却一票难求。

唱戏出身的老人家是一个传奇，当年多数人以为他只是富家小姐一时冲动看中的戏子，没想到他还有不凡的头脑和意志。他几次倒下又顽强地站起来，领着众儿孙小心经营，富甲一方。老宅多年前被收为公有，变成了街道工厂，是老人家后来买回来又变成了家产。传说他年轻时只唱关公戏，关老爷保佑他呢。多年之后，他老了，一次又一次住进医院，他开始怀念自己的年轻时代，更怀念梨园。他喜欢的小孙子，虽然唱念做打都远不如年轻时的他，但毕竟一直痴迷这个行当，孙辈中老人家再选不出别人更适合做这事了。

剧场东墙，他挂上爷爷当年演出的剧照。老旧黑白照片，虽画质粗糙，但框子古色古香，别有一番沧桑韵味。那些照片，是富家小姐出身的奶奶当年雇摄影师拍的，动乱年代卷在棉花套里才保存了下来。爷爷演过《古城会》《战长沙》《斩华雄》《单刀会》。他清楚每一张照片爷爷在演哪一出。西面墙上挂着一排脸谱。黑脸的包公、白脸的曹操、黄脸的典韦、蓝脸的窦尔敦……每一张脸谱，或多或少都跟爷爷有那么一点儿连相、神似。比起改造剧场、谈演出班子、办营业执照，找高人画这些脸谱费了他更多心思。挂脸谱是老人家临离世时要求的。舞台上那个红脸的关公，是他照爷爷年轻时的模样选的。伴奏的几位是曾跟他一起登台的老伙计，退休后来发挥余热。他自己偶尔也会登台秀手艺。

过门响起，关云长上台亮相，耳熟能详的台词和动作、恰到好处的叫好声，让他思绪万千。爷爷是不是想告诉后人，一个人如果想在世上立住脚跟，要做红脸的关公，还得会唱黑脸、白脸，什么样的角色都要担当得起？可惜他还没来得及问，老人家就咽了气。

今天的台下观众里，有一位他的堂兄。这位堂兄曾在酒后问他：“当初你怎么想到写那个？”他嘿嘿一笑，把话题转了。“脸谱”二字，除了他，谁都没想到，因为他们不够懂爷爷。

有时候，他感觉台下听戏的观众更像是把来看演出当成某种祈祷的仪式，大家都心照不宣。但，也许只是他的错觉呢。他深呼一口气，把一段快板拉得酣畅淋漓。

父亲的遗产

金　狐

梁燕是我固定的麻友，她是个有钱的主儿，从头到脚都花钱捯饬过，不过这是别人说的，她自己从不承认。我曾经近距离研究过她的双眼皮和挺直的鼻梁，被她察觉，立刻配合地仰起脸，抓过我的手在她粉嫩的脸蛋上拍拍，自信地说，天生的尤物，假不了。她老公常年在江浙沪一带做生意，聚少离多，只要梁燕换了包包或者手指上又多出一枚亮闪闪的钻戒，我们就知道他回来了。这样的女人，如果不吃点苦头，别人心里是很难平衡的。

没想到第一个让梁燕吃足苦头的是她父亲。那天，她牌运特别差，接连输了几把，任凭手机铃声响个不停。她瞄了一眼说，我老爸，特烦人，瞎操心，不让打麻将，要我出去找工作。

哪知，这几个电话都是保姆打来的，她父亲病危了。等到她打完麻将赶到医院时，父亲已经没了。令梁燕万万没想到的是，老人的遗嘱是将十几万的存款和老屋全部留给保姆。这简直是晴天霹雳。

梁燕曾经的家，怎么舍得拱手让人？院子里的桂花树，那是父亲在她十岁生日的时候亲手种植的，如今已经枝繁叶茂，一侧的枝条一直伸展到房间的窗子前，每到秋天，金黄的花瓣时时掉落下来，阵阵清香弥漫着整个庭院。梁燕无法想象，伴随着青春记忆的这座房子、这棵树会不再属于自己。往事历历浮现眼前……梁燕母亲去世得早，父亲怕她受委屈就没再续弦，独自把她拉扯大，尽自己所能供她衣食住行，哪样都不比周边的孩子差。然而，正是这样一位慈父竟然剥夺了她的继承权，做出了不通情理的事。

我们几个麻友陪着梁燕去把保姆的东西一样一样扔在地上，用脚踩着、踢着。我们教她在网上发帖子——《缺德保姆骗光老人所有家产》。她老公倒好，老人下葬后他就溜之大吉了，不但不帮她，而且还怒气冲冲打来电话责问：发这些东西有什么用？保姆会上网看吗？有本事你打官司去。

你帮帮我。梁燕低声哀求，回答她的竟是冷酷的嘟嘟声。

我拍拍梁燕的肩膀安抚她：不怕，有我们呢。可是，不久我就为自己说了这样的大话而羞愧了。打官司需要钱，梁燕找我借钱，我推托说手头紧，一分都没借给她。我妈说，不借也罢，她又没工作，拿什么还你？俗话说人倒霉的时候喝口凉水都塞牙，她真走了霉运，继承权的问题还没解决，老公又和她闹起了离婚。

我们当中的一个麻友小芳消息灵通，有天在路上遇见我，非把我拖到附近的咖啡厅，神神秘秘地告诉我说，律师看了梁燕提供的安装在她家老房子的监控，推托不帮她了。

奇怪，我之前听说那个律师对这个官司很感兴趣，主动找上门来要帮梁燕。小芳看我满脸疑惑的神情，咯咯地笑个不停。她说，梁燕得不到遗产真是活该，她伤透了老人的心。律师本来是想从监控里找出点儿证据对付保姆，结果发现保姆很尽责，梁燕很不孝。再怎么不孝也是他女儿呀。我觉得还是难以理解，总该留一点儿给梁燕吧？

只有一个信封是留给梁燕的，但不知道里面装了什么。

肯定是一封信，也可能是一张存折。我猜测。小芳摇摇头说，绝对不会这么简单。我的好奇心被勾起来，很想跟梁燕问个究竟，可是因为许久不联系，不好意思问她。

直到十年后，再次见到梁燕，久别重逢，难免旧事重提。梁燕感慨地说，那时候她难过得差点儿自杀，亲情、爱情、友情相继失去。犯罪学有个理论叫破窗效应，当你弱的时候像一面破窗，坏人闻风而至，会随意朝你扔石头。

梁燕的话使我感到不安，脸蛋莫名地发烧。我开玩笑说，我可没朝你扔过石头。她点点头，眼眸深处分明闪过一抹嘲讽的微笑，说，我并不埋怨任何人。上帝是公平的，他在关闭一扇门的同时，打开了另一扇窗。我从贩菜、贩卖服装开始，依靠自己的努力积累了资本。今天，我的夕阳红养老院举行开业典礼，你们几个麻友都能赶来捧场，我很高兴，今晚我请客，咱们一醉方休。她的话使气氛顿时活跃起来，从前的亲切感在我们心头复苏。她带领我们四处走动，兴奋地谈起各种话题。看她眉飞色舞的样子，我趁机问，听说你父亲当年还给你留过一个信封？

是呀。梁燕说，正是信封里的东西使我放弃了那场官司。

梁燕把我们引进大厅，停在一处玻璃展柜跟前。展柜内，金黄的绸缎托着精致的相框，里面镶嵌着一枚亮闪闪的一元硬币，下面还有一行钢笔字：我留给你一块钱，因为你的孝心只值一块钱。

难怪梁燕要创办这样一所养老院。

真想不到。我说，你老爹也怪狠的。

梁燕却坦然一笑：我相信这是父亲的良苦用心，还有你们更想不到的。她指着远处大厅的一角说，看看那是谁？

一位大妈蹲在地上，细心而又娴熟地擦拭着花盆里沁出的水渍印。

天哪！竟然是之前梁家的那位保姆！

涂鸦男孩

庞 滟

我第二次见到齐林是三年后，在表哥的酒吧里。他原本忧郁的眼睛里，多了开朗的阳光。

表哥的酒吧曾像霜打的晚秋向日葵，一直开得不景气。这天，他电话求助我，让代他监工几天，要把酒吧装修成 3D 效果。我没想到，来做墙体和地面彩绘的竟然是齐林。他激动地握紧我的手，感谢我曾经对他的帮助。

三年前，我作为一名媒体记者，深度报道过关于齐林涂鸦“炸街”的事。他那天站在法庭上，身穿白色的学生装，一脸的茫然和无助，每回复法官一句话，都要求助地望向他的律师。

高中时，从小酷爱美术的齐林，瞒着家里报了绘画班，本想高考时报考美术学院，可父亲坚决不同意，让他考了好找工作的财经大学。上大一的齐林，疯狂爱上了涂鸦，一边继续在美术补习班深造，一边找一些零活儿干。他给一个酒吧做了五天五夜内墙涂鸦，挣了五千元，让他兴奋了好久。

一天夜里，他和补习班的一个同学在穿过一条老街巷时，看到斑驳陈旧的墙壁上到处贴着膏药一样的小招贴和花花绿绿的标语，觉得难受极了。两个人便买来喷漆做起了“炸街”涂鸦。

当警察去学校带走他时，齐林怎么也想不明白，这在国外流行的“炸街”，怎么成了损坏公物的违法行为。他一口咬定就他一个人涂鸦，没有供出那一个同伙。

齐林在拘留所里待的那几天，受尽了苦头，经常受到舍友欺辱，撕他的画纸擦屁股。一天晚上，他忍无可忍地爆发了——猛地把手拍在木板床上，对着欺负他的人大喝一声："老子，有枪！你们再欺负我，小心毙了你们！"他掀开床单，一把黑亮的手枪和寒光闪闪的匕首，躺在床上。同室所有的人都惊呆了，这事也惊动了警察，可谁也没找到凶器。等他被释放那天，他们才发现，那是他画在纸上的刀和枪——和真的一样。

经过我在各媒体上的呼吁，齐林被保释出来。他陷入这次犯罪的阴影里，好久都没走出来。每天把自己放进儿童游乐场，默默地荡秋千、滑滑梯、骑木马——他很孤独也很无助。他在日记里写道：蛟龙失水砚池枯，狡兔腾天笔势孤。百事不成真画虎，一枝难稳又惊乌。他还把拘留所的监仓号和自己的编号都文身到胳膊上。每天，除了画画就是睡觉，连学都上不成了。我给他做了好长时间的心理辅导，直到他重返学校，我才放心。

忙碌在表哥酒吧里的齐林显得更成熟，更有艺术感，留长的头发扎成了月牙辫子，年轻的面庞多了坚毅和沉着。他自我解嘲地说："经历了那场涂鸦惊梦，如同孙悟空进了八卦炉，我的艺术细胞竟然大难不死，繁衍茂盛，不易啊！"我深以为然地点头。

经过半个多月的忙碌，表哥的 3D 酒吧焕然一新。顾客们纷至沓来拍照喝酒，不断惊叹。酒吧内四周的墙壁上生机盎然，上面好多窗子敞开着，窗外是阳光、草地，有竹林，有梅林，有桃花林和樱花林，有怒放的各种野花，还有海洋和沙滩，各种小动物从窗口探过头来，和真的一样。

顾客们都说，能感觉到阵阵鸟语花香从窗口飘进来。更绝的是，在墙壁下方设有几条荷花池的条形水沟，有排水的竹管从墙上流水到沟渠里，一朵朵或粉或白的荷花肆意绽放，清澈的水里还有红红的鲤鱼在畅游。有好动的孩子，趴在水边抓鱼，急得直哭也抓不到，引来家长的嗔笑：小傻瓜，那是画上的鱼，你能抓得到吗？

表哥对这次装修特别满意，让我给了齐林双倍的工钱。当表哥置身生机盎然的酒吧时，把自己灌醉了，拉着我的手重复一句话，我他妈的是个胆小鬼！

在我的追问下，他又笑又哭，红着眼睛说，你不懂，当年那个和齐林一起涂鸦“炸街”的人就是我，从那以后，我再也不敢涂鸦了。我特羡慕齐林，他是个爷们儿，硬挺过来了！

骗　子

朱红娜

好端端的，被人骂作骗子，那是什么感受？

反正，我是感受了，憋屈。

你这个骗子，又欺骗了我！刚按下接听键，她粗厚的声音，便横冲直撞钻进我的耳朵。

只要她生气了，就会不分青红皂白劈头盖脸地骂人。她骂人的时候，完全不顾及别人的感受，就算我已年过半百，在她眼里，仍然是十几岁的小姑娘，想骂就骂。

我忙问，这又是怎么了？

指甲究竟是150还是1500？

用褒义词形容，她是“节俭”，优良品德；用贬义词形容，她是“吝啬”，嗜钱如命。这个不知道葛朗台是何人的女人，却有着与葛朗台一样的爱好——数钱。有空就拿出余钱来，小心翼翼地将绑在外面的绳子解开，再将裹紧的包布打开，一层又一层，解开三层，有分币角币元币，后来渐渐增加了十元币百元币。她用右手食指沾点儿口水，动作笨拙，数了一遍，不过瘾，又数一遍。有时为减少了一张而黯然神伤，有时又为添加了一张而喜形于色。纸币在她反反复复的爱抚下，渐渐发毛，甚至边角毁烂。

她的钱从不存银行，存折不能给她安全感。四十年前一分钱比锅盖大，四十年后一分钱还是比锅盖大。她有句名言：银钱皮下血，践踏使不得。在她的眼里，我就是一专门糟蹋银钱的不孝女。

尽管我给她的钱完全能让她手头宽绰，但她总是一如既往买二三十元一套的衣服，总是买最便宜的肉菜，总是为了五毛一元，跟人家讨价还价。看着她寒酸的衣着，我不再让她去买，直接买了回来。人靠衣装马靠鞍，穿上我买的衣服，照着镜子，她喜笑颜开，左看右看，一个劲儿地说好看，喜欢。

钱才识货，懂吗？便宜没好货。我趁势灌输消费观念。

多少钱？她对数额最感兴趣。

我伸出 4 个手指头。

40？

400。

一听说 400 元，她当即改口，不要不要，我不喜欢。即刻脱下让我退货。

我灵机一动，马上改口，骗你的，40 元。

后来我逐渐学会了欺骗，所有涉及钱额的，统统报给她零头。当她发现我骗了她的时候，就会骂我是不孝女，是骗子。至此，我充当了骗子的角色。

她说的指甲，是几个月以前的事。她左手大拇指患甲沟炎，几十年了，反反复复，发作的时候疼，疼得睡不着觉，大半个指甲都变黑了，去了多家医院，洗洗药水，涂涂药膏，不见什么效果，最后一次看医生，医生说要手术，要拔除整个指甲。她一听，脸色惨白，身体瞬间就矬了下去，吓得医生赶紧掐她人中。手术是不敢做了，人们都说十指连心，母女连心，她的甲沟炎也疼在我的心上。

后来有人介绍个洗脚店的师傅 ，说可以治愈甲沟炎，但收费特贵。我带她去了洗脚店，师傅看了说，能治，修甲三次，加上用药，可治愈。我支开她，跟师傅说，只要能修好，钱不是问题。但有个要求，帮我一起骗她，在她面前只能说 150 元。如果让她知道要 1500 元，她是情愿疼死也不会治疗的。

师傅是位修甲高手，再加上家传秘方，三次之后炎症果然消除，甲沟长出新肉，渐渐痊愈。她逢人就夸，那师傅，技术好，态度好，只是收费太贵。在她眼里，没有不贵的东西。

小区有个阿伯也患了甲沟炎，症状比她的要轻，她自告奋勇，带着他去洗脚店，师傅一看，说，也要修三次，1500 元。她瞪大眼睛，大声质问，师傅你怎么能这样，我女儿带我来，才收 150，你怎么能欺负老人呢？师傅一听他欺负老人，赶紧辩解，你是狗咬吕洞宾——不识好人心，那是你女儿不让我跟你说实话。

她感觉被骗了，1500 元是天价啊！太不值了。所以气汹汹打来电话，臭骂了我一顿。

意想不到的是，风水轮流转，我最近也被女儿骗了。

女儿今年 24 岁，小姑娘家的，什么爱好不好，偏偏喜欢宠物猫。把拍拖的时间，都用在养猫上，养了换，换了养。这姑奶奶，什么时候把猫换成男朋友就好了，可猫换了一只又一只，男朋友影子也没见一个。一天又从外面抱回一只猫，黑白相间，毛茸茸的，一看就是上等品种。我问，多少钱啊？ 800，便宜。她答得轻描淡写。这个从不知道苦为何物的女儿，不知道，她老娘跟她一般大的时候，连饭都吃不饱。

那天公园散步，突然看到一个女人抱着的猫，跟我家的猫一模一样，出于好奇，问她多少钱买的。一万多。女人回答很干脆。不是吧，和我家一样的，才 800。女人看着我，好像看着天外来客，带着鄙夷的口吻说，你的和我的肯定不一样。

欺骗。这个词突然跳到我脑海里，原来女儿一直在骗我——这个败家女，一定得臭骂她一顿！可是，当我气汹汹地找出女儿的微信，看到她新发的消息时，一下便愣住了。

这个小骗子，懵懵懂懂了二十多年，想不到也会有长大的一天。

她说：妈，你别天天光顾着外婆和我，多顾着点儿你自己！

红蚂蚁

赵淑萍

货卸完了，拉着空车明显轻松不少。他又经过那个小屋，但是，小屋门已上锁。木门上有一群蚂蚁在爬，密密的，爬得那么欢。他感到惆怅。同时，暗暗怨恨起自己的父亲，明知道那么远，却要他去受那份罪，还不如一个外人。

学校危房改造，要重新装修。废弃的木板，由造房子的工程队收购，送货的钱则另算。父亲是这所学校的校长。“想不想赚钱买书？”父亲问他。

他当然愿意。12 岁时，奶奶中风躺在了床上。父母亲都是老师，晚上经常要在学校办公。于是，父亲特地给他写了一封信，意思是工作忙，没有时间照顾奶奶，让他放学以后少出去玩，尽量陪在奶奶身边。“爷爷在爸爸 8 岁时就没了。长辈中，奶奶是爸爸唯一的亲人了。你能不能替我们尽一点儿孝心，做一点儿事？”于是，他听父亲的话，经常给奶奶翻身，还帮奶奶洗衣服。但是，酷爱看书的他提了个小小的要求，就是星期天可以进学校图书室去看书。秉公无私的父亲唯一一次破了例，每星期六拿来图书室的钥匙。

也就是在那时，他染上了“书瘾”。一星期一次，总觉得看不够，他好想拥有自己的书。可那个年代，大家的家境都不怎么样。经常有乡亲来向父亲借钱。父亲或多或少，从不让他们空手回去。一个月的工资，没到月底就被借光了，常常捉襟见肘。

天刚蒙蒙亮，他拉着一车的木板去送货。他读初二，个子已经很高，俨然一个小大人了。父亲说目的地是一个叫“红联”的地方，并告诉他，走了大路，然后看到山，就沿着山路一直一直往西走，出了山又是大路。在大路上问一下路人，就能到达目的地。路就这么一条，不会迷路的。他拉着手拉车，没走几公里就气喘吁吁。他咬着牙一直往前拉。可是，这条山路好像无穷无尽。日暮时分，经过一个小山坡，他筋疲力尽，肚子咕咕作响，实在拉不上去了。这时，来了一个看山人，帮他推了上去。一问，知道他要去红联，说："小阿弟，还有很远的路，你一定饿了吧？不如先在我这里吃点儿饭，吃饱了有了力气再上路。"于是，他跟着看山人来到一间小茅屋。屋子里很简陋，只有一张床、一张桌子和几把自己做的椅子。看山人又是打水让他洗脸，又是忙着做饭，并拿出咸菜、咸肉和咸笋。这咸肉，看山人自己一块不吃，都夹给他。他连吃了三碗。那顿饭真香啊，他从来没吃得这么香过。后来，看山人又帮他推车，翻过三个起伏的小山坡才回去。晚上7点，他终于拉到了目的地，赚到了人生中的第一笔"大"钱——16元。天黑的时候，他不敢进山，就在附近的野地里，搬了些稻草露宿了一夜。第二天，回来时路过看山人的小屋，门已上了锁，没见到他。

回来后，好几天，他都不理父亲。

后来，有个夜晚，有老师来叫父亲。原来，有个学生是孤儿，是父亲捐助了学费让他读书。这学生得了中耳炎，耳朵流脓，突发高烧，很危险。父亲二话不说就往学校赶。父亲就背着这学生，走了七八里路到镇里。镇里医院医治不了，得送县城。当时没有公交车，父亲就租了一条船，和船老大一起，连夜摇船摇到县城……学生转危为安。父亲回来了，眼睛布满血丝，一挨床就睡着了。看着父亲消瘦的脸，他突然想起了那个看山人，看着看着，父亲和那个看山人的脸竟重叠在一起了。他原谅了父亲。

那顿饭，香得他终生难忘。那位看山人，一直烙印在他心里。记得他放柴刀的套子上有个"何"字，成年后的他也曾去大山附近的何家村打听，但都没打听到。这位看山人很可能孤身一人，很可能是最穷的人，但是，那天拿出他的所有招待了他这个陌生人。

现在，他是江城最大的一家书店的老总了，而父亲也退休了，住在江城。

父亲退休后的待遇很好，劳碌惯了的他，总觉得日子过得太闲适。一个周末，他和几位老友相聚茶馆，言谈甚欢。他想，小区里有很多老人，如果大家经常在一起聊聊天，说说新闻，那该多好。于是，他决定在社区成立一个爱心组织“老年互访团”，把老年人凑在一起，目的是互访互帮，情感互动。

后来，加入互访团的人越来越多，不仅有老人，而且还有很多青年志愿者。现在，已经有一百多人了，想组建起一个志愿者团队。取什么名字呢？

“爸爸，叫红蚂蚁吧，蚂蚁抱团取暖，非常团结。还有，红蚂蚁红蚂蚁，越来越红。”他说。

其实，说的时候，他就想起了那个叫“红联”的地方，想起那扇锁着的门，门上，密密地爬着一群蚂蚁。

并不复杂

陈　敏

那时，我在一乡镇司法事务所当干事。一个腊月的午后，外面风很大，还下着雪，一乡下民工跌跌撞撞扑了进来，仿佛是被一阵风雪卷进来的。

民工叫王铁甲，40来岁，头上是一顶破毡帽，身上只一件极破的黑棉袄，双手捂在袖筒里，暗灰色的脸仿佛好久不曾清洗过。他浑身哆嗦着，结巴了半天，才艰难地从嘴里吐出几个字来。

原来，他是来申诉的，要我帮他讨回包工头欠他的薪水。

王铁甲给工头干了一年活儿，到年底，一个子儿也没讨到。快过年了，他得尽快要回他的工钱。王铁甲说话结巴，一张灰黑色的脸一说话就憋得通红。

又一个讨要薪水的民工！真希望他是年底的最后一个。从秋到冬，类似的案子我已经接办了十几起。

我站起身，走近窗台，瞧着外面的天色，雪依然在下，地上已积了厚厚一层，一想到要走出温暖的房门，多少有点不情愿，不妨再拖一天半天，等天气转好了再去摸查。

我坐回椅子，装模作样地点了根烟，故作为难表情。那民工看出了我的犹豫，向我靠了过来，一双枯柴似的双手突然从袖筒里拔出，开始向我作揖行礼，眼神里有乞求的光泛出。

如果再推诿，估计他接下来会给我下跪，那我可万万担当不起。我急忙起身阻止，随即答应和他一起去工头那里问问情况。

他听后立即收回双手，叉开双腿一脚跨出门外，说，得赶紧去，工头这会儿正好在家。

王铁甲在前面带路，走得飞快，雪地上留下两行歪歪斜斜的脚印。

工头姓侯，名吉发，住在离镇子五公里的台子上。老远就能看见他那栋醒目的白色小洋楼。

一路走着走着，雪慢慢停了下来，一缕阳光穿过枯萎的树干，落在民工王铁甲破了几个洞的棉袄上。他喘着粗气，默默低头走着，直到穿过一片竹林后的小道上脚步才突然慢了下来，最后，停在原地不动了，随即就看见侯吉发胖大的身子从一扇铜钉门内闪了出来。

"又来了，你这个结巴子，这一次长能耐了，还搬来了个大人物！"

侯吉发双手插在裤兜里，歪斜着身子，干咳了两声，破锣一般的大嗓门儿里爆发出一阵刺耳的阴笑。一条地地道道的"地头蛇"！

询问，记录。

工头侯吉发似乎极其有理，转过脸，对着王铁甲大声吼道："别的民工干活儿全都有出工记录，我是凭记录付工钱的，你这个结巴子，说话结巴不说，又目不识丁，一张纸条都拿不出来，没有出工记录，拿什么作为凭证？我知道你出了几天工？付你多少钱？"

民工王铁甲双手垂下，头也低下，真像个罪人！

"不就是没有记录嘛，找几个和他一起干过活儿的人出来做证不就得了！"我反驳工头。

工头说："他找过了，来过一个所谓证人，但没用，空口无凭，我只认记录，这是原则！"工头的语气像个法官，反而让我处于被动地位。

交涉了一下午，最终无果。

回来的路上我顺便查看了王铁甲的居住地。

王铁甲住在南坡的半山腰上，弯曲的小路又陡又滑，稍有闪失，人便会毫无遮拦地滚落山下。他的家完全能用家徒四壁来形容，三间石板房内除了一个破木柜和一张摇摇晃晃的桌子外，空空荡荡；门外台阶上，两根木桩撑着一片牛毛毡棚，做灶房；灶房里没有案板，两个瓦盆，一个盛着水，一个空着。破败景象让人不忍目睹。王铁甲说，老婆三年前患病死了，家里除了三个孩子外，还有一个老母亲，一个残疾老爹。老爹十年前从树上摔下来，折了腿断了腰，成了残疾人，靠拐杖支撑着行走……

快过年了，王铁甲如果讨不回工钱，这个年咋过？

回来的路上，脚步和心情一样沉重。

我决定第二天再一次跟工头侯吉发交涉。

侯吉发的态度依旧生硬，却没有了第一次的蛮横。

第三次，我给侯吉发下了最后一道通令：要么跟我去王铁甲的家里走一趟，要么我们走法律程序。我已经替王铁甲找了几个工友，他们都愿意站出来为他做证。

毫无疑问，侯吉发选择了前者。

去的路上，我顺便去集镇赶了个年集，用我口袋里仅有的钱给王铁甲购了些年货。

接下来的情景让我始料未及。

王铁甲一家老少，全部出动，在门外跪成一排，顷刻间哭声大作。估计工头侯吉发也从没见过那种场面吧，他欲言又止了好几次，最终也没吐出一个字。

侯吉发后来没有走法律程序，当天就把王铁甲的工钱付了。

大眼睛的蚕豆花

蒋静波

蚕豆花开的时候，妹妹长得更加白胖了。

妈妈生下妹妹后，有一段时间，将我托给在镇上供销社饮食店上班的奶奶照管。奶奶做点心、卖点心时，我爬上椅子，靠着柜台，看柜外稀稀拉拉的顾客用几分钱换成竹筹，再用竹筹换点心；或站在店堂内看街上人来人往。

我家到镇上有五里路，要经过两条河、一座桥、两个村，要走一段村路和一段公路。村路是泥路，雨后有好几天的泥泞，不时有蛇出没；公路是沙石路，汽车开过就扬起一阵灰沙，奶奶说公路上撞死过人和狗。对我来说，镇上远得像在天边，路上处处藏着未知的危险，我从不敢一个人走。

那天，灶锅里煮着咸菜蚕豆，妈妈往灶膛里放一段柴根，吩咐我坐在灶膛前的小凳子上，一边看管灶火，一边照管睡在摇篮里的妹妹。妈妈上楼，“嗒嗒嗒”踏缝纫机去了。

我双手握着火钳，伸进灶膛，东拨拨西拨拨，一膛红黄色的旺火焰反被我拨灭了，黑烟熏得我直流泪。我学着妈妈的样子，用火管对着柴根吹，吹得烟灰乱飞。我顺着凳子爬上灶头，在灶头打起瞌睡猫，猫“喵”的一声逃走了。我掀开锅盖，吃了一粒蚕豆，还有些生硬。

“呜呜呜——”妹妹轻轻地哭了。楼上的妈妈说：“你给她把把尿吧。”

我去抱胖妹妹，第一次抱不动，第二次费力地抱了起来。我回到灶火间里，将妹妹放在腿上正要把尿，妹妹腿一蹬，我俩同时跌倒在地。我的手撑着地，压在她身上。她先是大哭，后来闭着眼，张着嘴巴，很长时间没有发出声音。

我看着自己摔出血痕的手，想，妈妈一定会下来抱我哄我，像以前一样亲着我的手，拿出小糖哄我。谁知妈妈将地板跺得“噔噔”响，咆哮道：“你把妹妹怎么了？看我下来不打死你！”

妹妹摔了，我不是有意的。自从有了妹妹，妈妈很少抱我了，也不疼我了。以前每天晚上睡觉时，妈妈总是拉着我的手，与我一起玩“解树”的游戏。我们边摇着身子边念：

大木匠解大树，
小木匠解搭柱，
解出一碗碎米珠，
爹一碗，娘一碗，
瘌头娘子舔粥碗。
…………

最后我总是倒在床上，妈妈抱着我说“瘌头娘子睡觉啦”，这才闭上眼睛。自从有了妹妹，妈妈再也没有与我“解树”，没有叫我“瘌头娘子”，现在她还要下来打死我。我的眼泪掉了下来。

看看地上的妹妹，我想把她放回摇篮，却怎么也抱不动。我突然害怕她会很快死去。

逃！我马上拎起一个小杭州篮，放进一个瓦罐，爬上灶头，铲了半罐蚕豆。妈妈下楼重重的脚步声越来越近，我飞快推开矮门，踢走门前的鸡，沿着河岸，穿过石桥，飞奔而去。

“阿波，回来——”隔着河，妈妈在声声呼喊我，我没有回头。

我的鞋子沾了一大坨泥巴，沉得走不动，幸亏已到了后胡村的河边，我到埠头挖去泥巴。河里的小鱼游来游去，多么自在！要是在往常，我准会拿淘米箩去舀。一只只红蜻蜓在河面低飞，或在岸边芦苇上停一停。我也没有心思跟它们玩。我知道姑妈的家就在这个村，但我不想停留。

我沿着公路的边沿走，汽车来了就站住，闭上眼睛。田野上成片的蚕豆，厚厚的绿叶间开着紫花，每一朵紫花上的两只大眼睛水汪汪的。

不知走了多久，头发蓬乱、双眼红肿的我终于站到了奶奶的柜台前。奶奶一脸吃惊地奔出来，一把抱起我，问我出了什么事。我终于放声大哭，泪水湿透了她的衣襟。

奶奶把我放在高脚凳上，给我洗个热水脸，用柔软的毛巾替我擦去鼻涕眼泪，涂上凡士林，又梳好辫子，脱下我的鞋子，说声"看你这双鹅鸭脚（奶奶将沾满泥巴的脚称为鹅鸭脚）哦"，就去擦洗。店里的公公婆婆嬷嬷伯伯都夸我本事大，有孝心，带蚕豆来给奶奶吃。

奶奶端来一碗馄饨，我一口气就吃完了，长长地叹了一口气。奶奶和店里的人都笑了。奶奶将蚕豆重新煮了，和店里人一起吃。

没多大会儿，爹爹来了，也是一双"鹅鸭脚"。我忙躲到奶奶身后。奶奶拉过我，说："别怕，他大还是我大！"一向严肃的爹爹蹲下来，笑着伸出双手，我怯怯地走了过去。他说："我从来不知道你有这么大本事，以后要让妹妹向你学习。"

"她没死吗？"

"怎么会死？"

我满是委屈，又哭了起来。

奶奶在瓦罐里盛满了生馄饨，用纸包了好多油条、大饼，对爹爹说："这只属于阿波一个人，让她去分。"

爹爹说："你长大了，认路了，就做开路先锋，领我回家吧！"

一路上，看到汽车，我不再闭上眼睛。经过后胡，我来到姑妈家，拿出两根油条两只大饼，给表哥表姐。到了泥路上，爹爹抱起我，我看着他的"鹅鸭脚"越变越大。

妈妈抱着妹妹，站在泥路尽头的石桥上。“姐姐回来了，快叫姐姐。”妈妈对妹妹说。又白又胖的妹妹，额上、鼻上涂着紫药水，像一朵盛开的蚕豆花。她在妈妈的怀里蹬着跃着咯咯笑着，胖胖的双手朝我挥舞。妈妈蹲下来，说“瘌头娘子回来了”，一只手搂住了我，我也搂住了妹妹。妹妹的口水流到了我的脸上，湿湿的、暖暖的。

路边的蚕豆花，睁着一只只乌溜溜的大眼睛，笑眯眯地看着这一切。

飞来的蔷薇

佟掌柜

晓临提出离婚的第二天，淑仪早上去阳台浇花的时候，发现那棵不知从哪飞来的蔷薇打了苞，花苞顶的尖刺在朝阳下闪着光亮。

淑仪看着花苞发呆，回想从什么时候开始，晓临变了心。

她和晓临是高中同学，那时两人都很骄傲。除容貌耀眼之外，晓临偏理科，而淑仪偏文科，既互相不搭界，又互相瞧不起。或许也互相注意过，只不过他们自己搞不清，更不敢承认。

大学毕业后第二年的同学聚会，晓临和淑仪一个桌，没挨着，中间隔了一个男生。聚会嘛，免不了互相敬酒，淑仪自然是被众多男生敬酒的对象。班长和学习委员过来敬酒的时候，非逼着淑仪喝白酒，淑仪不喝，他俩非让喝，淑仪就要酸脸，晓临拦住了，直接把倒给淑仪的酒喝了，接着又要了一瓶白酒，要跟班长和学习委员接着喝。那个瞬间，淑仪发现晓临真是太帅了，太顺眼了。

从此两人开始走动，没多久就暗生情愫。但两人谁也不主动提出来，后来还是晓临的母亲把这层窗户纸捅破了。

那是第二年大年初三，晓临带淑仪回家给父母拜年，晓临的母亲一眼就喜欢上淑仪，非留她吃饭，就差直接谈婚论嫁了。

两人谈了四年的恋爱才结婚，淑仪怎么也想不到晓临会变心。

自从女儿上了高中，淑仪确实很少关心晓临。别说晓临，就是工作，淑仪现在也是丢三落四的，满脑子都是给女儿买什么学习资料、做什么吃的，找哪位有名望、经济上又能承受得起的补习老师。这三年对于女儿实在是太重要了，晓临工作忙也指望不上。虽然她也知道晓临说“儿孙自有儿孙福”这句老话有道理，他们小时候也没补过什么课，家长也没整天跟着，还不是学得挺好。可是现在不一样啊，别人家的孩子都在补课，你不补课程落下不说，对孩子的心理也会有不小的影响。

淑仪依稀记得很久前的一天晚上，晓临下半夜才回家，身上隐约有好闻的香水味儿。淑仪早就睡了，迷迷糊糊中闪过一个念头，但马上被困意覆盖。现在回想起来，莫非那时候晓临就出轨了？

因为晚饭争吵那次是什么时候？半年前？

那天晓临回到家，看饭桌上留的茄子炖土豆和一碟黄瓜小菜，冲着正在给女儿洗衣服的淑仪喊：“怎么又是这个？你就不能像个女人似的，学学煲营养汤，研究做些花样……”

淑仪一听晓临的话，使劲儿瞪了他一眼：“喊什么喊，孩子学习呢，嫌不好吃自己出去吃。”

“我就喊了怎么了？一天就知道管孩子，你眼里还有没有我？”

“你今天怎么了？单位不顺心啊？”淑仪擦了擦手，往饭厅走，这时女儿从她的房间出来：“你俩吵架了？”

“没，我和你爸闲聊呢。”一看女儿出来了，两人立刻停战。晚上躺在床上，晓临背对着淑仪，淑仪从后面搂住他，晓临一动不动，淑仪看他没动静，翻个身睡去了。

还有一次，晓临回来的时候，淑仪正在给女儿装饭盒。

“你回来了，正好，饭还热，你吃一口吧。你女儿要吃红烧鱼，我给她送去。”说完，穿上一件宽松的袍子就往外走。

“淑仪，孩子那么大了，你就让她自己叫外卖嘛，你看看你这两年，都成什么样子了。”

“明年就要高考了，这时候孩子就是上帝。”淑仪笑了，继续穿鞋，“怎么嫌我难看了？我都嫁给你了，还啥好看不好看的……”

晓临那天说什么来着，好像是：“你再这样，我就不要你了……”

“不要我？你不要我谁能跟你啊？要钱没钱，要权没权的，现在女人都认钱，谁像我们结婚那会儿，连彩礼我都没要……”淑仪话还没说完就走了出去。

淑仪想来想去，现在看来是自己大意了，在离婚这件事上，自己也有责任。那些天，淑仪偷偷哭过很多次，一看见晓临，从心里往外堵得慌，要不是怕耽误孩子学习，她早就离开这个家了。在这个节骨眼上，如果闹开了，孩子的学习肯定会受影响的。算了，既然他决定离婚，就随他去吧。

离婚后，不少热心人要给淑仪介绍对象，淑仪也曾动过心，还和其中的一个人处过一段。后来淑仪觉得这段恋情太鸡肋了，不咸不淡的，于是就罢了这种念头。

大约半年前，她过生日，女儿大清早就跟她说，要请她吃饭。她偷偷流了几滴泪，姑娘大了，懂事了，没白疼。谁知到了餐厅，晓临买了一个三层的大蛋糕等着她呢。

再后来，女儿就像晓临安插在淑仪身边的间谍，总会在淑仪需要人的时候，晓临就出现了。

一天，晓临赖在家里不走，就在沙发上住了一夜。第二天清晨，淑仪竟发现那盆开满粉色花瓣的蔷薇，沾满了晨露。她不由想起几年前，这棵不知从哪飞来的植物，刚拱出嫩芽在风中摇摆的样子。

第8辑

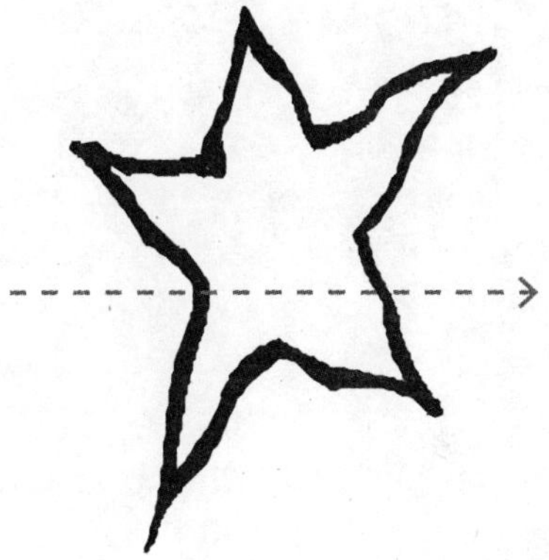

世间所有的马都驰骋在草原上

何君华

我已经老了，老得就像这斡难河的河水一样，不知流过了多少春天的傍晚和秋日的清晨；也像这博格多兀拉山上的白桦树一样，不知感受过多少遍夏阳的灼热与冬雪的寒冷。

我叫诃额仑，是草原上再普通不过的一个苦命女人。我的丈夫孛儿只斤·也速该刚刚死了，他是叫那歹毒的塔塔尔人毒死的。现在，部落里的人都离我而去了，但我并不责怪他们。我的丈夫孛儿只斤·也速该（人们都叫他也速该把阿秃儿，把阿秃儿意为“英雄、勇士”）已死，不能再像从前那样像天神腾格里一样庇护他们，他们必须去寻找新的把阿秃儿，他们的离开理所当然。

只是可怜了我的孩子们。他们究竟犯了什么错，要在这样少不更事的年岁经历这样苦涩的劫难？现在，塔里忽台把族人们和几乎所有的牲畜都带走了，只剩下我们孤儿寡母，像落单的孤雁一样独自面对叵测的命运。

现在，除了老马白毛风之外，我们没有任何别的盟友；除了马尾之外，我们就没有别的鞭子了。长生天之下，长生地之上，只有我们孤零零的一家人。

我曾在呼啸的北风中放声哭泣，哭泣我这多舛的命运，哀叹这世间所有的苦难为何偏要降临到我一个人的头上。

我原本只是弘吉剌部一个爱说爱笑的普通女人。在最美好的年岁，我遇见了蔑儿乞惕部的也客赤列都。也客赤列都愿意娶我为妻，我也愿意嫁给他。可是，就在他高高兴兴迎娶我回家的路上，我们遇见了乞颜部的首领孛儿只斤·也速该和他的兄弟捏坤太石、答里台率领的马队。孛儿只斤·也速该赶走了也客赤列都，掳走了我。从此，我成了孛儿只斤·也速该的女人，孛儿只斤·也速该成了我的丈夫。

我曾控诉命运的不公，为何要让一个二八年华、纯真无邪的少女遭受这样悲惨的命运，为何要让她在本该美好无限的出嫁之路上遭遇恐怖的劫难？但我接受了命运这毫不讲理的安排——仿佛这就是应有的安排一样。

我成了孛儿只斤·也速该的妻子，也成了也速该把阿秃儿的妻子。把阿秃儿就应该像把阿秃儿的样子，把阿秃儿就应该干把阿秃儿的事，于是整个家庭的担子都落在了我这瘦弱的肩上。也速该把阿秃儿像所有的勇士一样早出晚归，用勇敢和鲜血守卫乞颜部族人们的安全和尊严，我只能像博格多兀拉山顶的苍鹰一样勤劳地啄食，为这个家庭献出我所有的体力和汗水。

作为草原上的女人，我从来不埋怨什么。命运交给我什么，我就用双手接住什么。直到孛儿只斤·也速该死了，我再也无法承受命运毫无节制的重担。我终于忍不住在刺骨的寒风中放声痛哭，我实在不明白，令人尊敬的伟大的天神腾格里为何要如此安排。

我大声地哭着，顾不上去理会草原上的花草们是否会嘲笑我软弱无能，也顾不上去理会牛羊们是否会侧目它们的主人究竟摊上了什么苦难。我大声地哭着，仿佛世间所有的悲伤都是我一个人的悲伤。我大声地哭着，直到再也哭不出任何一丝声响。

我在沉重的夹带着苦味儿的疲倦中睁开眼睛，看见了我那匹已经跟随我们二十多年的老马白毛风。

白毛风太老了，牙齿开始脱落，奔跑的速度变得缓慢，缓慢到已经配不上它“白毛风”的威名。曾经，它的确就像冬日的白毛风一样风驰电掣般驰骋在草原上，没有一个人能阻挡它的冲锋陷阵。它曾经跟随也速该把阿秃儿踏平塔塔尔人不可一世的营盘，也曾经亲眼见证乞颜部与克列亦惕部辉煌的结盟盛典。它曾经流过血，负过伤，但它总是隔一天就坚强地重新回到蒙古人的战场上。

但现在它真的老了，一只眼已经半瞎，皮肉开裂，浑身都显现出一种毫无战斗力的羸弱。它本来是一匹青马，现在看起来甚至会让人误以为它是一匹鬃毛松散的白马。它瘦骨嶙峋的可怜模样，让人简直不敢相信它曾经威风凛凛地在蒙古草原上叱咤风云。

此刻，白毛风正静静地站立在朝霞中，就像此前二十多年它每天所做的一样。它总是早早地睁开眼睛，在太阳升起来以前，就坚定不移地守护在我们的毡房前，就像坚定不移地守护着自己的命运一样。

我突然醒悟了。一匹韶华不再的老马尚且如此坚贞，何况是我，一个草原上的蒙古女人，一个把阿秃儿的遗孀，几个嗷嗷待哺的孩子的母亲，我虽然失掉了能失掉的一切，但我还有自己的嘴巴和眼睛，有自己的双手和双脚。我有嘴巴但不一定非要抱怨，我有眼睛刚好可以用来直视苦难，我用双手接住一切，然后用双脚跨越一切。

马犹如此，人何以堪？我擦干眼泪，紧紧地拥抱了我的苍老的守护者白毛风，决计不再哭泣，决计带着我的孩子们在斡难河畔活下去——坚定而勇敢地活下去。

饿，我就去山上挖野菜采野果。冷，我就生起干牛粪点燃炉火。如果还冷，我们就紧紧地抱在一起。孩子们和我，我和孩子们在一起，没有什么赢不了的。

我等待着，等待着随便哪种命运降临到我的头上。是的，随便哪种我都毫不在乎。只要它到来，我就会像长生天张开臂膀接纳苍鹰的飞掠一样，像长生地敞开怀抱接纳万物的生长一样，不说一句怨言地接纳它。

我以为，既然冬天已经兵临城下，哪怕像这草原上的寒冬一样总是旷日持久，但春天迟早会赶来解围。既然一定会来，那我就等着。

我是诃额仑，是孛儿只斤·铁木真的母亲。许多年后，铁木真被草原上的人们称为“成吉思汗”，统一了草原上所有的部落。在那个统一的草原帝国里，一个部落不再毫无道理地去劫掠另一个部落，一个人不再没有理由地杀死另一个人，一个男人不再去抢夺另一个男人的妻子，一个孩子不必再羡慕另一个孩子的牛肉和马鞍。

我虽已经很老了，但我觉得还有许多事情要做。世间所有的马都驰骋在草原上，不管它是一匹雄姿英发的良驹还是一匹齿豁头童的老马，只要抬脚上路，草原就在前方。

南京往事

刘兆亮

那年，在西南一座城市里，我认识了老段。

老段并不过于老，1975 年出生，但长相比实际岁数往前赶了十多年，像是 1957 年出生的。在那座城市里，我们都是异乡人，偶尔朋友带朋友，赶一个并不重要的饭局，认识了，就成了重要朋友。

其实，我与老段一年也没约过几次饭，可能四次吧，但第一次吃饭，连了两场。

第一次见老段，是一年初夏，在一个叫黄泥岭的中餐厅。我坐在一张 13 个人的大桌边，记得是贴着左手边，来了一个戴着眼镜、胖乎乎、头发根根竖起、可爱型的中年人。他的短袖白衬衫扎进牛皮裤带里，脖子 V 领处趴着几颗豆大的汗珠子。

当时，这个中年男子来得不算早，也并不迟。从他脖下的汗珠可以判断，他想准时，不知是在路上还是在楼梯里，赶了一阵猛路。不然，哪里会有那么大的汗珠子——滴水藏海，汗里识人，他该是一个会尊重别人时间的人。

饭局里尊重别人时间，还包括，你端起或放下酒杯所说的话、所讲的故事，要是不好听，像老太婆的裹脚布，那就是耽误人家了。一顿饭，两三个钟头，人又多，每一句话，或者每一个段子，都要精彩，这样才让人觉得时间过得值得。

我很快就认识的老段，就是这样的人，把话省着说，说一句算一句，大家都觉得很合适。比如，相互敬酒，我们两个杯子碰到一起，他说："听口音，你不是这里人。来，为了能在异乡相聚，干。"

一桌13个人，一多半都是外地的，老段这句话，说得他们有了碰杯的理由，说得那个城市的人也有了借口喝酒。"我们这个城市很包容，你们都会混得很好。来，敬你们！"

再和老段的杯子碰到一起，他又找了个理由："你是江苏人，我在你们省会南京念大学，你小，算是师弟。——来，师弟，再干一杯，等会儿加个微信。"

三个小时一晃而过，桌子大，对面说话都不方便，算起来，我和老段话说得最多。

散场后，有几个人提议，大家认识还不够，到新牌坊大排档，再整几瓶啤的。

老段呢，说自己喝得眼睛发直了，还没喝啤酒呢，脑细胞一个个都像啤酒花正在往上冒，有股神经好像也在传递信号，它在跳，"多了""多了""多了"，这样，在跳。

老段这句半醉的话，真像个单口相声啊，大家都听乐了。

对了，老段是西南大医院的神经内科医生，博士。他把大脑里每一根神经当成高速公路网那样去研究，怎么能不堵、堵了怎么修，说白了，是让神经都舒舒畅畅的，精精神神的。

当晚，我们三五个人又去了大排档，是在一个朋友住的小区后门，也就是坐着吹吹风。

每人只要一杯扎啤、几根串串，顺便也等一个朋友的老婆下夜班。

我们才喝到半杯时，老段来了。他跳下出租车说："好了好了，不跳了，稳住后我觉得还是得找大家，特别是师弟，喝点儿啤酒漱漱口。"

虽是初次见面，老段说的那些话，原来都不是"酒桌话"，而是真性情的心里话啊！

他刚坐下，又站起来说："这样，我先去买几根冰棍，下到啤酒里，这样高端大气。”

我赶紧起身陪老段，到路对面小卖部。老段站在冰柜前，犹豫了一小会儿，是冰棍还是雪糕呢？最后他来了一句：“软的那种。”老段不晓得这里叫什么，老家是叫雪糕的，像雪那样柔软，还有奶油，比雪白，比花甜。

他先剥开两根雪糕，递给我一根先吃起来，再抱着五根，慢慢回到大排档。

老段说：“小时候，家里穷，哪里吃过软雪糕啊！都是五分钱一根的硬冰糕。上了大学更穷，连一根硬的也舍不得吃了。”

那个雪糕冰镇啤酒的夜晚，真的很高兴。我们等到一个朋友的老婆下夜班才散。老段跟那个朋友说：“兄弟，你等你老婆，是放着岗让她查，还是脚踏实地的爱？”我那朋友说了一句话：“兼有。”老段笑了一下说：“单线条比较好，不交叉，不然容易堵。”

告别时，老段拉着我抒情：“师弟，我对南京有感情啊！虽然，我没有在那个城市吃过一根雪糕，软的硬的都没吃过。”

中间，我们用微信联系了几次，老段很不“单线条”，说他除了给人看病，还在攻课题。老段嫌微信上打字慢，干脆电话拨过来说，课题一弄，人就兴奋起来，睡不着觉了，这些东西啊，真是好玩儿。“神经系统是一个比高速公路网复杂一亿倍的东西，我的脑细胞就是在头皮上、脸上给这些课题弄死的，小炮弹一样，炸得脸上坑坑洼洼，显老。”

一些大大小小的节日，我们也会互致问候。

有一次，他用错了一个标点，可能他还在研究人的神经为什么会有迟钝反应，为什么有犯错意识吧。总之，他的短信原文是：“师弟，端午快乐？”

看到了这个问号，我心底漾笑，这真是一个欢乐的错误、欢乐的祝福。不信，你琢磨一下，特别有老段的意蕴，可以换成这么一句：“端午了，你是快乐还是不快乐呢？”

又一年冬季，老段约我到南滨路吃“顺风 188”。又是一桌人，有男有女，算是事业有成的人，是在旅游大巴上或一次偶然的问诊中认识的。还有的是夫妻档，老婆在南京念过书，他一定让人家把老公带着，说不然会误会，会堵的。

第四次吃饭，就在前不久，我约的老段，到“加州花园”吃老火锅。老段又是穿短袖衬衫，脖子下解开双扣，又是趴满豆大汗珠，他总是那么努力地准时。

我们喝得满桌底凌乱的啤酒瓶，老段说，他得去个厕所，歪歪斜斜的，很像个醉样。

他竟是伪装去买了单。

我狠狠地怪他，老段来了一句：“我对南京有感情，谁买不一样啊！”我笑着问：“师兄呀，你是不是曾经有一段很美好的感情，搁在南京？”老段认真地说：“没有，没有，不然多堵啊！其实，我跟你说呀，要不是去南京念大学，可能留在山西老家挖煤了。我就是觉得，人不能忘记自己改变命运的时光。”

看来，老段没有醉，或者说，他真的醉了。

如今，我早已离开了那座城市，来到南京附近的一座城市打拼，还常跟老段联系。老段最深情最有诗意的话，也是在一次喝完酒之后的夜里说的。他说：“师弟啊，我又是帮人看病，又是研究神经高速公路课题，比较忙。等你有空了，帮我踩一脚油门，到南京地界，帮我看一看，南京……往事！”

透过开满星星的天窗

金晓磊

这个夏日的黄昏，在炒菜声和油烟味儿里，唐汉秋又和妻子针尖对上了麦芒，不大的厨房里立马充斥着烟火气的争吵声。

唐汉秋把防盗门关得震天响，顾自出了家门。走上大街，唐汉秋感觉自己就像一只蚂蚁掉进了一片森林里，眼前是蜘蛛网一样的路，却不知道该往哪里走。是啊，对于一个喜欢宅家的人来说，一个人能走多远，又能走到哪里去呢？可是，这会儿，唐汉秋实在不想看到妻子的那张脸。于是，他只好漫无目的地走。唐汉秋走啊走，他走过了老张私房菜，走过了工商银行，走过了强哥五金店，走过了中国移动，走过了盲人推拿……他愣是把自己的肚子走成了青蛙窝，一窝“呱呱”乱叫的青蛙。

路边正好有一家次坞打面，唐汉秋径直走了进去。待扫码付钱的时候，唐汉秋摸遍口袋，才惊出一身冷汗来。刚刚在气头上，出门竟然没拿手机。没带手机，差不多就是将半条命落在家里了。好在随身带了钱夹，否则真的是麻烦大了。可真正的麻烦似乎还在后头——食客们都是捧着手机在等面或者吃面，只有唐汉秋两手空空，不知道该把手放在哪里。这样子像极了他上小学时第一次上台发言。唐汉秋百无聊赖地在大厅里巡视了一遍，偶尔与别人的目光不期而遇，就赶紧收回眼神。真的是站也不是坐也不是，拍屁股走人也不是，唐汉秋觉得浑身难受。

好不容易挨过了吃面的时间，唐汉秋赶紧逃出面馆。夏日的暑气扑面涌来，瞬间将他包裹起来。那些暑气，像无数双手在拧他的身子，把他身子里的水分都拧了出来。唐汉秋站在十字路口喘着气，望着来来往往的车子，依旧想不好往哪里去。去电影院还是去茶楼？转而一想，只有自己一个人，无论去哪里，都只会和刚才一样，把自己弄得更加不自在。

只好继续走路，权当是饭后散步。唐汉秋折而向东，走过了阳光大厦，走过了红星宾馆，走过了震元堂药店，走过了平安保险……走到中国邮政的空地前，唐汉秋停了下来。在“凤凰传奇”震耳欲聋的声音里，一群四五十岁的女人服饰统一，色泽靓丽，像夏日里的一团火，在空地上进退有序地燃烧着。唐汉秋忍不住多看了一会儿。突然，她们齐刷刷地转过身来，一个个挺胸收腹，扭着腰肢。唐汉秋一下子慌了神，好似做了什么见不得人的事，被人家抓了个现行，连忙抬腿走人。

就这样，唐汉秋又走过了盲人推拿，走过了中国移动，走过了强哥五金店，走过了工商银行，走过了老张私房菜，还走过了小区门口玩手机的保安。

唐汉秋抬腕看了看表，才 8 点 17 分。

走了一圈，唐汉秋觉得有点儿累了。如果此刻回家，离上床睡觉尚早。这长长的时间和妻子待在一个被窝里，要么是妻子火气未消看谁都不顺眼，要么是自己主动道歉说好话，一不小心，俩人又会一言不合吵起来。不光是身累心也累，唐汉秋不想为这些鸡毛蒜皮的事吵了。这么一想，唐汉秋觉得还是晚些时候再进家门吧。

就在这时，唐汉秋看到了自己的那辆汽车。事后，唐汉秋觉得大概是上帝特意安排车子在那里等自己的。那真的是上帝的神来之笔。唐汉秋打开车门，钻进了后排，关上车门，他将双臂交叉在胸前，头靠在车枕上，闭上眼睛，什么都没想，就那么傻乎乎地坐着。

突然，一束光扫过唐汉秋的眼角。他睁开眼，看见不远处有个保安在巡逻。保安提着手电筒，像是拎着一根发光的木棍，朝着四周捅来捅去。唐汉秋想也不想，急忙侧身躺下，大气都不敢出一口。想想也是，大晚上的，换成任何一个人，拿着手电筒照到车位上的汽车后排座椅，看到坐着一个也不知道是人还是鬼的影子，不被吓得半死，也会被吓出尿来。

不久，保安的脚步声渐渐远去了。躺下比坐着舒服多了，唐汉秋索性就这么躺着。无意间，他朝车顶瞥了一眼。他看见了一块方方正正的光亮。虽微弱，但很显眼。那地方是汽车的天窗。透过天窗，唐汉秋惊奇地看到了星星。它们像白芝麻一样撒满了天窗。唐汉秋说不清，已经多少年没有仔仔细细仰望过天上的星星了。

于是，唐汉秋将右腿搭在左腿上，脑袋枕着手臂，像个孩子似的，透过天窗，数起了一闪一闪的星星：

一颗，两颗，三颗……

黄豆飘香

于　博

夜色如一块巨大的黑布，把大青山遮盖得严严实实。于放带领抗联小分队一行八个人，悄悄地摸进了卧在山脚下的张油坊屯。

于放率领的这支小分队计划在后天袭击庆城日军的军火库。他们在去庆城的路上先赶到堡垒户张海家临时歇脚。

张海家前面两间房是住人的，后面有三间房是油坊，用来加工豆油。眼瞅着要过年了，该加工豆油的都已经加工完了，整个房子空空荡荡，油榨孤零零地立着，满屋子弥漫着生豆油的味道。战士们躺在被石磙子碾压得软绵绵的豆秸上，肚子咕咕地叫个不停。

第二天早上，张海馇了一锅玉米面粥，小分队的战士们个个喝得碗底光。他们多少天都没吃上一顿热乎儿的饱饭了。于放撂下碗筷，让大家吃完赶紧睡觉，养足精神，好摸黑出发，趁天亮前赶到庆城。

下晌，杨大刚睡醒了，揉着眼睛走出了油坊。一开门，见院子里有一个十二三岁的男孩子在抽冰尜儿。杨大刚猜想，这准是张海大哥的儿子。他走上前，和男孩子打了声招呼："小家伙儿，叫啥？"

"我叫老毛。"

杨大刚这才注意到男孩子后脑勺上留着一绺头发。这是他们这个地方的习俗，这样孩子好养。杨大刚冲着老毛龇牙笑了笑，蹲下身子看他抽冰尜儿。

老毛抽冰尜儿时，瞪着眼珠子，咬着嘴唇，透着一股狠劲儿。但抽冰尜儿不能光使着狠劲儿，也要有技巧，也就是刚柔相济。

“悠着点儿，往回带。”杨大刚不由自主地指挥上了。

老毛是个犟小子，马上不乐意了，停住抽冰尜儿的鞭子：“咋的，你尿性呗？咱俩比啊？”

杨大刚扑哧一下乐了，心想：小嘎牙子，这玩意儿我从小玩到大，整个二佐屯都没有对手，你黄嘴丫子还没褪净，敢跟我叫号？

杨大刚从兜里掏出个子弹壳，金黄锃亮，往老毛眼前一晃：“看见没，这是子弹壳。你要赢了归你。可是我要赢了，你咋整？”

老毛涨红着脸，憋了半天，吭哧出一句话，却让杨大刚眼里放出了亮光。

“你赢了，我给你炒黄豆。”

杨大刚咽了口唾沫，指着老毛问道：“算数？”

老毛瞅了杨大刚一眼，转身跑了。等他回来时，手里端着一个黑瓷碗，里面有少半碗炒黄豆，金黄黄，油旺旺，飘着诱人的香气。

“一局十粒，谁抽的时间长谁赢。”老毛看着豆碗，使劲儿地说道。

“好咧！”杨大刚乐呵呵地答道。话音刚落，挥鞭就抽，那冰尜儿就在冰上跳起舞来。

老毛在一旁数着数。结果，杨大刚赢了。老毛从碗里满不在乎地数出十粒炒黄豆给杨大刚。杨大刚一把塞在嘴里，咯嘣咯嘣地嚼了两下，一下子吞了下去。

“真他妈的香！给我鞭子。”杨大刚得意地抽了起来。那冰尜儿在冰上使劲儿地旋转，自然，又是杨大刚赢了。

不长时间，老毛这小半碗炒黄豆都进了杨大刚的肚子里。看着空碗，老毛哇的一声哭了。他哭得非常伤心。

“呜呜，这是我爹好不容易在油榨下面一粒一粒捡的，我就吃了几粒。你都赢去了，我吃啥？呜呜！”

哭声把于放他们惊动了。一帮大人站在院子里，看着抽抽搭搭的老毛，愣是一句话也没说出来。

张海闻声赶来："你哭啥？愿赌服输，活该！"

老毛一听这话，哭得更来劲儿了。

张海上前拉住老毛："别哭了，明个儿爸再给你炒一碗不就得了？"

"呜呜，你唬谁呀？咱家一粒黄豆都没有了，呜呜！"

于放瞅着杨大刚，来回走了几趟。最后他站在杨大刚面前，用手指点着杨大刚的脑门儿说："你小子挺有能耐呀？真是出息了，你看我们抗联战士多有名！"

杨大刚知道自己闯了祸，支支吾吾地说道："怨我，怨我嘴馋。队长，你处分我吧。"

"杨大刚，你以为这是处分就能过去的事儿？往小了说，你这是欺负小孩儿。往大了说，你这是违反革命纪律。咱们抗联为啥能活着？因为有无数像张大哥这样的群众支持我们。来人，把他给我绑喽。"

两个战士闻声上前，下了杨大刚腰间的匣子枪。张海急了："队长，多大个事儿，多大个事儿？明天你们还要打庆城，不能临阵斩将啊！"

杨大刚扑通一声跪在了地上："队长，你让我打完庆城，我这一百多斤随你便，我若皱一下眉头，我就不是抗联的人！"

"好，这笔账我给你记着，完事儿咱们再算账！"

1945年8月15日，东北光复。

在抗联烈士陵园里，于放端着一碗炒黄豆，慢慢地走到一座烈士墓前。他蹲下身去，把炒黄豆放在了墓碑前，两行热泪滚落下来："大刚，我们胜利了，可你在夜袭庆城的时候就走了。你别怨我，因为半碗炒黄豆，我要收拾你。这回你放心，等全国解放了，我一定脱下军装，去种好多好多的黄豆，到时候，兄弟，你可劲儿造！"

多少年过去了，每到清明节，杨大刚烈士的墓碑前，都放着一碗炒黄豆，金黄黄，油汪汪，飘着诱人的香气。

去南方

原上秋

夏天的夜晚，村里人都会爬到屋顶上去睡。堂哥也在屋顶上，但他不睡，满怀心事。半夜，他站在屋顶边缘，极目往南远眺。堂哥家的南边是个水坑，坑里的蛤蟆此时正吵成一片。越过吵声，是一片黑暗，再远，就靠想象了。

白天就不一样了。堂哥站在屋顶，能看见水坑那边的田，田那边影影绰绰是一片树林。他脑子一直在想，树林那边是什么呢？

这个问题一直困扰着他。茂密的树叶落尽，那里还是一片迷茫。门口一棵大槐树只剩几片残叶坚守的时候，下了一场大雪，整个世界都拼接到一块儿了。堂哥踩着嘎吱嘎吱的雪爬到屋顶，再看的时候吓一跳。眼前的大坑在雪白的地球上像一块伤疤，隐显着一种疼，给满怀壮志的他带来一丝忧伤。

他心里说，不能再等了，开春之后，必须出发。

春天说来就来，堂哥谁也没有打招呼就去了南方。他去南方的消息在半年之后我才得知。他换了一个新手机号码，电话里不悲不喜地说他到了南方。

我那时候正跟着一个工程队到处拆房子，成天灰头土脸。一个不弃不离的原因是，它比种地挣得多。白天拆房，天到暮色，人聚一起，大口吃肉，大口喝酒。日子过得挺快活，但也容易腻歪。我好奇堂哥在南方干什么，我想追随他去南方看看。

我让堂哥发个定位，他在电话里问，什么定位？显然，他对玩手机还很不在行。

此后不久的一天，我正和一伙工友端着大碗喝酒，手机“嘀”了一声。堂哥发来的定位让我大吃一惊。他没有出内黄县，定位显示他在内黄县林场，离羊各庄只有30多里。

有一点儿倒是真的，它确确实实在羊各庄的南面。

我在电话里问他在哪里，他一口咬定在南方。我说南方总有个名字吧。他说，说了你也不知道，就挂掉了。

我们如火如荼正干得起劲，上级一个通知叫停了。附近工程队在拆房过程中砸死一个人，所有工程队都要进行整顿。

我在澡堂泡了一个舒服的澡，躺在按摩床上的时候去南方的念头又跳了出来。反正拆房子的活儿不叫干了，去南方看看堂哥是个好机会，如果能发财就跟着他发财，大不了只当是旅游一回。

我坐上去内黄县林场的车，不到一个小时就到了堂哥定位的地方。下了车，我给堂哥打电话。堂哥很吃惊，我出发前没有告诉他，他大概觉得突然。他沉默了足足一分多钟，说，别动，我去接你。

半个小时之后，堂哥开着一辆破旧三轮停在我的身旁。我拿根烟递上去，没急着上三轮。我掩饰不住对他的失望，说，你原来根本就没去南方。

堂哥说，这不是南方？

我说，七块钱的车票，这也算南方？

堂哥一扭头，把一口烟吐进风里，说，这不是南方，你说是哪方？

堂哥住在一片林子里，这是不是他在屋顶看到的林子，不得而知，但感觉这片林子很大，有森林的气魄。那天和堂哥一起喝了很多酒，堂哥的话多了起来，后来稀里哗啦哭了。他反复说着，我28岁了，我都28啦……

我猜想这有两个意思，第一，到现在一事无成；第二，他还没有女朋友。

从堂哥的话里，我知道这里是陵水镇。林场离小镇不远，但他和小镇保持着一定距离，从没把自己的生活当成小镇的一部分。之所以这样，是因为他没想过成为这个镇的永久居民，随时准备着走。

偶尔有从小镇过来的人，坐在堂哥的屋前棚下，喝着免费的茶，说些奇闻轶事。也就是这个时候，我听说堂哥在等一个人，是一个漂亮女人。女人就住在小镇上，他们约好一起去南方。在等待的过程中，堂哥养了一群猪。那些猪显然没有受到很好的待遇，个个瘦骨嶙峋。

我猜想，堂哥指望把猪卖了，攒好和那个女人一起去南方的路费。

从堂哥那里回来，我没有了能去的地方，又灰头土脸地拆房子了。

混沌的日子过了一年之后，堂哥在微信里主动跳出一个定位。这回，那个水滴一样的定位点确确实实是在祖国的南端。他说，他成家了，现在过得很好。

我祝福他，并说我也喜欢南方，有机会一定去看他。

他没说让去，也没说不让去，只回了一个龇着大牙的笑脸。

葡萄藤，爬上墙

安晓斯

那时天还未明，沁水湾的冬琴就被院子里的鸟叫声吵醒了。小院里没有树，很少听到鸟叫声。前年的这个时候，院子里的葡萄树长大了，扯出了长长的藤，一天天爬上了墙，后来就爬过了墙，爬到了西邻居堂秀家的院子里。

后来堂秀家也种了葡萄树，前年的这个时候，院子里的葡萄树也长大了，也扯出了长长的藤，后来也爬过了墙，爬到了东邻居冬琴家的院子里。

从此后，冬琴早上睡不着的时候，就听见了院子里的鸟叫声。后来冬琴就看见，那些鸟是落在葡萄架上的。两家的葡萄藤隔墙搅缠到了一起，也分不清哪根藤是谁家的，哪串葡萄是谁家的，更分不清那些一大早就鸣叫的鸟到底落在了谁家的葡萄藤上。

冬琴就说，堂秀哥，葡萄藤搅缠到了一起，没办法分清。你看这样行不行，你吃你们家院子里的，我吃我们家院子里的，中不中？堂秀憨厚朴实，话不多。就说，冬琴，我自小拿你当亲妹妹看待，还会为个葡萄给你算细账。你说中就中。

今年的葡萄藤长得特别快，冒出的新枝一根接一根，新发的嫩叶可着劲儿长，是那种嫩黄色，泛着青、飘着黄、透着绿的那种嫩。这个春天，冬琴的睡眠质量有了问题，睡得迟，醒得早，朦朦胧胧的，还做着片片断断的梦。梦中，不断听见鸟叫声。有时，感觉鸟在自家的葡萄藤上；有时，感觉鸟在堂秀家的葡萄藤上。

那鸟咋恁烦人呢。冬琴就想，都去堂秀家的葡萄藤上叫吧，都走。

可那鸟不明白冬琴的意思，照样叫个不停。冬琴就睡不着，翻来覆去的。

冬琴就给堂秀发微信：堂秀哥，鸟咋不在你家叫？要把我聒噪死。

堂秀也睡不着，回了微信，鸟就在我家叫。

冬琴说，只会说鸟，不会说点儿别的啥？堂秀说，我爬到墙头看了，你家院子里葡萄结得多，大部分是我家的葡萄藤上结的。冬琴恼了，堂秀哥，我说鸟，你说葡萄，都是你家的，你都拿走。堂秀发了一个表情，鸟还在我家院子里。冬琴说，堂秀哥，你咋只会说鸟？

天明的时候，冬琴睡着了，堂秀就早早地开了农资部的门。

原先，冬琴和堂秀都在自家的临街房开了个小商店，都卖农资，生意都很好。前年，两家的葡萄藤搅缠到一起的时候，堂秀媳妇和村里的二狗媳妇、驴蛋媳妇、发财媳妇迷上传销去外地了。半年后，堂秀媳妇回到沁水湾，给堂秀买了一身西服，放下一万块钱，说，咱们离婚吧。结婚五年了，他们也没有孩子。堂秀想了想，自己不是个真男人，在沁水湾丢人败兴抬不起头来。第二天，他们就去民政局办了手续。当天晚上，堂秀媳妇说，虽然离婚了，我再跟你睡一次，明天早上就走。堂秀拉开大门，说，滚。顺手把他媳妇的包和西服、一万块钱扔到了大街上。

堂秀扔包、西服和钱的时候，冬琴正好走到他家门前。冬琴就看着堂秀媳妇拾起地上的东西，拿出手机打了个电话，后来就来了一辆车，接走了这个离了婚的女人。

那年春天，冬琴就对堂秀说，哥，农村风俗，今年盖南北屋大吉大利，咱俩把临街房都拆了，连起来盖成一座房，一起开个大点儿的农资部，咋样？堂秀想了想，同意了。房子盖成的时候，院子里的葡萄藤也爬过了墙搅缠在一起。

冬琴那天准备了酒和菜，把堂秀叫到自己家。哥，咱俩从小一起长大，虽然非亲非故却亲如兄妹。我爹娘去世这么多年，全凭你照顾，哥对我的好我全记在心里，这辈子永不会忘记。但有些话得说明白，盖房的钱，咱俩一人一半，没说的。流动资金，还是一人一半，咋样？堂秀说，中。那咱这农资部，起个啥名？堂秀一笑说，你读书多，你起吧。

看着冬琴进了书房，堂秀就喝了一杯酒。

冬琴拿着一张纸出来的时候，堂秀已喝了十多杯。哥，咱叫“唐风琴韵农资部”，咋样？堂秀又连着喝了两杯，说，中，中，听你的。又抓起酒杯去喝。冬琴轻轻地抓住堂秀的手说，哥，你喝不少了，咱今天不喝了。

堂秀紧紧地握住冬琴的手说，不喝了，不喝了。说着说着，就哭了起来。

也许是名字起得好，“唐风琴韵农资部”开业后，生意异常红火，堂秀负责进货，冬琴负责销售，一切都顺风顺水，生意做得风生水起。

堂秀坐在农资部痴想的时候，冬琴不知啥时候站在了他的身后。

哥，想啥呢？堂秀抹了一把眼角的泪。想院子里的鸟叫，想院子里的葡萄。

冬琴笑起来，哥，我微信里有一条信息，你想不想听？堂秀很认真地说，想听。冬琴说，计生工作人员到农村宣传优生优育，问一个农民，近亲结婚有啥问题没？农民想了半天，说，太熟，不好下手。话还没说完，冬琴就禁不住笑起来。

堂秀没有笑，拉着冬琴的手走到了院子里。

冬琴说，哥，你在想啥？堂秀说，想院子里的鸟叫，想院子里的葡萄。

那年，爬过墙搅缠在一起的葡萄树结了好多葡萄，紫红紫红的，很诱人。

又一年春天到来的时候，爬过墙搅缠在一起的葡萄树长出了许多新枝，新发的嫩叶可着劲儿长，还是那种嫩黄色，泛着青、飘着黄、透着绿的那种嫩。

堂秀和冬琴忽然看见一个蓬头垢面的女人在农资部门前徘徊，那双眼一直盯着“唐风琴韵农资部”的大招牌看。

堂秀搀着怀孕的冬琴走出来时，那女人赶紧快速离开了。

骑　车

孙在旭

下班回家的路上，莉莉看见一个熟悉的身影从身边掠过。

庞大卫！

那人停下车，回头一看是莉莉，挠了挠头，大长腿一叉，也没从自行车上下来，就那样看着她走过来。

庞大卫，你怎么一下班就没影儿啦？跑得比兔子还快。

叫我干啥？

你驮我一段呗。

自己上来。

莉莉坐上车。大卫感觉跟没坐人儿似的，咔咔蹬了起来。蹬着蹬着，他闻到了一缕芳香，于是边骑边说，我要加速喽，你可以搂着我的腰，我没有痒痒肉。

不用，我抓着货架就行。

话音刚落，自行车不但快了起来，而且还左摇右晃，跟醉酒似的。莉莉飞快地拍了一下大卫，嗔道，好好骑。

大卫不再晃车把，骑了几米却突然停下，莉莉从后座蹦下来说，庞大卫，你想咋的？

我咋的了？

莉莉一跺脚，庞大卫，你故意的。

大卫把身子从车上挪下来，快速蹲下捡起一个东西放裤兜里了，然后理直气壮地说，看见钱我能不捡吗？

什么钱，我咋没看见？

你在我后面肯定看不见呀。

多少钱，让我看看？

大卫用手捂住裤兜说，那能让你看吗？我要留着娶媳妇呢。

瞅你这点儿出息。莉莉一边说一边用手指戳大卫。

好了好了，我好好骑还不行吗？你上来，我保证稳当。于是大卫又骑起来，莉莉跟着走了几步，像一朵云似的，屁股一抬就坐了上去。

大卫心想，咋还是这么轻呢？嘴上却说，死沉。

什么，你竟敢说我沉。

哎，你别掐我呀，别干扰我骑车好不好？大卫一扭腰，车子又晃了一下。莉莉赶紧抓住货架，小声说，谁让你不好好骑车的。

正好经过一片市场，路边的人多起来，莉莉觉得他们都在看他俩，脸颊一红，只顾低头瞧自己脚尖。大卫也不说话，大长腿使劲蹬了几下，过这条街就是小路了。

拐上小路，骑出十多米后，莉莉假装咳嗽两声，问，哎，你咋不骑山地自行车呢？瞧你这小坤车一点儿也不爷们儿。

有，不爱骑。

你就吹吧。

我要骑赛车，那你得坐货架上。

大卫又挨了一掐。

哼，想得美。

我真的有山地车。

咋的，你家卖自行车的呀？

那倒不是，反正就是有。

接着吹吧。

还有大二八。

一提到二八，大卫又想到莉莉坐在货架上的画面了。那是处对象时才有的，想着想着就笑了起来。

突然一个急刹车。一愣神，大卫差点儿就闯了红灯。

莉莉从后座下来，庞大卫，你到底想咋的？

我咋的了？

你，你是故意的。

大卫连忙解释，红灯啊，你看，红灯。我可是个遵守交通规则的好人。

你是坏人。

大卫又笑了，心想，这个坏人不坏别人，就坏你一个。嘴上却说，我真是比窦娥还冤呀。

他左右看了看，小声说，我告诉你个秘密，其实庞大卫是个大大的大大的好人。

他等着莉莉问为什么，她却没吱声，于是就自己问，为啥这么说呢？因为他只对一个人好。

好你个头。

绿灯亮了，大卫骑起车，模仿售票员的声音说，欢迎乘坐大卫牌自行车，保证您腰不酸背不痛，从此爱上自行车，分分钟把您送到家。

烦人，谁要你送呀。

尊敬的旅客，请您扶好坐稳，前方到站……

大卫还没说完，就感到一只手轻轻地放在了他的腰上。夕阳照在身上，暖暖的。对，就是这种感觉。真是棒极了。

我不后悔

谢松良

大胖拽住我的胳膊，把我拖到一个角落，压低嗓门说，你是新来的，提出去机修 A 班多好。告诉你吧，我们 B 班二工区有台进口车床，躺在那里一个月都不动了，我得告诉你，可千万别去碰它！

A 班和 B 班不都一样吗？我疑惑不解地问，都是修理维护机器，有啥区别吗？

大胖朝门口瞧了一眼，对着我的耳朵说，班长修过五六次了还是那样，他这人有个毛病，凡是他修不好的设备，别人去碰他会不高兴的。

我这才恍然大悟。

你来了。班长不知什么时候过来，对我打了一声招呼，吓我们一大跳。大胖倏地溜走了。

从班长那简短有力的问候里，我感觉到了他的冷淡。我讨好地说，谢谢班长，以后还请多多关照。

我把丑话说在前头，B 班负责的工区，有部分机器是进口的，也有老旧残破将近报废的，机修工很辛苦，要干就好好干，不想干趁早走人，别想在我眼皮底下耍滑头。班长说完，走了几步又转过身说，你去三工区，那里有几台机器坏了。

班长不给我好脸色，我有点儿气不过，好歹自己曾在一家行业领先的大厂干了几年，要不是大厂经营不善倒闭了，谁会来受这份窝囊气。

我憋了一肚气，很快把三工区的几台机器全修好了。几名女工看到我这么快就修好了机器，直呼“高手”。一个长发美女说，喂，新来的机修哥，你若是能把二工区那台进口机器修好，那才算真有本事。旁边那个丹凤眼说，琪琪姐，那台机器连他们班长都修不好，你就别为难他了。

看了看她们，我忽然来了兴致，默默地走到那台机器跟前，想看看到底是什么毛病，竟然会把班长难住。

我打开机器盖，初步判断没啥问题，没有问题怎么启动不了？倔脾气一上来，我非要搞清楚到底是什么原因不可。我采取排除检查法，每个零件排除，逐渐缩小故障嫌疑范围。终于，我找出了病因，是一个隐蔽的起保护作用的电阻烧坏了。

虽然找到原因，但为了明哲保身，我又把机器恢复原状。

我哼着歌正要离开时，琪琪和丹凤眼来了，她们操控了一下机器，一点儿反应都没有。琪琪不无挖苦道，听说你是从大厂出来的，原以为你的技术很高明，现在看来也不过如此。丹凤眼说，唉，工作量这么大，这台机器又总修不好，再耽误下去，我们车间的货出不了，恐怕又要天天加班了。

如果我能修好，有什么奖赏呢？我微笑着问她们。琪琪说请我看电影。丹凤眼不甘示弱，说要请我吃羊肉串。好，有美女的鼓励，肯定能修好。我当时豪情万丈，胸有成竹地打开机器盖，支起电烙铁……

班长偏偏这个时候过来巡查，看见满地的螺帽，暴跳如雷，谁叫你修的，就凭你那点儿能耐还想逞能？修坏了你负得起责任吗？这台机器进口的，价值三百多万呢！

我说，班长你别门缝里瞧人——把人看扁了。

快给我装上！你若不听劝告，马上给我滚，我们B班不欢迎你。班长的嗓门更大了。

班长，人事部叫你过去开会。大胖跑过来传达完上级的通知，狠狠地瞪了我一眼，拉着班长走了。

等班长和大胖走远后，琪琪和丹凤眼说，你要是真能修好机器，那还好说，万一修不好，那你的工作就没了，真不好意思。

我说，你们放心吧！我拿起烧热的电烙铁，将那个烧坏了的电阻从电路板上拆下来，又找了个新的安装上去焊接好。合上机器盖，拧紧最后一颗螺帽，我示意她们试试。丹凤眼一按开关，机器一下子飞速运转起来。

班长开完会回来，把我和大胖叫到一边，兴奋地说，告诉你们个好消息，经过我据理力争，我们机修 B 班的人要加薪了，每人两百。特别是你小子，班长擂了我一拳说，刚来就捡了个大便宜。

趁着班长高兴，我说也有好消息告诉他，那台进口机器已经修好了。我满以为班长会表扬我，哪知他听了，腿一下子软下去，差点儿坐到地上。

第二天，班长没来上班，我却在厂里的宣传栏里看到一则惊人的告示，班长被厂里开除了。

工资自然没有加成。大胖见到我，总是绕道走，不和我说话。但是，我却从不后悔。因为靠技术要挟工厂，即使加了工资也不光彩。

孝

刘　帆

有个人一生被人念叨。

这人，生在远门镇。

远门镇，风景极其秀丽，在南岭北奔二百余公里的水州境内。

这个古艳动人的地方，有个古艳动人的妇人。

风光入眼在远门镇，不但群峰耸立，如屏如障，而且就是烟云变幻，也积翠堆蓝。偏偏镇上房屋接瓦连椽，沿河分布，兼绿树在其间点缀，春水发声之时，有竹筏乘流而下，河间如画，精壮汉子在筏子上收放自如，水深流急，也不见胆怯。

自从水州王位纷争结束后，这里复归平静。女子们闲若无事，时在岸边危立，土布花裙，在一处轻烟细雾之中，令江上过往外人，生出啧啧赞美。

与镇上相距五里远近，生就一座怪石突兀的山，山顶有座庙宇，名“云上寺”。此庙只有一条极其陡峭狭窄的攀缘之路可以上达。背后则是险峻悬崖，谅有胆之士亦无法上去。庙里住着一个和尚，面善和气，英俊标致，每日参禅苦修，诚心诚意，不求闻达，却有一众善男信女，活跃不已，纷纷前往求个几声佛法。

镇上尽头，是一户安静人家，女子是一个虔诚的信众，已有二十余年烧香信佛史。女信士貌美如花，身材高挑，常来宝刹祈福，青年和尚不知咋的，竟不做理会。

这一天，妇人在山路上艰难走着，两边树木葱茏，小道拐弯抹角，矮小植物遮挡视线，林深幽暗，妇人竟全然不惧凶险，始终面色柔和。

妇人上山，内心有时也很忐忑，却并不慌乱，只要脚踏在前往云上寺的泥土路上，一颗心向着前方，就常常祈祷，口中念念有词：愿我能赎回罪过，让菩华法师脱离苦海，愿万能的神罩住菩华，洗脱冤孽。

菩华一直在梦中。从认识菩华开始，月光就常常无声无息地出现在梦里。

二十年来落脚在远门。妇人有时想，这就是命啊。

妇人上山，有的地方根本没有可供攀缘的树枝或柴草，且怪石嶙峋，行走极其艰难。每上一处，已然气喘吁吁。没办法，岁月如流，都说年轮是把杀猪刀，不信不行啊。妇人每前行一步，便感吃力，有时很想坐下来歇一歇，又怕下山时天黑，不好回家，二十多年，都从未在半路停歇过。妇人来来往往，其实也不甚明白，这样执着只因为篮子里放着些新鲜时令的果菜或禽蛋酥油？非也。

上山之路，如此难走，也曾想带孩儿上山来，最终不想拂了菩华清净，祸起另端。云上寺隐于近山顶处，没在树林中，倒是一处幽僻佳处！寺中干净整洁，祈愿烧纸献牲祭拜，在这据险处兀立，香火缭绕，尽管上山之路令人胆战心惊，但在庙中，却感觉心安云开。

妇人到得庙里，依例到正殿佛祖像前虔诚叩拜。和尚在一旁敲木鱼，口中“南无阿弥陀佛”念念有词，寺中并无他人，这等险绝处，上来之人极少，非虔诚信士必不肯来。

还香叩拜礼毕，和尚请施主偏殿稍坐，妇人也将一应带来之物交给和尚，柔声道：“法师何苦如此长于山中？今已太平，妇与法师二十多载，暑去春来，人世有多少啊？”

“施主虔诚，菩华感同身受，我佛慈悲，唯愿施主福慧双增，菩华无以回报，愿生生世世成为施主在菩提之路上的助伴。阿弥陀佛！”

“法师！”

“施主请回吧，山高路险，万望小心！阿弥陀佛！”

“法师，我……如果不是当年支持二王爷，你就不会……”

妇人一双眼睛似要滴出泪来，一路辛苦，唯愿法师心里明白。“孩子大了，亦不可能常来宝刹，愿法师保重！只是孩子日渐成熟，必定要寻个好人家与之成婚，法师你有何安排？”

“施主，一切善善之人，都是好人家！菩华相信，世间必有善根，菩华失手，罪孽深重，避祸遁入空门，已负你，无法陪伴终身。罪过！罪过！愿青灯常伴，你尘缘未了，孩子之事，你做主，一切随缘吧！”

“如果可以，来年再来宝刹还愿！”

妇人此番下山之后，每日劳作，浆洗缝补，邻里间往来亦少。其子每日早出晚归，谋些营生，妇人觉得孩子大了，也不过分干涉，任其于自然中成长。

来年，妇人依约上山进香。

一路前行，不觉大吃一惊。临河悬崖上已开辟一条小路，路旁草丛不见，从前人不能过的狭窄途路，已经新辟成石板梯路，立陡恶险处，两边各有长而粗的铁链固定，可作为上下援手的屏障。云上寺山脚与前山沟壑间，已架设了一座拱形石桥，虽小，但四人并排行走并无大碍。如此，到云上寺省却一大半路程，节省不少时间。

只是这荒野外，人工凿就的羊肠小道，究竟是何人所为？妇人不解。

晨钟暮鼓，日日依旧。

过往外人，却时常在筏子上听到一个故事，一个男孩一日尾随，得知母亲探望出家的父亲，唯恐路途艰辛，担心母亲失足堕入深涧，与父亲相见之愿达不成，所以特意雇定石匠、铁匠，历时一年艰难修成。

在远门镇，导游一直称赞那个男孩。

叫什么名字？游客好奇地问。

导游说，男孩后来寂寞地远走了，再也没有回来。不过，他的母亲高寿，常有接济，日子衣食无忧，直到归西。

那条石板梯路时常有人维护，男孩去了哪里？没人知道。

远门镇的人，却常念叨他：孝。

自行车

马河静

“麻花轱辘两头转。”是啥？是自行车。

“中间坐个王二蛋。”是啥？是电工王二蛋骑着自行车。

王二蛋是生产大队的电工，整天骑着电管所给他配的自行车，耀武扬威地在周边几个村子收电费。

他老姑奶说：“蛋儿，今儿个没钱，明天我把鸡蛋卖了再给你吧。”二蛋哼了一声，把闸刀一拉走了。老姑奶就编了这两句顺口溜。

老姑奶越想越生气：二蛋你学骑车还不是跟着我儿子建喜学的呢？

建喜的外号叫“小炉匠”，在公社铁业社工作。车、钳、焊、锻样样在行。早先建喜的表哥在县城废品收购站当领导，有一辆除了铃不响哪儿都响的自行车。有一天，建喜把它哗啦啦啦骑回来了，乡亲们大开眼界。那天在月亮下面，全村青年殷勤地喊着“师傅师傅”，都跟着建喜学骑车。学到半夜光景，已经出师三个人，天明就学会了七个人。太阳出来时，二蛋臭能，学着从前面上车，把车子撞到了碌碡上，把脚蹬撞弯了。建喜表哥发现脚蹬被修过了，再不借给他了。

可自打二蛋有了自行车以后，村里再没有人会骑车了——以前会的因为没有车骑如今又不会了。

想骑二蛋的车？没门儿！二蛋待车子比待自己媳妇都亲，哪能让他人骑！摸一下都不让！

建喜看见收购站废品堆上有个自行车架子，钢管已锈得几乎断开。他翻看一下，凡是过去上油的地方，基本没锈啥。他就用钢锯把中轴和花鼓桶这些关键部位锯下来，开始制造自行车。三脚架、车把，都是用不同的钢管焊接的，辐条是用六条扁钢代替的，车座是用木头疙瘩代替的。最难做的是飞轮和车链子，他用锯子锯、车床车、砂轮打，整整做了半年。实在不能做的内外胎、钢子等零部件，那只好掏钱买了。为了减轻重量，他没安后座。钢管地方用黑胶带缠了起来，其他地方喷上了相应的漆。他又弄了花花绿绿的彩色装饰毛条，缠到轮子上，立马，一辆黑明锃亮的自行车“出厂”了。

春暖花开的一天，乡亲们在村头麦场开会，恰好建喜、二蛋骑着自行车过来了。大家嚷叫让二蛋、建喜比赛骑车，看谁骑得好。二蛋“哼”了一声，推着车就要走。向东说：“哥，我出一盒前进烟，你跟他比赛。”这时又有人加码，加到五盒烟，谁赢了烟就是谁的。五盒纸烟太有诱惑力了。

二蛋对建喜说：“对不起了啊。”

第一局，花样比赛。二蛋先开始。只见二蛋跨上车猛骑几下，然后爬到车座上，左手掌把，右手转脚踏，在麦场转了三圈，引来阵阵掌声。建喜“喊”了一声，在场边拾了两块半截砖，随便往地上一撂，两块砖也就一拃的间距。只见他把车往前一推，忽地一跃，稳稳地坐到了车座上，双脚蹬车，双手抃在腰间，一会儿往左拐，一会儿往右拐，在场转了三圈，最后在只有一拃宽的两个砖头中间穿了过去，也赢得了大家的喝彩。

队长说：“第一局打平手。”

第二局，快骑。从场中往南下坡，再上到对面柿子树下转一遭回来，看谁回来得早。第二局二蛋赢了，因为建喜的车毕竟是铁匠打造的。建喜的车下坡也没有二蛋上坡快。

第三局比慢。二蛋车把太灵活了，刚上去就倒下来了。建喜则像玩杂技，本来车胎气不足，只显得稳当。三米距离竟然骑了十分钟。

两人打成平手。

二蛋说再比一局，看谁车上带人多。他的车梁上可以坐两个小孩，后面坐一个大人还能抱一个小孩。

建喜说：“这不公平，要赛等我车后面安个后座再比赛。”队长宣布明天比赛，一局定胜负。

第二天上午，四邻八乡的人都来看比赛。大家看到建喜推着三个轮子的车来了。这是他连夜将车改造的，车后面又加了个车轮，架子上面放了一块一米宽的车厢板。大家嘻嘻哈哈地围着看，看着看着“呼啦啦”就往板上坐，挤挤挨挨坐了十二个人。建喜骑车在场转了三圈。

二蛋气急败坏地说：“这叫啥东西？敢叫自行车？”

队长打量了半天，说：“这个这个……叫个啥子车呢？前面一个轱辘，后面两个轱辘……没见过，应该叫‘仨轱辘’车吧？”

二蛋的老姑奶建喜的妈说：“二蛋的车也不应该叫自行车，说‘自行自行’，自己会走才叫自行车。”

这么一说，队长难住了：“俩轱辘为啥叫‘自行车’呢？”

二蛋的儿子小虎说：“我爹的车就能自行！”说着他推起车朝着坡下放开了。只见自行车像脱缰的驴冲下坡底。不防二蛋的爹从小路走过来了，场上的人大声惊叫：“快躲开！躲开……”眼花耳聋的二蛋爹抬头看见像有个人朝自己跑来，挓挲双臂迎着说：“跑慢点儿！慢点儿……”自行车不偏不倚把他撞翻在地。腿快的人下来一看，脚踏砸在二蛋他爹脚踝上，立马红肿起来。二蛋上去就拉，他爹疼得像杀猪一样号叫。分明是骨折。队长就指挥大家找木头绑担架，把二蛋他爹往公社卫生院送。

二蛋的老姑奶说：“就用建喜的自行车吧。”

大家豁然开朗，就是嘛，这仨轱辘车又平稳又快，就急忙抬起老爹放到车厢板上。建喜骑着正要走，只见向东牵头毛驴迎面来了，他把驴套绑到车把上说：“哥，让驴在前头拉，你省点儿劲儿。”

大路上，只见毛驴拉着“自行车”嗒嗒嗒在前面跑，二蛋一路小跑跟上喊：“慢点儿，我爹腿疼！”

再后面是队长，只见他小跑着喊：“二蛋——把烟拿上好说话……”

2020 年选系列封面绘图画家介绍

曹力 江苏南京人，中国美术家协会会员。1954 年 2 月生于贵州贵阳。1982 年毕业于中央美术学院油画系壁画研究室，现任该院壁画系教授、系主任，承担素描、油画、色彩重构、线构成等课程的教学工作。代表作品:《马与楼道》组画、《牧童》(中国美术馆收藏)、《牧牛图》(钓鱼台国宾馆收藏)、《原野》、《村女》、《最后的歌》、《打开的乐谱》、《金色的天空》、《鸟之舞》、《玩纸鸟的少年》、《童声合唱》、《都市喧嚣》组画、《月光》、《盛夏》、《琴声如诉》等。

《我很烦我要飞》 曹力 115cm×100cm 亚麻布油画 2000年

曹力画作短评

曹力无疑是一位极富诗人和音乐家气质的画家，他给20世纪的中国画坛留下了一系列充满着神奇与客观，梦幻与真实，过去、现在与未来纠缠不清的奇诡瑰丽的抒情叙事组诗，其间跃动着艺术家超人的想象与创造的精灵……这肯定得益于到处生长着神话与传说之树的艺术家童年的故乡贵州山区。

——苏旅（著名美术评论家、策展人、出版人）

图书在版编目（C I P）数据

2020 中国年度小小说 / 任晓燕，秦俑，赵建宇选编
.-- 桂林：漓江出版社，2021.2
ISBN 978-7-5407-9002-8

Ⅰ. ① 2… Ⅱ. ①任… ②秦… ③赵… Ⅲ. ①小小说
—小说集—中国—当代 Ⅳ. ① I247.8

中国版本图书馆 CIP 数据核字（2020）第 271672 号

2020 ZHONGGUO NIANDU XIAOXIAOSHUO
2020 中国年度小小说
任晓燕　秦俑　赵建宇　选编

出版人：刘迪才
责任编辑：张谦
助理编辑：黄彦
书籍设计：石绍康
责任监印：张璐

出版发行：漓江出版社有限公司
社址：广西桂林市南环路 22 号　邮编：541002
发行电话：010-65699511　0773-2583322
传真：010-85891290　0773-2582200
邮购热线：0773-2582200
电子信箱：ljcbs@163.com
微信公众号：lijiangpress
印制：香河县闻泰印刷包装有限公司
［河北省廊坊市香河县安平镇二街　邮编：065402］
开本：690 mm × 1000 mm　1/16
印张：20　字数：274 千字
版次：2021 年 2 月第 1 版
印次：2021 年 2 月第 1 次印刷
书号：ISBN 978-7-5407-9002-8
定价：45.00 元